KB218424

서울
동굴
가이드

김미월은 1977년 강릉에서 태어났다. 고려대학교 언어학과와 서울예술대학 문예창작과를 졸업했으며, 2004년 세계일보 신춘문예에 단편소설 「정원에 길을 묻다」가 당선되어 등단했다. 소설집 『아무도 펼쳐보지 않는 책』과 장편소설 『여덟 번째 방』이 있다.
welcomesnow@daum.net

김미월 소설집
서울 동굴 가이드

초판 1쇄 발행 2007년 5월 25일
초판 6쇄 발행 2013년 10월 25일

지은이 김미월
펴낸이 주일우
펴낸곳 ㈜문학과지성사
등록번호 제1993-000098호
주소 121-840 서울 마포구 서교동 395-2
전화 02) 338-7224
팩스 02) 323-4180(편집), 02) 338-7221(영업)
전자우편 moonji@moonji.com
홈페이지 www.moonji.com

ⓒ 김미월, 2007. Printed in Seoul, Korea
ISBN 978-89-320-1783-9

* 지은이는 2007년 한국문화예술위원회가 지원한 창작지원금을 수혜했습니다.

김미월
소설집

서울
동굴
가이드

문학과지성사
2007

차례

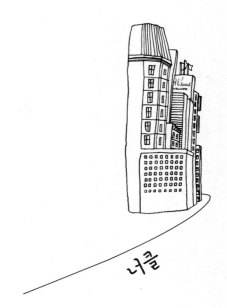

너글

인사할까요? YES. 신시아는 행인들과 웃으면서 안부를 주고
받았다. 그녀의 사교성 게이지가 5퍼센트 상승했다. 의류점이
나타났다. 어깨선을 따라 금실 자수가 놓인 벨벳 드레스가 눈에
띄었다. 조만간 왕궁에서 열릴 무도회에서 신시아를 돋보이게
해줄 만한 의상이었다. **구입할까요? YES.** 옷값으로 500솔을 지
불했다. 매력 게이지가 10퍼센트 올랐다. 옷가게 옆에는 구두가
게가 있었다. 나는 발등에 크리스털 장식이 부착된 유리 구두를
골랐다. 매장 내 최고가의 상품이었다.

"오우, 누나! 레벨이 벌써 일레븐이야?"

담배꽁초가 빽빽한 재떨이를 카운터에 올려놓으면서 커서가
눈을 찡긋했다. 눈을 커서처럼 쉴 새 없이 깜박이는 버릇이 있
는 그는 내가 근무 시간에 마음껏 게임을 하도록 늘 배려를 아

끼지 않았다. 자신의 매상 '삥땅'을 모르는 척해주는 데 대한 답례였다.

"어서 오세요!"

녀석의 목소리가 한 톤 높아졌다. 백사장이 들어서고 있었다. 커서는 백사장을 좋아했다. 정확히는, 그가 요금을 낼 때마다 이용 시간과 무관하게 지갑에서 꺼내주는 세종대왕을 좋아했다. 그는 오늘도 여자애와 함께였다. 커서가 그들에게 자리를 안내하고 재떨이를 가져다주는 것을 보며 나는 무기 판매점으로 들어갔다. 매대 위에 철퇴와 곤봉, 각종 칼이며 창, 갑옷과 투구들이 진열돼 있었다. 신시아는 무도회에 가는 길에 요괴들과 맞닥뜨릴 것이다. **어떤 무기를 고를까요?** 철제 갑옷과 투구, 쌍수검, 당파창을 사는 데 800솔이 들었다. 그녀의 전투력 게이지가 15퍼센트 올라갔다. 아 참, 너클은 안 파나? 좁은 가게 안을 둘러보았다. 카운터에서는 20평 남짓한 피시방 전체가 한눈에 내다보였다. 주말 저녁이라 40여 대의 컴퓨터가 대부분 가동되고 있었다. 폭탄 터지는 소리, 총 쏘는 소리, 레이싱카 충돌하는 소리, 굿 샷! 하고 외치는 소리들이 허공에서 뒤엉켰다. 밥그릇에 숟가락이 부딪히거나 휴대폰 벨이 울리거나 변기의 물이 내려가는 소리처럼 언젠가부터 내 일상이 되어버린 소음들이었다. 피시방에서 아르바이트를 시작한 후로는 담배 냄새에도 면역이 되었다. 골수에 사무치도록 맡았더니 이제는 되레 금연 구역에 있으면 옷 입은 채 목욕탕에 들어가 있는 것처럼 어색했다. 이런 증상이 정상적인 것이 아님은 알지만, 평생 이렇게 살 것이므로 걱정할 필요가 없다는 것 또한 나는 알고 있었다. 아바타가 전사(戰死)하기라도 했는지 누군가 장탄식을 했다. 모니터에 빨려 들어갈 듯 눈을 고정시키고 있는 사람들의 구부정한 등을 넘고 넘어 내 시선은 맨 구석 자리로 향했다.

그들은 여느 때처럼 한 대의 컴퓨터를 앞에 놓고 칸막이가 무색하도록 붙어 앉아 있었다. 인근 상가에서 '백 사장'으로 통하는 사내는 이 피시방의 단골이었다. 그의 성이 백인지 아닌지, 진짜 사장이기는 한 건지, 진실은 알 수 없었다. 그러나 달빛을 받은 백사장(白沙場) 마냥 허옇게 번쩍이는 대머리의 소유자라는 점에서 그 호칭은 그와 썩 잘 어울렸다. 어울리지 않는 것은 여자애였다. 그가 처음 여자애를 이곳에 데려온 것은 한 달 전쯤의 일이었다. 그녀는 사방을 두리번거렸다. 옆에서 총소리라든가 비명 소리 같은 효과음이 조금만 크게 들려도 소스라쳤다. 고개를 숙인 채 무릎 위에서 마주 잡은 양손을 꼼지락거리는 모습에 왠지 내 가슴이 뜨끔했다. 유흥가 뒷골목을 걷다가 난데없이 교회를 발견한 기분이었달까. 여자애가 손가락으로 모니터를 가리켰다. 백사장이 자판을 마구 두드렸다. 여자애는 손으로 입을 가리고 웃었다. 뭐가 그리도 재미있을까. 그들은 매번 블록 쌓기, 틀린 그림 찾기, 가로세로 낱말 맞추기처럼 너무 건전해서 보는 이들을 김빠지게 하는 게임만 했다. 차라리 오락실에 가서 이인용 오락을 하지. 아니면 보드카페엘 가든가. 하기야 십대 소녀와 중년의 대머리 사내가 쌍으로 그런 곳에 가면 의혹에 찬 눈초리들을 피할 수 없을 것이다.

따지고 보면 피시방만큼 남의 눈으로부터 자유로운 곳도 드물었다. 이곳에 오는 사람들은 모니터 밖의 세상에는, 칸막이 너머의 인간에게는 관심을 가질 여유도 이유도 없었다. 네트워크 세상에서 그들은 저마다 왕이고 전사(戰士)며 공주이자 요정이었다. 악의 무리를 응징하고 제국을 건설하고 이웃나라 왕자들의 구혼도 받아주어야 했다. 할 일이 너무 많았으므로 남에게 신경 쓸 겨를이 없었다. 타인에 대한 무관심이 당연한 것으로 간주되는 이 피시방 특유의 생리는 나와 잘 맞았다. 게다가 신시아를 만나고 있노라면 시간도 빨리 갔다. 백사장이 여자애의 뺨을 꼬집었다. 그녀의 웃음소리가 높아졌다. **쇼핑을 계속할까요? YES.**

만화책은 출간된 지 오래된 데다 사람의 손을 많이 타서 책장이 나달나달했다. 누렇게 바랜 종이에서 곰팡내가 올라왔다. 방바닥에 엎드린 채 책장에 코를 박았다. 숨을 깊숙이 들이마셨다. 먼지다듬이들이 세 쌍의 다리를 버둥거리며 콧속으로 빨려 들어오는 것 같았다. 나는 두 다리를 꼬고 발끝에 힘을 주었다. 엉덩이가 천천히 움직였다. 주먹을 움켜쥐었다. 어항 밖으로 내던져진 금붕어처럼 이윽고 하반신 전체가 세차게 요동쳤다. 몸부림은 짧고 격렬하게 끝났다. 주먹을 얼마나 세게 쥐었는지 손바닥에 손톱자국이 나 있었다. 만화책을 책상 위로 던졌다. 숨이 가라앉자 주방에서 그릇 달그락거리는 소리가 들려왔다. 간병인이 죽을 끓이는 모양이었다. 탁상시계를 흘깃거렸다. 이제 겨우 밤 열 시였다. 신시아를 만나려면 자그마치 열 시간을 더 기다려야 했다. 눈앞에 놓인 책상과 침대, 옷장이 가상현실 속의 물건들로 보였다. 눈으로 보고 손으로 만질 수는 있어도 그 것들은 아무 힘이 없었다. 신시아의 삶을 풍요롭게 하지도 못했고 세상을 바꾸지도 못했다. 저 책상을 고아원에 기증하면 신시아의 봉사정신 게이지가 10퍼센트 올라갈 텐데. 침대를 시장에 팔면 그녀의 원피스를 한 벌 살 수 있을 텐데. 옷장 옆에 쌓아둔 상자들을 열었다. 스팽글이 잔뜩 달린 스커트, 과감한 색상의 숄, 굽 높이가 10센티미터나 되는 하이힐이며 리본 장식이 치렁한 머리띠들은 모두 포장도 뜯지 않은 새것이었다. 팬티가 축축했다. 옷장에서 속옷과 수건을 꺼냈다.

거실에서 나는 운 나쁘게도, 간병인과 눈이 마주쳤다. 그녀는 할머니의 팬티를 벗기다 말고 마침 잘됐다는 표정을 지었다. 하반신을 움직이지 못하는 환자의 기저귀를 혼자서 가는 일은 결코 만만하지 않다. 문제는 내가 그걸 알면서도 간병인의 도움 요청을 외면할 만큼 모질지는 못하다는 거였다. 내가 할머니의 엉덩이를 받치고 있는 동안 간병인은 오줌에 젖은 기저귀를 빼내고 따뜻한 물수건으로 음부를 닦았다. 뼈밖에 남지 않은 할머니의 다리가 ㄱ자 모양으로 꺾인 채 간병인의 손놀림에 따라 좌우로 흐느적거렸다. 사람이 이렇게까지 마를 수 있다니. 다른 누구도 아닌 바로 이 여자가. 한숨을 쉬었다. 반송장이 되어 눈만 끔벅이며 천장을 올려다보는 이 노파가 정녕, 어린 나를 몸뚱이와 몽둥이가 물아일체가 되도록 때렸던 그 여자인가. 뒈질 년! 지 에미 잡아먹은 년! 빌어처먹을 녀언! 애창곡 가사 읊듯이 한 자도 틀리지 않고 순서대로 욕을 퍼붓던 그 여자인가. 간병인이 할머니의 문드러진 샅에 유아용 파우더를 발랐다. 퍼프를 두들길 때마다 흰 입자가 날렸다. 할머니가 재채기를 했다. 세 번, 네 번. 재채기는 감기 기침으로 이어졌다. 그녀의 얼굴이 일그러졌다. 간병인이 물을 가지러 간 사이 나는 방 안에 떠다닐 감기 바이러스를 내보내기 위해 창문을 활짝 열었다. 할머니가 몸을 웅크렸다. 추워. 그녀의 오그라든 어깨가 말했다. 침방울 속의 바이러스는 금방 사라지는 게 아니다. 10월의 찬바람이 늙고 병든 작은 몸뚱이를 할퀴는 것을 나는 잠자코 지켜보았다. 더는 누구도 때릴 수 없을 만큼 쇠약해진 육체가 보기 흉했다. 더는 맞고만 있지 않을 만큼 강해진 나는 눈을 돌렸다. 그곳에 물컵을 든 간병인의 손이 있었다.

"아주머니, 손톱 좀 깎으셔야겠어요."

그녀의 얼굴이 굳어졌다.

"매니큐어도 위생상 별로 안 좋아 보이네요."

나 원 참, 학생이나 잘해. 평소엔 할머니한테 코빼기도 안 비치면서 위하는 척은, 하고 반박할 틈을 주지 않고 나는 욕실로 갔다. 이로써 그녀가 나를 싫어하는 이유가 한 가지 더 늘었다. 조금만 더 노력하면 백 가지를 채울 수도 있을 것이다. 상관없었다. 간병인과 친해져봤자 피곤해지는 건 나니까. 그녀는 처음부터 나를 못마땅하게 여겼다. 피붙이라고 하나 있는 게 반신불수 외할머니를 남한테 맡기고 싸돌아다니기만 한다고. 집에 있을 때도 제 방에만 처박혀 있다고. 나를 마뜩찮게 쳐다보는 눈이 말했다. 어쩔 수 없었다. 나는 누워 있는 할머니의 얼굴만 봐도 숨이 막혔다. 구세군 냄비가 집 안에 들어와 있는 것 같은 기분이었다. 욕실 문이 요란한 소리를 내며 닫혔다.

만화방은 건물의 꼭대기인 5층에 있었다. 4층에는 전화방이, 3층에는 DVD방이, 2층에는 노래방, 1층에는 찜질방이 입점해 있었다. 나는 아르바이트를 끝낸 후 집에 일찍 들어가기 싫은 날에는 5층에서 만화를 보았다. 3층에서 DVD를 보거나 2층에서 노래를 부르기도 했다. 집에 아예 들어가기 싫은 날에는 1층에서 잤다. 이 건물은 시간 때우기에 여러 모로 유용한 장소였다. 엘리베이터는 도중에 서지 않고 5층까지 단숨에 올라갔다. 낯익은 아르바이트생이 만화책을 건네받았다. 어, 벌써 다 보셨어요? 왜 항상 옛날 만화만 빌려가세요? 와 같은 질문을 그가 또 던지기 전에 가게를 빠져나왔다. 엘리베이터가 4층에서 섰다. 전화방에서 뭘 했는지 머리털이 죄 곤두선 사내가 탔다. 지독한 술 냄새가 뒤따라 탔다. 문이 닫혔다. 사내가 돌연 내 앞으로 한 발 다가왔다. 나는 움찔했다. 본능적으로 청바지 뒷주머니에 손을 넣었다. 매끄럽고 차가운 쇠의 감촉이 느껴졌다. 사내는 나를 지나쳐, 건물 바깥쪽으로 면해 있는 승강기의 유리벽 앞에 섰다. 그가 밖의 풍경을 바라보는 것을 두 눈으로 보면서도 나는 주머니에서 손을 빼지 않았다. 그는 1층에서 내렸다. 나는 지하로 내려갔다. 어서 오세요! 커서 녀석이 눈을 깜박이면서 소리쳤다.

신시아는 자리보전하는 노인에게 밥을 먹여주었다. 기저귀도 갈아주었다. 청소도 하고 빨래도 했다. 양로원에서 몸이 불편한 노인을 돌보는 것은 자립심과 봉사정신 두 항목의 게이지를 동시에 획득할 수 있는 아르바이트였다. 그녀는 성실하고 꼼꼼했다. 부모의 사랑을 듬뿍 받고 자란, 살아오면서 한 번도 매를 맞아본 적 없는 소녀다운 천진함과 스스럼없음이 온몸에서 배어났다. 내 집의 간병인으로 고용하고 싶을 만큼 일솜씨도 빼어났다. 현재 내 집의 간병인도 충분히 잘하고 있긴 하지만. 기사가 무릎을 꿇었다. **왕궁에서 무도회 초대장이 왔습니다.** 오호, 올 것이 왔군. 최종 단계인 12레벨 진급이 눈앞에 있었다. 출입문이 열렸다. 담배 냄새가 섞이지 않은 바깥의 찬 공기와 함께, 야구모자를 눌러쓴 청년이 카운터로 왔다.

"제 MP3 플레이어 어딨어요?"

야구모자가 시비조로 물었다. 빈말로도 인상이 좋다고는 할 수 없는 얼굴이었다. 저절로 긴장이 되었다. 켕기는 구석은 물론, 있었다.

"하얀색 셔플이거든요. 조금 전에 여기 두고 갔어요."

"못 봤는데요."

커서가 나섰다. 녀석은 당당했다. 그럴 만했다. 배짱이 없으면 남의 유실물을 가로채는 짓은 할 수 없을 테니까. 그가 이 피시방에서 손대지 않는 것은 내 앞으로 온 택배 상자들뿐이었다. 카운터 아래 금고 뒤에 숨겨진 셔플을 야구모자는 제가 앉았던 자리에서 찾고 있었다. 커서는 태연하게 눈을 깜빡이며 게임 잡지를 뒤적였다.

"옆자리에서 그러는데, 당신이 아까 재떨이랑 같이 가져갔다는데요."

카운터로 돌아온 야구모자가 커서를 노려보았다. 나는 바닥에 덜컥 떨어진 내 심장을 찾기 위해 눈을 내리깔았다. 커서는 침착했다.

"잘못 보셨겠죠. 전 안 가져갔습니……"

다, 와 박자를 맞춰 야구모자가 커서의 어깨를 밀쳤다. 허락도 없이 카운터 안으로 들어온 그는 결국 금고 뒤에서 셔플을 찾아냈다. 이상하다고, 그게 왜 거기 있냐고 발뺌을 하는 커서에게 주먹은 날아가지 않았다. 야구모자는 인상과 달리 너그러운 사람이었다. 담배 냄새가 섞이지 않은 바깥 공기가 한차례 더 카운터를 휩쓴 후, 커서와 나는 동시에 같은 곳을 바라보았다. 야구모자가 앉았던 자리. 그 왼쪽 옆자리에서는 초등학생

세 명이 헤드셋 마이크에 대고 노래를 부르고 있었다. 오른쪽 옆자리의 사내는, 백사장이었다. 그가 혼자 온 것은 근래 들어 처음이었다. 커서가 헛웃음을 쳤다. 나는 빈자리의 의자들을 테이블 아래로 집어넣으면서 백사장에게 다가갔다. 예상대로였다. 모니터에는 기괴한 음담패설과 육두문자로 도배된 메신저가 떠 있었다. 곧이어 그는 혼자 올 때마다 즐겨 보던 변태성행위 및 잔혹엽기동영상들을 차례로 섭렵할 것이다.

카운터로 향했다. 아무도 믿지 마라. 엄마의 목소리가 발밑에서 뒤로 물러나는 바닥처럼 머릿속을 스쳐갔다. 나는 내 오른쪽 손등의 튀어나온 뼈들을 만져보았다. 조그맣고 무른 뼈였다. 나중에 후회해도 소용없어. 그렇게 말할 때마다 엄마는 몸을 떨었다.

소녀는 교복 차림이었다. 황학동 벼룩시장에서부터 중앙시장을 거쳐 청계천을 따라 평화시장까지 걸었다. 아무나 붙잡고 물었다. 너클 사려면 어디로 가야 돼요? 상인들은 되물었다. 너클이라니, 그게 뭐냐? 왜 격투만화 같은 거 보면요, 남자들이 주먹에 끼는 거 있잖아요. 상대방을 더 세게 때리려고. 금속으로 만들어져 있고, 여기 손등 있는 데가 뾰족하고요. 아아, 그거? 아니, 여학생이 그건 뭐 하려고? 상인들은 소녀를 무시하거나 희롱했다. 왜, 남자친구가 속 썩이디? 복수하게? 돌아다니다 지쳐 포기하려고 했을 즈음이었다. 웬 사내가 앞을 가로막았다. 너클 찾았지? 사내의 왼쪽 눈에는 칼자국처럼 세로로 깊게 팬 흉터가 있었다. 따라와. 소녀는 무서워서 고개를 젓지도 못했다. 구리합금으로 만들어진 너클은 상상했던 것보다 더 단단하고 아름다웠다. 손등 뼈를 덮는 윗면에 속이 투명하고 붉은 인조보석도 박혀 있었다. 장식이 아니라 파괴력 증강을 위한 장치라는 점에서 그것은 더욱 매혹적이었다. 칼자국이 십만 원을 불렀다. 소녀의 입이 딱 벌어졌다. 하지만 이걸 쓰지 않겠다고 약속하면 거저 주마. 사내는 성대에도 칼자국이 있는지 목소리마저 갈라져 있었다. 내 딸 생각이 나서 그런다. 교복 입은 모습이 참 예뻤는데. 지금 니 나이쯤 됐겠구나. 그 험상궂은 낯으로 칼자국은 사람 좋게 웃었다. 그는 너클이 불법 유통되는 무기라고 했다. 줄 수는 있지만 위험하므로 사용해서는 안 된다고도 했다. 참, 모양새가 좀 다른 것도 있는데. 내 가져올 테니 잠깐만 기다려라. 군복이며 군화, 야전용 전투 장비들, 사제 권총 따위가 벌여진 좌판 귀퉁이에 너클이 놓여 있었다. 잠깐은 길었다. 거리는 붐볐고 주위는 시끄러웠다. 사람들은 제 볼일 보기에 바빴다. 소녀를 눈여겨보는 이는 없었다.

아무도 믿지 마라. 그 말을 할 때면 엄마는 목소리까지 떨었다. 나보다도 칼자국이 새겨들어야 할 얘기였다. 명심해. 자기 몸은 스스로 지켜야 돼. 세상에 믿을 건 자기 주먹밖에 없어. 비장한 어감과 달리 엄마의 부르쥔 주먹은 작고 부드러웠다.

황급히 몸을 일으켰다. 얼떨결에 내팽개친 만화책에서 낱장이 한 장 떨어져나갔다. 간병인이 내 방문을 두드리는 것은 좀처럼 없는 일이었다.

"할머님이 아침부터 아무것도 안 드시고 계세요."

짜증 게이지가 단번에 100퍼센트까지 치솟았다. 그럴 때는 계란프라이를 해주면 된다고 몇 번이나 일렀거늘.

주방에는 계란프라이가 담긴 접시가 네 개나 있었다. 전체적으로 완전히 익힌 것, 흰자는 완전히 익히고 노른자는 안 익히다시피 한 것, 흰자는 완전히 익히고 노른자는 살짝 익힌 것, 흰자 노른자 둘 다 살짝 익힌 것. 간병인의 프라이 솜씨는 경이에 가까웠다. 나는 세번째 접시를 턱으로 가리켰다.

"할머니가 좋아하는 건 3번이에요. 맛소금 안 친 거 맞죠?"

간병인은 네 가지를 번갈아 대령해보았으나 모두 거절당했다고 했다. 나는 3번 접시를 침대로 가져갔다. 할머니의 입은 망가진 서랍처럼 굳게 닫혀 있기만 했다. 프라이가 식어서 그럴 거라고 우리는 추측했다. 간병인은 능란한 솜씨로 금세 3번 프라이를 뚝딱 만들어냈다. 할머니는 반응을 보이지 않았다. 혹시나 해서 새로 만들어 올린 2번과 4번도 거들떠보지 않았다. 다양한 시도가 몇 번 더 이어진 끝에 결국 할머니가 받아들인 것은, 간병인을 집에 들이기 전에 그랬던 것처럼 내가 만든, 솜씨가 서툴러서 3번이 되다 만, 노른자가 터져서 보기에도 궁상맞은 프라이였다. 그녀는 세 개의 못생긴 프라이를 주는 족족 받아먹었다. 입가심으로 흰죽까지 한 그릇 비웠다. 그녀가 입맛을 다시는 소리에 나는 허기를 느꼈다.

간병인이 만든 일곱 개의 프라이는 대중의 이해를 얻는 데 실패한 예술가의 조각품처럼 고독하게 접시 위에 방치되어 있었다. 그것들을 반찬 삼아 간병인과 나는 밤참을 먹었다. 할머니의 침대 곁에 앉아서 먹고 있노라니 세 식구가 다정한 저녁 한때를 보내고 있는 듯한 착각이 들었다. 간병인은 할머니에게 따뜻한 차를 끓여주었고, 나는 김치보시기를 간병인 쪽으로 밀어주었으며, 할머니는 침 넘어가는 소리로 나의 식욕을 돋워주었다. 평화로운 식탁이었다. 일상은 관계보다 견고한 것인지도 몰랐다.

　"할머니, 할머니는 내가 만든 프라이만 먹는 거네요, 그쵸?"

　그녀의 눈동자는 움직이지 않았다. 말은 잃었어도 청력에는 이상이 없다고 의사가 그랬는데. 못 들은 척하긴. 목소리를 높였다.

　"그럴 거면서, 옛날엔 왜 그렇게 나를 때렸어요?"

　간병인은 내가 계란 먹고 취한 사람처럼 군다고 생각했을 것이다. 나는 멀쩡했다. 그래서 정작 묻고 싶은 것은 물을 수가 없었다. 내가 태어난 게 그렇게 싫었느냐고, 그때 엄마한테 한 얘기들은 다 나 들으라는 거였느냐고, 나는 묻지 못했다.

　눈 쌓인 마당에서 엄마는 무릎을 꿇고 있었다. 엄마의 머리 위로 눈이 쌓이고 또 쌓였다. 그리고 다시 그 위로 빗자루 세례가 쏟아지는 것을 나는 담벼락 뒤에서 훔쳐보았다. 손으로 입을 틀어막고서. 할머니가 엄마를 욕하는 것은 익히 보아왔으나 때리는 것을 목격하기는 처음이었다. 할머니는 엄마가 없을 때 나를 때렸듯이 내가 없을 때 엄마를 때려왔는지도 모르겠다는 생각이 그제야 들었다. 망할 년! 집안 망신 다 시키는 년! 나가 죽을 년! 하는 식으로, 할머니가 평소 엄마에게 즐겨하는 욕은 레퍼토리가 일정했다. 그날은 달랐다. 그런 애를 왜 낳았어! 니가 어떻게 키우려고! 그 와중에도 나는 저게 설마 내 얘기는 아니겠지, 하고 생각했다. 그날의 매질은 마무리도 예상을 벗어난 것이었다. 마당에 쓰러져 통곡을 한 것은 두들겨 맞은 엄마가 아니었다. 살기등등하게 때리던 할머니였다. 그녀는 눈밭을 뒹굴며 몇 번이고 부르짖었다. 불쌍해서 어떡해! 이렇게.

할머니는 포만감 때문인지 입가에 만족스러운 웃음을 띠고 있었다. 그녀의 눈이 감겼다. 이내 고른 숨소리가 새나왔다. 할머니는 아무 말도 하지 않았지만 나는 어쩐지 그녀에게서 무슨 대답인가를 들은 것 같았다. 정말 취기가 오르기라도 한 듯이 머릿속이 몽롱했다.

오전 아홉 시의 피시방은 한산했다. 새벽에 와서 여태 뭉개고 있는 아저씨 손님이 네댓 명 있을 뿐이었다. 커서가 출근하는 정오까지는 바쁠 일이 없었다. 인터넷 쇼핑몰에서 주문한 물건이 때맞춰 배달되었다. 가슴 부분에 레이스가 풍성한 블라우스는 화면으로 보던 것보다 더 근사했다. 집에 갖다놓은 스팽글 스커트와도 잘 어울릴 것 같았다. 가슴이 뛰었다. 그토록 기다렸던 무도회가 드디어 내일로 다가와 있었다.

"아가씨, 뭐 괜찮은 게임 좀 없어요?"

나를 부른 이는 조금 전까지 포르노 동영상을 보고 있던 남자였다. 재떨이에도 빈 컵라면 용기 안에도 담배꽁초가 수북했다. 눈에는 핏발이 촘촘했다.

"싸우는 거 말고, 좀 신선하고 재밌는 거 뭐 없을까."

나는 바탕화면에 깔려 있는 '신시아'의 아이콘을 더블클릭했다.

"룰은 간단해요. 갓난아기를 성인이 될 때까지 키우는 거예요. 근데 애를 키우려면 일단 돈이 필요하잖아요. 수입이랑 지출을 관리해야 돼요. 그것 말고도 신경 쓸 게 많아요. 공부도 가르쳐야 하고 일도 시켜야 해요. 귀찮다고 그냥 내버려두면 애가 불량청소년으로 자라거든요. 그러면 항목별 점수를 제대로 얻을 수가 없고, 무도회에도 초대받을 수 없어요. 그럼 게임오버예요. 무도회에서 사랑하는 사람을 만나는 게 게임의 최종 목표거든요. 나중에 실력이 늘면, 무도회에 가기까지 얼마나 빨리 얼마나 많은 게이지를 쌓느냐에 따라 기록도 세울 수 있어요."

신시아는 내일 왕궁으로 간다. 그녀는 무도회에서 멋진 청년들과 춤을 출 것이다. 그들 가운데서 천생배필을 찾을 것이다. 신시아의 세계는 자본의 논리에 철저히 지배된다는 점에서도 현실 세계와 다를 바가 없었다. 오히려 자본의 위력은 현실에서보다 더 막강했다. 돈으로 성별도 바꿀 수 있고 수명도 늘릴 수 있었다. 그런데 돈으로 얻을 수 없는 유일한 것이 있으니, 그게 바로 사랑하는 사람이었다. 이 게임을 만든 이는 대단한 로맨티스트였음이 분명했다.

만반의 준비가 끝났다. 신시아는 완벽했다. 왕궁으로 가는 길에 출몰할 요괴들을 물리칠 만큼 강했다. 무도회에 온 그 어떤 아가씨도 따라오지 못할 만큼 지혜로웠다. 모든 사람들이 그녀를 아끼고 좋아했다. 교양, 매력, 성실성, 지식, 전투력, 사교성, 건강 등 모든 분야의 게이지가 최상위권이었다. 나는 어쩌면 무도회 당일, 수천수만의 동시 접속자들 중에서 득점 부문 신기록을 세울지도 몰랐다. 그럼에도 기대보다는 불안이 더 컸다. 게임이 종료된 후에는 어떻게 할 것인가. 그녀가 없는 시간들을, 나는 어떻게 보낼 것인가…… 어쨌든 지금은 그녀에게 끝까지 최선을 다하고 싶었다. 예금의 잔고를 모조리 인출했다. 꿈을 파는 가게에서 가장 행복한 꿈을 사기 위해서였다. 오늘 밤 신시아의 잠 속에 나타날 이 꿈은 내가 그녀에게 마지막으로 주는 선물이 될 터였다. 현실에도 꿈을 사고파는 가게가 있다면. 나는 마우스를 쥔 손에 힘을 주었다. 화면 하단에 말풍선이 떴다. 오래전의 그 악몽을 팔아버릴 수만 있다면. **어떤 꿈을 고를까요?**

"어서 오세요!"

커서의 목소리가 유난히 크다 싶었다. 백사장이 들어서고 있었다. 오랜만에 여자애와 함께였다. 둘은 구석 자리에 나란히 붙어 앉았다. 예전처럼 모니터를 들여다보며 자판의 상하 이동

키를 부지런히 눌러댔다. 전과 달라진 게 있다면 여자애가 웃지 않는다는 것이었다.

나는 늑대에게 쫓기고 있었다. 늑대는 직립보행, 아니 직립구보로 나를 추격해왔다. 나는 간신히 대문 안으로 도망쳐 들어왔다. 문을 잠갔다. 늑대는 포기하지 않았다. 담 밖에서 연거푸 뛰어올랐다. 담장 위로 무시무시한 늑대의 얼굴이 나타났다 사라졌다 나타났다, 끝없이. 나는 공포에 질려 뒷걸음치다가 깨달았다. 그렇다. 방 안에는 엄마가 있다. 무서울 게 뭐란 말인가? 방으로 뛰어들면서 나는 꿈에서 깼다. 식은땀이 맺힌 이마가 갑자기 일어나는 서슬에 인 바람을 맞아 서늘했다. 불을 켜지 않은 방 안은 TV에서 새어나온 빛으로 환했다. 그 빛 속에 엄마가 오도카니 앉아 있었다. 세븐, 식스, 파이브, 포…… 화면에서는 정말이지 꿈처럼 인공위성이 발사되고 있었다. 나는 엄마의 팔에 매달렸다. 엄마, 나 무서운 꿈 꿨어!

보통의 엄마라면 '걱정 마, 엄마가 여기 있잖니'라든가 '꿈은 반대란다, 애야' 같은 말을 해주었을 것이다. 그러나 나보다 겨우 열여섯 살 손위였던 그녀는 이렇게 중얼거렸다. 우주에는 뭐가 있을까? 나는 잘못 들은 줄 알았다. 인공위성이 창공으로 솟구쳤다. 환호하는 사람들의 얼굴이 화면을 가득 메웠다. 조금도 기쁘지 않다는 얼굴로 그녀는 다시 중얼거렸다. 우주에는, 별들이 많이 있겠지?

어린 마음에도 나는 그녀의 옆모습이 퍽 쓸쓸해 보인다고 생각했다. 그리고 도로 잠들었다. 또 꿈을 꾸었다. 늑대가 아니라 엄마가 나오는 꿈이었다. 엄마는 나를 꼭 끌어안았다. 품에서 향긋한 분유 냄새가 났다. 그녀는 무도회에 참석하는 공주처럼 눈부시게 화사한 드레스를 입고 있었다. 머리에 오색영롱한 보석들이 박힌 왕관도 쓰고 있었다. 엄마가 아니라 언니라고 불러도 될 만큼 꿈에서도 젊고 아름다웠다. 엄마가 내 볼에 입을 맞추었다. 미안해. 그 속삭임이 너무 부드럽고 간지러워서 나는 오줌을 지리고 말았다. 그녀의 몸이 허공으로 사뿐히 들어올려졌다. 하얀 드레스 자락을 팔락이며 그녀는 하늘로 날아올랐다. 높이 날아오르면서 자꾸만 나를 돌아보았다. 내가 그때 손을 흔들었던가.

나는 지금도 헷갈린다. 그 모든 것들이 실제로 일어났던 일인지 꿈에서 겪은 일인지. 각국 인공위성의 발사 기록을 찾아보면 실마리를 얻을 수도 있겠지만 그러고 싶지 않았다. 헷갈리는 채로 놔두는 것도 괜찮을 것 같아서였다. 중요한 건 그때 보았던 엄마의 모습이 마지막이었다는 것이다. 그것만은 헷갈리고 싶어도 그렇게 되지 않았다.

"저기요, 어제 여기서 팔찌 하나 못 보셨나요?"

여자애는 하루 새에 얼굴이 반쪽이 되어 있었다. 눈이 퀭했다.

"팔찌요? 그런 거 없었는데요."

이번에도 커서가 나섰다.

"금색 줄에 빨간 알이 달린 건데, 제가 어제 두고 갔어요. 지금 보니까 제가 앉았던 자리엔 없던데. 스피커 옆에 풀어놨다가 깜박 잊고 안 가져갔어요."

어제 두 사람은 밖에서 다투고 온 것 같았다. 카운터에서도 그들 사이에 흐르는 냉기를 느낄 수 있었다. 백사장이 달랬지만 그녀는 자리를 박차고 일어났다. 출입문으로 뛰쳐나갔다. 팔찌를 챙길 겨를이 없었을 것이다. 커서는 당당할 뿐 아니라 친절하기까지 했다.

"어쩌죠? 현재로선 습득된 물건이 없는데. 제가 한번 더 찾아보고 연락드리겠습니다."

"꼭 찾아야 돼요. 사실은 그 빨간 게 진짜 루ㅂ…… 아니, 저한테 굉장히 의미 있는 거거든요. 선물 받은 거예요. 제발 찾아주세요."

반은 우는 소리였다. 마음이 놓이지 않는지 그녀는 제가 직접 다시 오겠다고 했다. 나가기 전에 커서에게 세 번이나 머리를 숙였다.

"그 대머리 새끼가 사줬겠지. 흥, 어제 잃어버린 걸 오늘 어떻게 찾아? 저기 앉았다 간 사람이 몇인데. 쌔벼 가고도 남지."

커서는 콧방귀를 뀌다 말고 정색했다.

"왜 그런 눈으로 봐? 나 안 가져갔어. 진짜야."

그는 결백해 보였다. 끊임없이 깜빡이고 있는 눈에도 알아차린 기미가 없었다. 여자애가 얼버무린 단어가 아마도 '진짜 루비'였으리라는 것을. 모니터를 들여다보았다. 자리를 꽤 오랫동안 비우고 있었던 모양이다. 화면보호기가 작동되고 있었다. 컴컴한 우주공간 속으로 별들이 흩어졌다. 무도회는 오늘 열린다. 나는 아직 신시아를 깨우지 않았다. 그녀도 행복한 꿈에서 금방 깨어나기는 싫을 것이다. 밤하늘에 박혀 있는 별들의 간격이 다소 멀었다. 어딘가 적막하고 스산해 보이는 우주였다. 바탕화면에 디스플레이 등록정보 창을 띄웠다. 화면보호기의 설정 버튼을 클릭했다. 별의 개수는 26개밖에 되지 않았다. 내 나이였다. 십육 년 전, 인공위성이 발사되던 해 내 엄마의 나이이기도 했다. 별의 개수를 최대치인 200개로 늘렸다. 별이 많은 우주는 훨씬 더 밝고 활기차 보였다.

엄마는, 외롭지 않을 것이다.

"근데 저 치마, 어제 블라우스도 그렇고. 누나 타입은 아니던데. 왜 샀어?"

커서는 언제 상자를 열어본 것일까. 신시아 주려고. 이렇게 말하면 미쳤다고 하겠지. 그녀가 로그아웃 메시지 뒤로 사라지고 나면, 그 이후의 시간들을 처치할 방도가 없었다. 침대에 누워 있는 할머니처럼 현실 세계에서의 시간은 움직일 줄을 몰랐다. 만화를 보고 수음을 하고 노래를 부르고 DVD를 관람해도 지루하기만 했다. 할 일이 없다는 것이, 생각이 많아진다는 것이 끔찍했다. 인터넷 쇼핑몰을 돌아다니며 신시아에게 줄 선물을 고르고, 주문하고, 배송을 기다리고, 도착한 물건을 보며 그녀를 상상할 때 시간은 다시 빠르게 흘렀다. 그러다 보면 언젠가는 다 잊혀질 것이다. 어긋난 관계도, 떠나간 사람도, 악몽도.

"신시아 주려고."

커서의 눈빛이 멍해졌다. 엔간히 놀랐는지 눈 깜빡이는 버릇도 잠시 잊은 듯했다. 나는 의자에 등을 기댄 채 몸을 젖혔다. 365일 24시간 담뱃진과 전자 소음에 찌들고 있는 천장이 눈에 들어왔다. 천장만 보고 있을 할머니가 떠올랐다, 한때 자신의 딸과 그 딸의 딸을 마구 팼던, 지금은 괴이하리만치 깡마른 그 팔뚝이. 아주 옛날에는 그 팔로 자신의 딸을, 소녀 시절의 내 엄마를 안아주기도 했겠지. 소리 내어 웃어보았다. 커서가 영문도 모르고 따라 웃었다. 할머니는 어떨까. 나처럼 시간이 빨리 흐르기를 바랄까. 아니면 그 반대일까. 웃음이 멈추지 않았다.

바지 뒷주머니에 손을 넣었다. 차갑고 매끄러운 금속 물체가 손에 잡혔다. 한 번도 사용해보지 않은 너클을 오른손에 끼웠다. 손등 위에서 붉은 인조보석이 가로등 불빛을 받아 번쩍였다. 너클은 네 개의 반지를 가로로 이어붙인 독특한 디자인의 장신구처럼 보였다. 자기 몸은 자기가 지켜야 한다고, 믿을 건 자신의 주먹뿐이라고, 엄마는 흐느꼈었다. 나는 주먹을 쥐었다. 허공을 향해 잽을 날려보았다. 팔을 휘두를 때마다 소매에서 담배 냄새가 났다. 보석상의 쇼윈도는 전지 규격의 종이에 절반쯤 가려져 있었다. 종이에 갈겨 씌어진 '폐업 처분' 네 글자가 어쩐

지 모니터에 뜬 'GAME OVER'처럼 애잔하게 느껴졌다. 그래서
마음이 놓였다. 성업 중이었다면 오히려 들어갈 엄두가 안 났을
것이다.

"저, 보석 감정도 하시나요?"

등받이 없는 의자에 앉아 스포츠신문을 읽던 남자가 고개를
들었다. 가느다란 금줄에 앙증맞은 루비 네 개가 달려 있는 팔
찌는 전문가의 손에서 더욱 광채를 발했다. 처음 스피커 뒤에
떨어져 있던 팔찌를 주웠을 때는 임자가 누군지 짐작하지 못했
다. 울먹이는 여자애를 보았을 때는 입이 떨어지지 않았다. 왜
그랬을까.

"허어, 이건 가짭니다. 줄도 가짜, 보석도 가짜."

남자는 팔찌를 제대로 보지도 않고 단언했다.

"네? 그럴 리가 없는데…… 좀 자세히 봐주세요."

"척 보면 알지. 아, 금 장사 삼십 년에 그것도 못 가려낼까
봐?"

그가 팔찌를 돌려주면서 덧붙였다.

"차라리 학생이 손에 끼고 있는 게 더 값나갈 거요. 도금이
돼 있으니."

그의 눈이 너클에 꽂혀 있었다. 나는 손바닥 위의 팔찌를 들
여다보았다. 선홍색의 보석은 흠집 하나 없이 깨끗했다. 빛깔도
찬란했다. 진짜로 진짜 같았다.

"원래 보석은 모조가 더 진품 같아요. 더 반짝거리고 더 화려

하거든."

남자가 진열장을 열더니 세팅되지 않은 보석 알갱이 두 개를 핀셋으로 집어 올렸다. 1캐럿짜리 캄보디아산 천연 루비는 다홍색을 띤 자줏빛에 가까웠다. 태국산은 검은빛이 감도는 자주색이었다. 팔찌의 루비와 별 차이가 없었으나, 남자의 말을 믿지 않을 도리도 없었다. 나는 진열장 아래로 늘어뜨린 주먹을 움켜쥐었다.

"이걸, 진짜라고 선물한 놈은 사기꾼이겠군요."

갑작스레 낮아진 목소리에 당황했는지 남자가 나를 빤히 쳐다보았다.

주먹을 너무 세게 쥐었었나. 오른손에 통증이 느껴졌다. 손등에도 손바닥에도 너클 자국이 남아 있었다. 왼손으로 오른손을 주물렀다. 여자애는 믿고 있었다. 그것이 진짜 루비라고. 그녀는 속았다. 나는 말해주고 싶었다. 진짜 믿을 건 너의 주먹밖에 없단다. 아직도 모르겠니? 바람이 찼다. 몸이 떨렸다. 그녀의 주먹은 내 주먹보다 더 작고 연약하겠지.

커서는 카운터에 엎드려 있었다. 팔꿈치 밑에 펼쳐진 게임 잡지의 한 귀퉁이가 보였다.

"어, 누나! 뭐 놓고 갔어?"

졸다 깬 주제에 녀석은 큰소리로 물었다. 고개를 끄덕였다. 두고 갈 게 뭐 있냐는 듯, 그의 눈이 스캐너처럼 나를 위아래로 훑었다.

"나 없을 때 그 여자애가 오면 전해줘."

녀석의 눈이 휘둥그레졌다. 그가 너클을 낚아챘다.

"이거 어디서 났어? 정권에 끼는 거잖아!"

"걔가 찾던 거야. 금색 줄에 빨간 알, 맞잖아."

녀석은 눈만 깜박였다. 얼이 빠진 듯한 얼굴이 말 그대로 커서가 깜박이는 빈 문서 파일 같았다. 첫 줄에 '이제 봤더니 누나두 뻥땅을?'이라는 문장이 입력돼 있는 것 같기도 했다.

여자애는 오지 않았다. 일주일을 기다렸지만 아무 연락이 없었다. 백사장은 왔다. 보름쯤 지나서였을 것이다. 그의 옆에는 역시 십대임이 분명해 보이는 다른 여자애가 있었다. 그녀는 컴퓨터 한 대를 놓고 백사장과 붙어 앉지 않았다. 단순한 아날로그 게임을 하며 시시덕거리지도 않았다. 그녀는 옆에 백사장이 아니라 해수욕장이 통째로 펼쳐져 있대도 전혀 개의치 않을 듯한 자세로 온라인 대전게임에 몰두했다. 마우스를 굴릴 때마다 그녀의 손목에서 금빛 줄에 푸른 보석이 달린 팔찌가 반짝였다. 내가 참견할 일은 아니었다. 다만 궁금했다. 재떨이를 가져다주며 아는 체를 했다.

"팔찌가 참 예쁘네요."

"어머, 언니 보는 눈 있다아. 이거 진짜 사파이어예요."

옆자리에서 백사장이 머리를 내밀었다. 나는 그의 눈을 한번 쏘아본 후 여자애를 향해 대꾸했다.

"그러게요. 누가 봐도 진짜 사파이언 줄 알겠어요."

백사장이 어떤 표정을 짓고 있을지, 나는 보지 않았다. 어차피 나와 상관없는 일이었다.

한 달이 지나도록 여자애는 오지 않았다. 너클은 커서의 주머니 속으로 들어간 지 오래였다. 불만은 없었다. 어쨌든 시간이 잘 흘러가고 있었으므로. 신시아가 여전히 내 곁에 있었으므로. 그녀는 삼십삼 일째 자고 있었다. 세상에서 가장 행복한 꿈을 꾸면서 말이다. 나는 그녀를 깨우지 않기로 마음을 고쳐먹었다. 그녀는 디데이 전야를 보내는 중이었다. 다음날 잠에서 깨면 그토록 고대해온 무도회가 열리는 것이다. 사랑하는 사람을 만나게 되는 것이다. 앞날에 기다릴 무엇인가가 있는 삶을 그녀는 지금 누리고 있다. 더욱이 엄마가 꼭 껴안아주는 꿈을 꾸면서라면 영원히 자는 것도 나쁘지 않을 것이다. 양 손바닥을 마주 비볐다. 레벨 12에 도달해 있으면서 무도회 참석을 미루는 게이머는 나밖에 없으리라. 나는 어쩌면 누구도 도전한 적 없는 새로운 분야에서 신기록을 세우고 있는지도 몰랐다. 화면 상단에 말풍선이 떴다. **하룻밤 더 잘까요?**

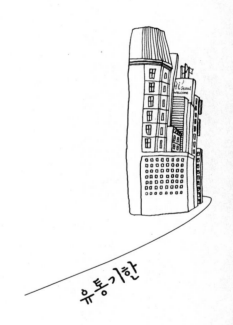

유통기한

두 시였다. 첫째 셋째 주의 목요일 오후 두 시는 늘 빨리 돌아왔다. 경수는 습관대로 야구모자를 눌러 썼다. 현관문의 손잡이를 돌리다 말고 멈칫했다. 할머니들은 그에게 모자를 쓰지 않는 편이 더 인물 있어 보인다고 했다. 그는 잠시 모자의 챙을 만지작거렸으나 곧 모자를 쓴 채로 문을 열었다. 발에 무엇인가 차였다. 익숙한 동작으로 그것을 문 뒤의 라면박스로 던졌다. 백보드 슛! 오늘자 신문은 벽에 부딪힌 후 박스 안으로 골인하면서 어제 날짜 신문 위로 포개졌다. 신문사절. 현관문에 부착된 종이의 문구는 여전히 눈에 잘 띄었다. 그런데도 신문은 귀소본능이 발달한 취객처럼 아침마다 끈질기게 문 앞에 누워 있곤 했다. 언젠가 배달원이 구독료를 청구하러 올 순간을 경수는 기대했다. 아무 일도 일어나지 않는 날들에 그것은 대단한 사건이 될 터였다.

삼월의 셋째 주 목요일 오후 두 시. 밖에는 비가 내리고 있었다. 경수는 우산을 폈다. 신발장처럼 집구석에만 붙어 있던 자신이 비까지 오는 날에 외출을 하고 있다는 사실이 낯설었다. 석 달 전까지만 해도 이 나들이는 그의 선배 몫이었다. 그녀는 할머니들을 한 달에 두세 차례씩 이 년째 방문하고 있었다. 그 행위가 진정한 봉사정신의 발로일까, 아니면 어쭙잖은 시혜의식의 소산일까, 경수는 늘 궁금했다.

"육 개월만 니가 대신 가라."

그녀의 말투는 화분에 니가 대신 물 줘라, 하듯 심드렁했다. 경수는 기겁을 했다. 어쨌든 그건 봉사였다. 봉사라고는 동냥젖으로 딸 청이를 키운 심 봉사밖에 모르는 그가 아니던가.

"별 거 아냐. 그냥 두어 시간쯤 앉아 있다가 오면 돼."

경수는 딴청을 피웠다.

"선배, 거긴 왜 가? 어떤 마음으로 가?"

"나도 몰라. 한 번 가기 시작하니까 중간에 못 그만두겠더라. 근데 신기한 게, 가기 직전까진 진짜 귀찮은데 막상 도착해서 할머니들 얼굴을 보면 잘 왔다 싶어지는 거 있지?"

"어, 그럼 교회 가는 거랑 비슷한 거구나."

날라리 기독교인이었던 경수는 얼떨결에 그녀의 청을 수락했다. 선배는 뉴욕으로 떠났다. 잊고 싶은 과거와 결별하기 위해서라는 게 이유였다. 그녀는 자신의 잊고 싶은 과거였던 남자가 뉴욕에 있다는 말은 하지 않았다.

  경수는 그 소년의 이야기를 아직 기억하고 있었다.

  넌 대체 못하는 게 뭐냐? 급우들은 감탄했다. 소년은 고교 시
절 내내 전교에서 상위 2퍼센트 이내의 성적을 유지했다. 100미
터를 12초에 주파했다. 각종 백일장 및 사생대회, 영어토론대
회, 정보화능력경진대회 등 무슨무슨 대회에 나가는 족족 입상
했다. 이 다재다능함은 집에서도 보란 듯이 발휘되었다. 소년은
잔고장을 일으키는 가전제품들을 드라이버 하나로 제압했다. 다
죽어가는 화초들을 살려냈다. 김치를 담그는가 하면 심지어 좌
포우혜, 홍동백서, 조율이시를 줄줄이 꿰며 제사상을 법도에 맞
게 차릴 줄도 알았다.

  그래도 여자는 웃지 않았다. 소년은 더욱 노력했다. 상위 1퍼
센트 안에 들기 위해, 100미터를 11초에 주파하기 위해, 더 맛
있는 김치를 담그기 위해. 쉽지 않은 일이었으나 소년은 여자의
웃는 얼굴을 보고 싶었다, 기보다는 여자를 웃게 해야 한다는 의
무감 때문에 포기할 수가 없었다. 그 무렵 소년은 동화 속에서
공주를 웃기는 데 실패하여 참수당하는 광대들의 꿈을 자주 꾸
었다. 그는 아침에 눈뜨면 기지개를 켜는 대신 목이 제자리에
붙어 있나 만져보는 버릇을 갖게 되었다.

  엄마가 죽어버리면 얼마나 편할까. 수능시험을 치른 직후에
소년은 혼잣말을 했다. 그것은 진담이 아니었으나 그렇다고 농

담도 아니었다. 여자가 죽어버리자 소년은 정말로 편해졌다. 언제 찍어둔 것인지 모를 영정 사진 속의 여자가 마침내, 웃고 있었기 때문이다. 여섯번째 발가락처럼 잘 보면 어딘가 부자연스러운 웃음이었으나 소년은 그런 대로 만족했다. 상복을 벗자마자 사흘을 내리 잤다. 요의도 없고 꿈도 없던 잠에서 깼을 때 그는 아침마다 제 목을 만져보던 버릇이 없어졌음을 알아차렸다. 없어진 것은 그것만이 아니었다. '넌 못하는 게 뭐냐'고 급우들을 놀라게 했던 많은 지식과 재능과 장기 들을 그는 도박에 진 사내처럼 모조리 잃었다. 불행히도 마지막 기말고사가 남아 있었다. 소년의 컴퓨터용 수성사인펜은 모범운전사였다. 정답만 요리조리 피해간 그의 답안지를 그러나 선생들은 문제 삼지 않았다. 유일한 가족이었던 엄마를 사고로 잃은 충격이 오죽했겠냐며 혀를 찰 뿐이었다.

할머니들은 신축 빌라에 살고 있었다. 경수는 근처의 슈퍼마켓에서 두유를 샀다. 초인종을 누르기 전에 모자를 벗어 배낭에 넣었다.

"김가 왔다?"

이름이 경수라고 아무리 일러주어도 할머니들은 외우기 어렵다며 그를 '김가'라 불렀다. 그녀들은 우리말에 서툴렀다. 어릴 때 고국을 떠나 중국에서 오십여 년을 살았으니 우리말보다 중국말에 능한 것도 당연했다. 실내는 어둠침침했다. 전기세를 아낀다고 그녀들은 흐린 날에도 낮에는 불을 켜지 않았다. 난방비를 아낀다고 추운 날에도 밤에만 보일러를 가동했다. 경수는 그녀들을 안쓰럽게 여기지 않았다. 할머니들의 집은 경수의 집보다 훨씬 넓고 아늑했다. 현관문의 잠금 장치는 최신형 디지털 도어록. TV는 32인치 완전평면이었고 양변기에는 비데가 장착되어 있었다. 다만 그 모든 것을 누릴 수 있게 해준 것이 동네 교회의 후의라는 사실 때문에 그녀들은 정말 누리고 싶은 것을 마음 놓고 누리지 못했다. 엄지손가락처럼 땅딸막한 왕 할머니가 침대 밑에 숨겨두었던 「반야심경」을 꺼내왔다. 구부러진 못처럼 앙상한 체구에 허리가 휜 조 할머니는 염주를 챙겨왔다. 경수는 목청을 가다듬었다.

"마하반야바라밀다심경 관자재보살 행심반야바라밀다시 조견 오온개공……"

예수가 십자가에 못 박힌 나무상이 벽에 걸린 거실에서 두 노파는 염주를 굴리며 그의 독경에 귀 기울였다. 아제아제 바라아제 바라승아제 모지 사바하.

선배의 말대로 그가 할머니들의 집에서 하는 일은 별 거 아니었다. 오후 두 시에서 세 시 사이에 방문한다. 반야심경을 읽어준다. TV를 본다. 저녁을 함께 먹는다. 그게 다였다. 왕 할머니가 돼지비계가 듬뿍 들어간 정체불명의 국을 끓이고 자반고등어를 기름에 지지는 동안, 경수는 조 할머니와 TV를 시청했다. 우리말을 못 알아듣는 팔십 노파와 함께 보는 프로그램은 웃겨도 웃기지 않고 슬퍼도 슬프지 않았다. 반찬들은 씹지 않아도 목구멍으로 미끄러져 들어갈 만큼 기름투성이였으나 경수는 밥을 두 공기 비웠다. 두 할머니는 논에 못물 들어가는 것을 보는 농부마냥 기뻐했다. 그러나 디저트로 나온 것은 역시 그녀들의 말다툼이었다. 둘은 평소에는 우리말 반 중국말 반으로 대화하다가 싸울 때는 백 퍼센트 중국어를 썼다. 무슨 일로 싸우는지 알 수 없었으므로 경수는 빈 밥그릇만 만지작거렸다. 왕 할머니가 경수의 소맷자락을 움켜쥐었다.

"내 빗 훔쳐갔다!"

옷핀, 덧버선에 이어 이번엔 머리빗이었다. 말수 적은 조 할머니는 입을 다물고 머리를 세차게 흔들었다. 경수는 밖으로 나갔다. 슈퍼마켓에서 규격과 가격은 같으나 색깔이 다른 빗을 두 개 사왔다. 두 할머니는 금세 평온을 되찾았다. 경수는 그녀들이 잃어버린 것이 금반지나 가죽장갑이 아니어서, 옷핀이나 머리빗이어서 다행이라고 생각했다. 빌라를 빠져나오면서 그는 모자를 도로 썼다. 난 야구모자가 잘 어울리는 남자가 좋더라. 선배는 그렇게 말했었다.

경수는 자주 그 소년의 이야기를 떠올렸다.

마지막 기말고사는 망쳤어도 소년의 수능시험 성적은 최상위권이었다. 그는 명문대에 입학했다. 스무 살. 이제 청년이 된 그는 전공에 아무런 흥미를 느끼지 못했다. 누구와도 친해지려

하지 않았고 그 어떤 동아리에도 관심이 없었다. 청년의 학점은 그의 시력보다 낮았다. 그의 인간관계는 공중전화 부스만큼 좁았다. 대학교에는 별의별 인간들이 다 있었으므로 청년은 눈에 띄지도 않았다. 그럼에도 한 학기가 지나자 과 동기들 사이에 소문이 돌았다. 청년이 대학 본관 앞의 초대형 잔디밭을 새로 깔아주는 대가로 입학했다는 것이 그 요지였다. 새 학기가 시작되던 날, 그는 수강신청서를 제출하기 위해 과 사무실에 들렀다. 누군가 그에게 다가왔다.

"본관 앞 잔디 말야, 니네 아버지가 까셨다며?"

그것은 딱히 질문이라고 할 만한 것이 아니었으나 그렇다고 대답을 요구하지 않는 것도 아니었다. 모두 숨을 죽였다. 과 사무실 전체가 커다란 귀가 되어 있었다.

"나, 아버지 없어."

청년의 대꾸에 커다란 귀가 미세하게 움찔했다. 곧 그의 뒤에서 정적을 건너온 한마디.

"우문현답이네."

청년이 돌아서자 문가에 서 있는 여학생이 보였다. 그녀는 짧게 친 커트 머리에 얼굴이 희었다. 왼쪽 뺨에만 보조개가 패어 있었다. 야아, 이게 누구야? 어머, 보조개 너 언제 왔어? 정말 오랜만이에요! 별안간 떠들썩해지는 과 사무실을 청년은 소리 없이 빠져나왔다. 나는 왜 대학에 다니지? 스스로에게 물었다. 휴학이나 자퇴를 하는 것도 괜찮겠다고 생각했다. 하지만 그보

다는 조금 전의 그 여학생이 누군지 알아보는 게 먼저였다. 그
것은 청년이 대학에 입학한 후 처음으로 가져보는 '의욕'이었다.

  햄의 유통기한은 지난달 말일까지였다. 소시지의 포장지에는
열흘 전의 날짜가 찍혀 있었다. 경수의 발 앞에 햄 두 상자와 소
시지 한 상자가 쌓였다. 그 옆에는 50배로 희석한 옥살산 용액
이 든 병이 놓여 있었다. 그는 고무장갑을 꼈다. 증명사진 크기
로 잘라놓은 거즈를 왼손 엄지와 검지로 쥐고 오른손으로 옥살
산 병의 뚜껑을 열었다. 두 시간 후면 상자 속의 햄과 소시지들
은 새로운 유통기한을 부여받고 다시 태어날 것이다.
  괜찮아. 어차피 한 번 훈제된 거라 날짜 좀 지나도 돼. 그게
진짜 상하는 시기는 유통기한 한두 달 후라고. 니가 봐서 포장
지 안에 습기가 없음 그냥 날짜 찍어. 마트 주인 사내는 겁이 많
아서 말도 많았다. 우유팩에 찍힌 날짜를 아세톤으로 지우다가
발각될 뻔한 사건을 겪은 후로는 식육가공품에만 전념했다. 경
수로 말하자면, 햄이 가득한 상자를 나르는 것보다는 상자에 가
득한 햄의 포장지에 찍힌 숫자를 바꾸는 쪽이 쉬웠다. 게다가
지나간 날짜를 다가올 날짜로 둔갑시키는 일은 시시한 한편 흥
미로웠다. 경수는 제가 시간을 마음대로 조정하는 전지전능한
신이 된 듯한 망상에 젖기도 했다. 물론 미래의 시간을 과거로
돌리는 것은 허용되지 않았다. 유통기한에는 과거가 없으므로.
그것이 경수는 마음에 들었다. 과거는 힘이 없다. 현재가 인간

이라면 과거는 귀신이다. 경수는 그렇게 생각했다. 거즈로 닦아낸 포장지 하단의 공란에 부지런히 스탬프를 찍었다. 선배가 과거를 잊을 수 있기를 그는 진심으로 바랐다.

아르바이트가 끝났다. 창고를 빠져나오자 곧바로 통조림 진열대가 나타났다. 경수는 무심코 손에 닿는 참치캔을 뒤집어보았다. 2013. 01. 29까지. 앞으로 칠 년 후에 이것을 먹어도 된다는 얘기였다. 겨우 칠 년 후인데도 2013년이 까마득히 먼 미래로 느껴졌다. 그때 자신은 어떤 모습이 되어 있을까. 캔을 제자리에 놓았다. 자신은 칠 년 동안 이런저런 변화를 겪으며 나이 들어갈 것이다. 아니, 사고로 죽을 수도 있다. 하지만 이 참치캔은 지금의 모습 그대로일 것이다. 변하는 것과 변하지 않는 것, 어느 쪽이 더 나을까. 경수는 한숨 쉬듯 길게 휘파람을 불었다. 진열대 아래쪽에서 햇반 네 개를 집었다. 다섯 개로 묶음 포장된 신라면과 풀무원 김치, 3분 미역국도 계산대에 올렸다. 넌 어떻게 된 게 메뉴가 만날 똑같냐? 주인 사내가 타박을 하면서 비닐봉지 안에 햄과 소시지를 넣어주었다. 경수는 고개를 꾸벅 숙였다. 경수야, 넌 대학 갈 생각 없냐? 마트의 출입문은 자동문이었다. 열린 문 앞에 어정쩡하게 서서 경수는 웃어 보였다. 사내는 눈을 내리깔고 장부에 볼펜으로 무엇인가를 적으면서 말을 이었다. 나중에 이렇게 유통기한이나 바꾸는 짓거리 안 하려면, 젊을 때 공부해야 된다. 아버지에게서도 들어본 적 없는 자상한 말이었다. 경수는 사내 앞으로 한 발짝 다가섰다. 자동문이 닫혔다. 그는 비밀이라도 털어놓듯이 목소리를 낮췄다.

"저, 사실은 대학 다녀요."

사내가 장부에서 얼굴을 들었다. 인중에 볼펜 똥이 묻어 있었다.

"니가 무슨 대학을 다녀?"

"……"

"너, 인제대학교가 어디에 있는지 알아?"

"글쎄요. 인제에 있겠죠."

사내는 그럼 그렇지 하는 얼굴로 코웃음을 쳤다. 누굴 속이려고. 인제대학교는 김해에 있어. 것도 모르면서 무슨. 허풍 떨지 말고 앞날에 대해 진지하게 생각 좀 해봐. 아니, 그 학교가 어디에 있든, 그게 저랑 뭔 상관입니까? 전 진짜 대학생이라고요. 경수는 항변하려 했으나 그보다 빨리, 자동문이 열렸다.

집 앞에 이르렀다. 신문사절. 현관문 위의 네 글자가 그의 눈을 사로잡았다. 신문이 배달되기 시작한 지 얼추 한 달쯤 되었을 거라는 생각이 들었다. 경수는 라면박스 앞에 쪼그리고 앉았다. 신문 더미를 뒤져 맨 밑에 깔린 신문의 날짜를 확인했다. 한 달하고도 일주일이 지나 있었다. 왜 신문 대금을 받으러 오지 않을까. 공연히 조바심이 났다.

국제전화를 세 차례나 걸었던 탓이다. 휴대폰 이용 요금이 팔만원 가까이 나왔다. 돈 많이 드니까 전화하지 마. 내가 할게,

금요일 저녁 다섯 시에. 여기서 한국으로 거는 건 싸거든. 마지막으로 통화했을 때 선배는 말했다. 그녀는 아주 바쁘게 지낸다고 했다. 발음을 교정하는 게 가장 힘들다던가. 맨하탄, 맨하탄 그러면 여기선 아무도 못 알아들어. 맨햇은, 이래야 한다니까. 경수는 그녀의 발음을 흉내내보았다. 맨햇은, 맨햇은. 자신의 뒤통수가 찍힌 사진처럼 멍청하게 느껴지는 단어였다. 경수는 휴대폰 액정의 시계를 거푸 확인했다. 금요일 저녁 다섯 시였다. 선배는 약속을 어긴 적이 없었다. 삼 분, 사 분, 오 분. 드디어 휴대폰 벨이 울렸다.

"김가 학상!"

조 할머니였다. 왕 할머니가 계단에서 넘어졌단다. 경수는 점퍼를 걸치고 야구모자를 눌러 쓰면서도 휴대폰 액정에서 눈을 떼지 않았다. 다섯 시 십 분. 전화는 오지 않았다. 선배가 말한 금요일 저녁 다섯 시는 뉴욕의 시간을 일컫는 것이었을까.

경수는 괜찮다고 손사래 치는 왕 할머니를 업었다. 다행히 발목에는 이상이 없었다. 한의사는 진맥을 하더니 이만하면 건강하신 편이라고 했다. 왕 할머니가 뻑뻑한 수도꼭지를 있는 힘껏 비트는 듯한 목소리로 대꾸했다.

"의사 선상님, 나 자궁 없습니다."

한의사가 경수를 쳐다보았다. 경수는 왕 할머니와 조 할머니를 번갈아 본 후 의사를 향해 웃었다. 한의사가 간호사에게 차트를 넘겨주었다. 가서도 됩니다. 젊은 한의사는 조금만 틈을 주면 자신의 한 많은 인생사를 늘어놓는 게 나이 먹은 여자들의 특기라는 것을 잘 아는 양반이었다. 진짜 자궁이 없나요? 진찰실을 나오면서 경수는 슬쩍 물었다. 진맥만으로는 단정할 수 없다고, 특정 장기의 맥이 잘 안 잡힐 때 자궁이 없나 추측할 수 있을 뿐이라고, 그러나 할머니의 맥은 또렷하게 잡히므로 그럴 가능성이 없다고 한의사는 설명했다.

"저 의사 가짜다. 중국 의사가 잘 본다. 중국 최고다."

경수와 한의사의 대화를 들었을 리 없는데 왕 할머니가 중중거렸다. 가는귀가 먹어 왕 할머니의 말을 들었을 리 없는데 조할머니는 머리를 끄덕거렸다. 세 사람은 나란히 걸어 할머니들의 집까지 왔다. 왕 할머니가 양고기를 기름에 볶고 전을 부치는 동안 경수는 조 할머니와 함께 텔레비전을 보았다. 이효리가 배꼽을 내놓고 엉덩이를 흔들었다. 조 할머니가 눈살을 찌푸렸다. 그녀는 중국말로 무어라 중얼거리더니 채널을 돌렸다. 꿩이 알을 낳는 장면을 보면서 세 사람은 기름통에 빠졌다 나온 듯한 식탁에 둘러앉았다.

경수가 보기에 두 할머니는 그냥 평범한 노파들과 다를 바가 없었다. 그녀들은 팔다리에 일본군에게 난자당한 흉터를 가지고 있지 않았다. 악명 높은 606호 주사 자국이 있는 것도 아니었다. 일본군의 정액이 연상되어서 우유나 요구르트를 못 먹는 경우도 있다는 한국정신대문제대책협의회 간부의 말이 무색하게, 그녀들은 유제품을 즐겼다. 십오 년째 매주 수요일마다 진행돼왔다는 일본대사관 앞 시위에도 관심이 없을뿐더러, 하다 못해 독도 영유권 문제로 매스컴이 떠들썩할 때에도 홈쇼핑 채널 따위에 멍한 눈을 주고 있기 일쑤였다. 우리말을 잘 못한다는 것만 빼면, 그녀들이 과거에 일본군 위안부로서 끔찍한 고통을 겪었으며 해방 후에도 오십 년간 국적 없이 중국 땅을 떠돌아야 했다는 것을 짐작할 만한 그 어떤 특징도 찾아볼 수 없었다. 그녀들은 그저 의심 많고, 인색하고, 일찍 자고 일찍 일어나며, 노인성 백내장을 앓는, 이 땅의 흔하디흔한 할머니들이었다.

무슨 일이 생기면 일단 정대협에 연락해. 혹시 밖에 나가게 되면 다른 사람들 앞에서 할머니들이 위안부라는 거 절대 티내지 말고. 니가 먼저 위안부에 관한 얘기들을 여쭤보지도 마. 고통스러우실 테니까. 일본 얘기에 민감하시니까 말할 때 조심하고. 방문하는 날짜와 시간은 꼭 지켜. 참, 정신대라는 표현은 잘못된 거 알지? 일본군 위안부가 정확한 표현이야. 그리고 또…… 선배가 강조했던 백만 가지 주의사항들은 도대체 지킬일이 없었다. 아니나 다를까. 경수가 숨을 멈추고 누린내 나는 마지막 양고기 조각을 삼키자마자 디저트가 나왔다. 오늘의 메뉴는 사라진 바나나였다. 두 노파는 없어진 바나나 한 송이를 상대가 먹었다며 서로 목소리를 높였다. 경수는 바나나를 사러가기 위해 점퍼를 걸쳤다. 현재 생존해 있다는 위안부 할머니들 중 이 두 사람을 제외한 나머지 123명은 어떤 할머니들일까. 별로 알고 싶지 않았다.

그날 경수는 할머니들의 집에서 잤다. 다치지도 않은 발목을 들이대며 상태가 밤사이 악화되면 어떡하느냐고 왕 할머니가 그를 잡았던 것이다. 저녁 여덟 시면 잠드는 그녀들은 아홉 시가 되자 늦었다고 호들갑을 떨더니 곧장 곯아떨어졌다.

밤은 길었다. 머릿속은 맑았다. 겨우 열 시였다. 경수는 소파에 누워 뒤척이다가 결국 일어났다. 심심했다. 몇 시간 전에 제가 사온 바나나를 먹으며 집 안 곳곳을 살펴보았다. 주방 뒤쪽의 다용도실에서 발견한 것은 고량주 병들. 이쑤시개 통의 이쑤시개들처럼 그것들은 발 디딜 틈 없이 빽빽하게 다용도실 바닥을 메우고 있었다. 경수는 그 어마어마한 개수에도 놀랐지만 그것들이 전부 빈 병이라는 데 더 경악했다. 냉장고에서 찾은 것은 기름기로 번들거리는 검은 비닐봉지들. 그 안에는 한눈에도 살코기보다 비계가 더 많은 고깃덩어리들이 들어 있었다. 보는 것만으로도 콜라 생각이 간절해졌다. 냉장고 뒤며 식탁 아래며 문틈이며 어디랄 것 없이 사방에서 숨은 그림 찾듯 끄집어낸 것은 갖은 종류의 쓰레기들. 어쩌다 흘린 것이 아니라 일부러 숨겼다고밖에 생각되지 않는 그것들을 경수는 쓰레기통에 버렸다. 싱크대 선반에서 꺼낸 것은 여러 종류의 액체가 든 플라스틱 병들. 상표 딱지에는 한자들이 잔뜩 씌어 있었다. 그는 손가락으로 한자를 한 자씩 더듬어가며 '流通期限'을 찾았다. 날짜가 지난 병이 세 개나 되었다. 경수는 병 속의 액체를 개수대에 쏟아

부었다. 거실 베란다로 나갔다. 뜻밖에도 거기엔 '아버지가방에 들어가실' 정도로 큰 가방이 있었다. 속에 옷가지들이 가득했다. 새 옷과, 새 옷 같은 헌 옷들은 모두 여성용이었다. 동네 교회 의 교인들이 가져다주었으리라. 이렇게 많은 옷들을 두고 할머 니들의 옷차림은 늘 단출했다. 필시 누군가에게 보내려는 거겠 지. 중국에 있다던 조 할머니의 양녀? 왕 할머니의 양자와 결혼 했다던 조선족 며느리?

경수는 소파로 돌아와 앉았다. 이유 없이 귀가 먹먹했다. 소 파의 등받이와 팔걸이 사이에 무엇인가 끼어 있었다. 조 할머니 의 사진이 박힌 주민등록증이었다. 말도 없고 웃음도 없는 그 녀. 우리말보다 중국말을 더 잘하고, 우리 음식보다 중국 음식 을 더 좋아하고, 우리 의사는 못 믿어서 백내장 수술도 중국 의 사에게 받겠달 정도로 중국을 신뢰하는, 그녀의 주민등록증에 는 '대한민국' 네 글자와 태극무늬 홀로그램이 새겨져 있었다. 그녀는 1925년생. 주민등록증이 발급된 해는 2005년. 땀이 밴 경수의 손바닥 위에서, 한국인 조 할머니의 표정 없는 얼굴은 모두 아는 노래를 저 혼자 모르는 아이같이 애처로워 보였다.

그는 밤새 잠을 설쳤다. 그럼에도 아침에 그의 가랑이에는 불 룩하게 텐트가 쳐져 있었다. 젠장. 입술을 깨물었다. 다른 사람 도 아니고 위안부 할머니들이 옆방에서 자고 있는데 텐트라니. 생리현상일 뿐이라고 스스로를 변호하면서도 그는 죄의식을 느 꼈다. 마음속으로 국민교육헌장을 외웠다. 「어머니 은혜」 노래도 불렀다. 왕 할머니가 방에서 나왔다.

"김가, 언제 또 온다?"

텐트의 바람이 빠졌다. 경수는 소파에서 일어났다.

"다음주 목요일에 오겠습니다, 할머니."

"저기…… 나, 오고 싶은 데 있다."

"가고 싶은 데요? 어디 가고 싶으신데요?"

"장충단 공원."

'오다'와 '가다'도 혼동하는 왕 할머니가 '장충단 공원'이라는 지명을 똑똑히 밝힌 데에 경수는 적이 놀랐다. 다음 목요일을 기약한 후, 아침상을 차리려는 그녀를 만류하고 그는 서둘러 귀가했다.

현관문 앞. 오늘자 신문 옆에 웬 커다란 상자가 놓여 있었다. 구독해주셔서 감사합니다. 락앤락 밀폐용기 세트가 든 상자의 겉면에 그런 문구가 인쇄되어 있었다. 갈수록 태산이라더니. 경수는 정말로 배달원을 만나보고 싶어졌다. 그러나 지금 중요한 것은 그게 아니었다. 선배의 전화를 제 집에서 마음 편히 받기 위해 서둘러 오지 않았던가. 화장실에 가고 싶은데 갈 수 없을 때의 심정으로 그는 휴대폰을 들여다보았다. 토요일 아침 일곱 시였다. 뉴욕의 금요일 저녁 다섯 시. 선배가 말했던 시각. 휴대폰 액정은 달력의 풍경사진 속 호수같이 잔잔하기만 했다. 오분, 십 분, 십오 분. 전화는 오지 않았다.

그 소년, 아니 그 청년에 대한 경수의 기억은 늘 싱싱했다.

청년은 왼쪽 뺨에만 보조개가 있던 '우문현답이네' 여학생을 사랑하게 되었다. 보조개라는 애칭으로 더 유명했던 그녀는 청년에게 호의적이었다. 둘은 친해졌다. 그러나 한계가 있었다. 보조개는 이미 학내에서 소문난 캠퍼스 커플이었다. 외교관의 아들과 독지가로 명망 높은 대학교수의 딸. 두 사람의 뒤를 광배인 양 받쳐주는 가문과 재력이 아니더라도 둘은 모두의 선망의 대상이었다. 외모마저 빼어난 그들은 결혼정보회사의 광고지에서 막 빠져나온 듯 잘 어울렸다. 그런 그녀가 저에게 잘해주었으므로 청년은 기뻤고 또 슬펐다.

한 학기가 지나갔다. 후배 여학생 하나가 청년에게 사랑을 고백했다. 청년은 소스라쳤다. 그 다음엔 풀이 죽었다. 그녀는 길거리에서 십 분에 한 명꼴로 마주칠 만한, 모든 면에서 지나치게 평범한, 어디에서도 존재감이 느껴지지 않는 그런 여학생이었다. 잘생기고 예쁘고 잘나가는 남녀가 서로 커플이 되듯이, 범상하고 보잘것없는 남녀는 또 그런 이들끼리 커플이 되는 것일까. 자신이 딱 그저 그런 여자가 좋아해줄 만큼의 그저 그런 남자라는 사실을 청년은 인정해야 했다.

또 한 학기가 지나갔다. 보조개가 그 잘난 남자친구와 헤어질지도 모른다는 소문이 돌았다. 청년은 진위를 확인하고 싶었다. 이메일을 엿보기로 마음먹었다. 학교 전산실의 구석자리에서 보조개의 아이디로 로그인을 시도했다. 비밀번호를 알아내려면

그녀가 입력한 질문에 그녀가 지정한 답을 달아야 했다. 질문:
Why do people sometimes weep at heart? 한때 영어토론대회
에서 입상한 적도 있는 청년은 질문은 해석했지만 답을 영작할
수가 없었다. 인간이니까. 대놓고 우는 건 쪽팔리니까. 살다 보
면 속으로 울 일도 있는 법이니까. 그건…… 나도 모르니까.
청년은 자리에서 일어났다. 교문까지 터덜터덜 걸었다. 한때
100미터를 12초에 주파했던 그의 두 다리는 맥없이, 그의 아버
지가 깔았다는 소문이 돈 바 있는 본관 앞 잔디밭을 가로질렀다.
　내 인생이 왜 이렇게 되었을까. 왜 그저 그런 남자밖에 되지
못했을까. 햇살 아래 교회의 첨탑처럼 빛나던 재능은 다 어디로
사라졌을까. 청년은 그 모든 것이 어머니가 세상을 떠난 후 일
어난 일이라는 것만은 알 수 있었다. 웃지 않던 어머니. 그녀는
입만 열면 한탄을 했다. 니가 딸이라면 내가 해줄 얘기가 너무
많은데. 어떤 딸도 자신만큼 딸 노릇을 잘하지는 못할 거라는
게 당시 청년의 생각이었다. 그리고 그는 어머니가 하고 싶어
하는 얘기가 무엇인지도 알고 있었다. 그때 어머니는 어디로 가
고 있었을까. 그녀는 운전을 하고 있었다. 이른 아침이었다. 그
녀보다 다른 여자를 더 사랑했던, 자신의 남편에게 가던 길이었
을까. 신호등이 깜박거렸다. 골목에서 자전거를 탄 사내아이가
갑자기 튀어나왔다. 어머니는 핸들을 꺾었다. 목격자의 진술은
거기까지였다.
　청년은 휴학을 했다. 집에서 종일 텔레비전을 보았다. 그가

즐겨보는 것은 부부 문제를 조명하는 일종의 고발 프로그램이었다. 고부간의 갈등 편이 특히 재미있었다.

"저희 시어머니는 신혼여행지에도 따라왔어요."

저 여자의 시어머니도 젊어서 과부가 되었을까. 저 여자의 남편도 삼대독자였을까.

"저희 시어머니는요, 밤마다 그이와 제가 자는 방에 불쑥불쑥 들어왔어요."

저 여자의 시어머니도 저 여자의 남편과 동침했을까.

"문제는 그이가 그걸 아무렇지도 않게 여긴다는 거예요."

저 여자의 남편도 아내보다 어머니를 더 사랑했을까. 청년은 문득 알고 싶었다. 정상적이지 못한 관계의 시어머니와 남편과 아내. 셋 중에 가장 불행한 사람은 누구일까. 의외로 어려운 질문이었다. 청년이 답을 찾느라 고심하던 어느 날, 어머니의 남편이 그를 찾아왔다. 불과 이 년 새에 머리가 허옇게 센 채로 아버지는 모든 게 오해라고 말했다. 오해 때문에 어머니가 그렇게 된 것이라면 더더욱 용서할 수 없었다. 그러나 용서하지 않으려면 어떻게 해야 하는지 청년은 알 도리가 없었다. 그는 자꾸 침만 삼키는 아버지의 손을 잡았다. 시디롬 드라이브에서 금방 꺼낸 시디같이 뜨거운 손이었다. 용서는 쉬웠다. 누군가의 말마따나, 어려운 것은 잊어주는 것이었다.

장충단 공원은 노인들 천지였다. 매주 월요일 무의탁 노인들에게 점심 제공. 현수막의 글귀가 봄 안개에 젖고 있었다. 경수는 이름과 연락처가 적힌 명찰이 할머니들의 목에 잘 걸려 있는지 재차 확인했다. 왜 하필 이곳에 오자고 했을까. 공원 안에는 물오른 봄 나무들의 빛깔이 보기 좋을 뿐 일부러 먼 걸음을 할 만큼 뛰어난 풍광은 없었다. 조 할머니는 입에 압정을 한가득 물고 있는 듯한 표정으로 땅만 보고 걸었다. 중국에 한 번 다녀가고 싶다는 그녀에게 양녀가 오지 말라 한 모양이었다. 나쁘다. 고생해 키웠다. 딸 나쁘다. 왕 할머니가 조 할머니 들으라고 큰소리로 중얼댔다. 경수는 두 할머니를 앞세우고 천천히 걸었다. 이곳에 오자고 한 왕 할머니는 주위를 두리번거리기만 했다. 발바닥 지압용 자갈이 깔린 건강 산책로에도, 화강암 돌기둥이 운치 있는 수표교에도, 물줄기 사이로 무지개가 어리는 분수대에도 관심이 없었다. 그녀가 반색을 한 것은 벤치에 앉아 담배를 피우던 나이 지긋한 할아버지 세 명을 발견했을 때였다. 그들의 나이가 팔십 줄이라는 것을 확인한 후, 그녀는 1939년에 여기 절이 있지 않았느냐고 물었다. 93년도 아니고 39년이라니. 통역을 해주려고 할머니의 뒤에 서 있던 경수는 아연실색했다. 어휘가 부정확한 데다 종결어미가 죄다 평서형인데도 할아버지들은 그녀의 말을 용케 알아들었다. 사당 말이오? 육이오 때 불 탔지. 그 터가 지금 저 신라호텔 자리잖소. 할머니는 사당이 아니라 절이라고 우겼다. 다른 할아버지가 아는 체를 했다. 아, 있었어요. 왜 박문사라고, 왜놈들이 세운 절이 하나 있었어. 할머니가 손뼉을 쳤다. 그녀는 할아버지들에게 동서남북 어딘가를 끊임없이 가리키며 육십칠 년 전의 지형도를 기억 속에서 복원코자 했다. 일제, 광복, 육이오 같은 사전 속의 낱말들이 수시로 대화에 등장했다. 경수는 그들 뒤에 멀찍이 서서 자신의 눈앞에 펼쳐진 역사 교과서의 한 페이지를 읽었다.

"나 여기서 끌려갔다. 왜놈들헌티."

할아버지들과 헤어져 말없이 걷던 왕 할머니가 나지막하게 뇌까렸다.

"나 열시 살이다. 그때 여기 오지 안 했으면 안 끌려갔다."

처음 듣는 얘기였다. 그래서 이곳에 와보고 싶어 했구나. 경수는 뜨거운 커피를 단숨에 마신 기분이었다. 육십칠 년 전 그날, 소녀가 옆집 아저씨에게 속아 이곳으로 오지 않았다면. 또래 소녀들과 함께 옷 보퉁이 하나씩 끌어안고 두 줄로 서지 않았다면. 그래서 낯모르는 사내들을 따라가지 않았다면. 그랬다면 그녀의 인생은 어떻게 달라졌을까. 뜨거운 커피가 식도를 타고 흘러내렸다. 왕 할머니가 걸음을 멈췄다. 경수와 조 할머니도 따라 섰다. 백내장 때문에 혼탁해진 눈동자로 왕 할머니는 공원 입구 쪽을 주시했다. 여느 때와 달리, 지금 그녀의 눈에 보이는 세상은 선명했다. 사물들이 겹쳐 보이거나 나뉘어 보이지도 않았다. 이윽고 한 소녀가 검은 통치마에 하얀 면 적삼을 입고 공원으로 달려왔다. 선이 고운 이마에 입술이 붉은, 아주 예쁘게 생긴 열세 살 소녀였다. 오지 마. 오지 마라. 여긴 오면 안 돼. 왕 할머니가 두 팔을 휘저었다. 소녀의 전 생애를 가로막을 듯 단호한 눈길로, 그녀는 입구 쪽을 보며 한참을 그렇게 서 있었다.

세 사람은 매점 앞에 놓인 플라스틱 탁자 하나를 차지하고 앉았다. 경수가 종이팩에 든 우유를 세 개 사왔다. 하이고, 숨차. 왕 할머니가 제 가슴을 두드렸다. 나 허파 없다. 숨차다. 경수는 팩에 빨대를 꽂아서 할머니들에게 건넸다. 왕 할머니는 왜놈들이 자신의 허파를 떼어내고, 콩팥도 도려냈다고 식식거렸다. 경수는 소리 내어 웃었다.

"전엔 자궁이 없다고 그러시더니. 한의사가 할머니 자궁 있대요."

그는 조금 들떠 있었다. 왕 할머니의 과거사 자체보다도 그녀가 마침내 과거사를 털어놓았다는 사실이 놀랍고 감격스러웠던 것이다.

"…… 자궁 없다."

"할머니가 잘못 알고 계신 거예요. 할머니 콩팥도 있으실 거예요."

"……"

"허파는 물론 있고말고요. 허파가 없으면 사람은 죽어요."

"…… 죽어?"

왕 할머니의 목소리가 떨렸다. 그때였다. 우유만 홀짝이던 조할머니가 돌연 고개를 쳐들었다.

"나는, 죽는 것보다, 더하다."

띄엄띄엄, 그러나 분명한 발음으로 그녀는 말했다. 마지막 어절이 어째 이지러진다 했더니 그녀는 느닷없이 흐느껴 울기 시작했다. 울면서 주먹으로 경수의 어깨를 때리기 시작했다. 옆 탁자에서 맥주를 마시던 사내들이 이쪽으로 고개를 돌렸다. 아뿔싸. 이젠 왕 할머니까지 덩달아 울음을 쏟았다. 그녀도 울면서 경수의 다른 쪽 어깨를 때렸다.

"김가, 너 안다? 나 허파 없다. 자궁 없다."

두 할머니가 때리는 대로 맞다가 경수는 우유를 탁자에 엎질렀다.

"나 중국 간다. 내 딸 있다."

조 할머니가 던지고.

"나두 간다! 내 아들 있다! 메누리두 있다!"

왕 할머니가 받고. 두 할머니는 언제 준비해왔는지 손수건까지 꺼내 눈가를 찍었다. 중국에서 자신들은 보통 사람이었다고, 중국인들은 자신들의 과거를 알지 못했다고, 부모 형제도 자식도 친척도 없고 말도 통하지 않는 우리나라에서는 못 살겠다고. 매점 옆 지구대 초소 안에서 경찰 제복을 입은 남자가 이쪽을 바라보았다. 할머니를 울리는 것은 여자친구를 울리는 것보다 훨씬 더 악질적인 일이었다. 그래도 다행이었다. 두 명의 할머니가 우는 건 한 명의 할머니가 우는 것보단 덜 살풍경하니까. 어쨌든, 이럴 땐 어떻게 해야 하는 걸까. 선배가 알려준 주의사항들은 이런 순간에도 전혀 도움이 되지 않았다. 경수는 우유팩의 상단을 노려보았다. 04월 11일 12시까지. 모든 물건에는 유통기한이 있다. 그러나 사람이 살아가는 데에는 유통기한이 없는 것도 있을 것이다.

탁자의 모서리를 타고 흘러내린 우유 한 방울이 경수의 운동화 코에 똑 떨어졌다.

전화를 하지 말라고 했다, 선배는. 자신이 걸겠다고 했다. 서울의 금요일 저녁 다섯 시, 혹은 뉴욕의 금요일 저녁 다섯 시. 지난주에도 금주에도 전화는 오지 않았다. 경수는 메일을 쓰기로 했다. 그녀의 이메일 주소를 클릭했다. 선배, 잘 지내지? 선배, 전화 왜 안 했어? 기다렸는데. 선배, 과거와는 결별했어? 설마 그 자식 만나고 있는 건 아니겠지? 선배, 보고 싶다……건네지 못할 안부들이 그의 가슴속에서 자판 두드리는 소리처럼 한꺼번에 튀어 올랐다. 아침이 밝아왔다. 하고 싶은 얘기를 쓸 수 없었으므로 경수는 그녀가 듣고 싶어 할 얘기를 쓰기로 했다. 선배, 나 할머니들 잘 찾아뵙고 있어. 한 달에 두 번씩 목요일마다 꼬박꼬박 가고 있어. 여기까지 쓰고 나자 말문이 막혔다. 사방이 고요했다. 어느 순간 문 밖에서 희미한 소리가 났다. 무언가가 시멘트 바닥에 부딪는 소리였다. 맞다, 신문! 경수는 뛰쳐나갔다. 건물을 막 빠져나가려던 배달원의 앞을 날쌔게 가로막았다. 도주로를 차단당한 채 어깨를 움츠리는 이는, 뜻밖에도 아직 애티가 가시지 않은 소년이었다.

"너! 뭐, 뭐야?"

소년은 어깨를 가느다랗게 떨었다.

"죄송해요……"

소년이 말끝을 흐렸다.

"제가 드릴 수 있는 게…… 이것밖에 없어서 그랬어요."

경수는 소년의 얼굴을 보기 위해 상체를 굽혔다. 고개를 숙이고 있는 이 왜소한 몸집의 소년이 바로, 이 년 전 자신의 어머니 차 앞으로 뛰어든 자전거 위의 사내아이라는 것을 그는 한참 후에야 알아보았다.

세상에 이런 일이 다 있다니. 경수는 수저 두 벌을 식탁에 놓았다. 정말 감동적이잖아. 그는 쉴 새 없이 주절거렸다. 진짜야. 동화책 같은 데나 나올 얘기라니까. 그의 말을 듣는지 마는지 소년은 제 허벅지에 손바닥만 문질러댔다. 실은 경수 자신도 제가 무슨 말을 하고 있는지 몰랐다. 어떻게 날 찾아올 생각을 했지? 어떻게 이 년 동안 그 사고를 잊지 않고 있었지? 라고 묻지 않기 위해 그는 분주히 움직였다. 햇반을 데우고 3분 미역국을 끓였다. 냉장고 문을 열었다. 안에는 그가 먹다 만, 유통기한이 지난 햄과 소시지밖에 없었다. 문을 닫았다. 그러므로 반찬은 김치 하나. 마땅한 그릇이 없어서 국을 냄비째 내놓았다. 조그만 햇반 용기와 커다란 국 냄비가 우스꽝스레 조화를 이루었다. 경수가 머리를 긁적였다.

"국그릇이 너무 크지?"

소년이 기다렸다는 듯 대답했다.

"아뇨, 밥그릇이 너무 작아요."

소년은 햇반을 두 개나 먹었다.

"…… 우문현답이네."

언젠가 선배가 저에게 했던 말을 경수는 소년에게 들려주었다. 아 참, 메일을 쓰다 말았군. 그런데 말이야 선배, 인간은 왜 때로는 속으로 눈물을 흘리는 거야? 자신이 그렇게 물어보지 못하리라는 것을 경수는 잘 알고 있었다. 소년의 좁다란 어깨 너머로 달력이 건너다보였다. 사월의 셋째 주 목요일까지 꼭 다섯 밤이 남아 있었다.

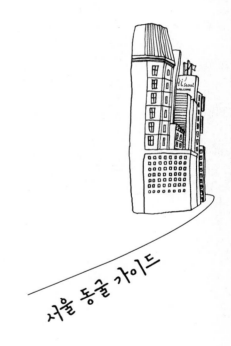

서울 동굴 가이드

내가 살고 있는 곳, 서울 고시원 203호에서 창문을 열면 신호
등 약국이 정면으로 내려다보인다. 고시원과 약국은 횡단보도
를 사이에 두고 있다. 이 보도에는 신호등이 없다. 약국 간판에
불이 들어오는 저녁 무렵, 행인들은 주의해야 한다. 간판의 신
호등 그림이 너무 밝고 문양도 선명해서 진짜 신호등으로 착각
할 수 있기 때문이다. 다행히 간판의 빨간불과 파란불은 늘 함
께 켜져 있다. 횡단보도 앞에 섰는데 신호등의 적색등 녹색등이
모두 켜져 있다면 어떻게 해야 할까? 약국의 불 켜진 간판을 내
려다보며 나는 가끔 그런 의문을 품는다. 물론 답은 매번 1) 그
냥 건넌다. 2) 건너지 않는다 따위의, 어린애도 금세 떠올릴 수
있는 수준에서 더 나아가지 않는다. 애써 그럴듯한 답을 떠올려
봐야 뭐하겠는가. 약국은 밤 아홉 시 십 분쯤 문을 닫는다. 여

자는 대개 아홉 시 이십 분쯤 204호로 돌아온다. 몇 시에 약국
으로 나가는지는 알 수 없다. 내가 출근을 위해 고시원을 나서는
시각인 오전 여덟 시 반 이후라는 것만 짐작할 수 있을 뿐이다.

하지 마아, 옆방에서 들어어. 목구멍에다 마요네즈를 들이부
은 듯 끈적끈적한 여자의 목소리가 베니어합판을 뚫고 귀에 와
꽂혔다. 204호다. 또 시작이군. 여자는 그 좁아터진 방 안에서
용케도 섹스를 즐긴다. 도중에 흐느껴 울거나 소리 높여 웃기도
한다. 뭐, 아무래도 상관없다. 그런 거 일일이 신경 쓰면 이 고
시원에서 못 산다. 방음은커녕 날이 갈수록 뛰어난 통음(通音)
효과를 자랑하는 이곳의 널빤지벽 시스템은 오직 서라운드 입체
음향에 익숙한 자만을 위해 존재하는 것이다. 벽 쪽으로 세워놓
았던 간이침대를 내렸다. 팔다리를 몸에 붙이고 갈고리 궐( ])
자로 누웠다. 큰 대 자로 누워본 지가 얼마나 오래되었을까. 혼
자 눕기에도 바듯한 매트 위에 몸을 부리자 204호의 신음 소리
가 박진감 넘치게 귓속을 파고들었다. 약국에서 소화제를 건네
줄 때와는 영 딴판으로 힘이 넘치는 목소리였다. 하루 세 번 식
후에 복용하세요. 약국에서의 여자는 목소리에 매가리가 하나
도 없었다. 그래서 나는 한번도 저, 204호 사시죠? 라고 아는
척을 해보지 못했다. 허, 고년 색 한번 잘 쓰네. 앞방인 202호
중늙은이의 촌평도 들려왔다. 204호가 들으면 어쩌려고, 목소
리가 여간 우렁찬 게 아니었다. 202호는 내게 시시각각 총무의
전언을 상기시켜준다. 처음 이곳에 왔을 때 총무는 말했었다.

학생이쇼? 여긴 도떼기시장이오. 공부하려면 딴 데 가보는 게 좋을 거요. 눈을 감았다. 온몸의 신경이 어쩔 수 없이 귀로만 쏠렸다. 남자는 용을 쓰느라 숨이 턱에 닿아 있었다. 저러다 숨 넘어가면 어쩌나 싶어 내 심장이 다 벌렁거릴 지경이었다. 남자의 숨소리가 좀 잦아드는가 싶자 이번엔 여자의 교성이 숨 가쁘게 고조되었다. 젠장. 협공인가. 숨 돌릴 틈이 없구만. 이렇게 살다간 시집도 못 가보고 화병에 걸려 죽을지도 모른다. 그렇게 생각하자 실없이 웃음이 나왔다. 솔직히 이건 오버다.

나는 시장통 입구에 위치한 이 개판 오 분 전 분위기의 고시원이 마음에 든다. 203호는 2층 복도 맨 끝에 있다. 창이 없는 복도는 대낮에도 어두침침하다. 현관에서 방까지 가는 십여 초 동안, 나는 종종 인적 없는 미개방의 동굴 속을 걷고 있는 듯한 착각에 빠진다. 방의 넓이는 한 평이 채 못 된다. 정중앙에서 앞으로 뒤로 옆으로, 그 어느 쪽으로도 두 발짝만 가면 벽과 맞닥뜨리게 된다. 고시원 생활 초기에는 자고 일어날 때마다 방 면적이 조금씩 줄어든 것처럼 느껴져서 불안에 떨기도 했다. 옆방 입주자들이 달도 채우지 못하고 퇴실하는 것을 볼 때면 나도 그만 나가야 하는 거 아닌가 고민이 되기도 했다. 그러나 입주사 개월째인 지금은 이 좁다란 방과 어두운 복도가 내 직장만큼이나 친숙하게 느껴진다. 여자도 의외로 잘 버티고 있는 것 같다. 그리고 보니 그녀가 204호에 들어온 지도 벌써 한 달이 다 되어간다. 여자는 왜 이런 데서 살까. 약사씩이나 되면서, 왜 말만 고시원이지 실정은 싸구려 여인숙이나 다름없는 이런 곳에서 사는 것일까. 자꾸만 여자에게 신경이 쓰인다. 그녀가 내 단골 약국에 새로 온 약사여서이기도 하고 옆방의 새로운 이웃이어서이기도 하지만, 그보다는 내가 퇴근 후에 별달리 할 일이 없기 때문이다. 거사가 끝났나 보다. 합판 너머 204호가 잠잠해진다.

홍은 매표소 데스크 밑으로 고개를 숙이고 무언가에 열중해 있었다. 보아하니 손톱을 손질하는 모양이었다. 그녀는 줄칼을 쥐지 않은 나머지 한 손으로 치마 위를 털어내면서 이따금씩 왼쪽 어깨를 추어올렸다. 왼쪽 어깨와 턱 사이에 수화기가 끼워져 있었다. 네, 물론이죠. 국내 유명 동굴에도 흔치 않은 박쥐며 장님굴새우, 등줄굴노래기…… 어머, 잘 아시네요. 그럼요, 전문 가이드가 자세한 해설도 해주기 때문에 자녀분의 체험 학습장으로는 최고입니다. 네? 아아, 걱정 마세요. 이곳은 전 세계 동굴 중에서 유일하게, 내부 어디에서나 휴대폰이 팡팡 터지는 곳이랍니다.

언제 들어도 상냥한 말투였다. 종결어미에 해요체와 합쇼체가 적절하게 섞여 말의 흐름도 매끄러웠다. 저 나긋하면서도 야무진 언변을 감상하고 있으면 누구라도 홍이 대화에 전심전력을 기울이고 있음을 믿어 의심치 않을 터였다. 때로는 나조차 헷갈렸다. 홍이 통화를 하면서 손톱을 다듬거나 휴대폰으로 문자 메시지를 보내거나 혹은 가스 고데기로 머리를 마는 것을 내 두 눈으로 보면서도 말이다. 손톱 거스러미가 잘 털어지지 않는지 홍은 자리에서 일어났다. 하이힐을 신은 두 발을 바닥에 신경질적으로 번갈아 굴렀다. 그 와중에도 그녀의 목소리 톤은 한 치도 흐트러지지 않았다. 그럼요, 인공 동굴이죠. 천연 동굴들은 너무 멀리 있지 않나요? 충청도에, 강원도에, 제주도에. 아이들 데리고 한번 다녀오기 참 힘들죠. 게다가 요즘 동굴들은 지나치게 관광 상품화되는 바람에 훼손이 심각한 상태예요. 관광객을 위해 켜놓는 전등 때문에 굴 내부에 이끼 끼죠, 표면이 검게 변하죠, 습도는 또 얼마나 낮아졌다구요. 그런 문제점들을 피해가면서 나아가 동굴 생태에 대한 학습 및 관람도 할 수 있도록 만들어진 것이 바로 이 '서울 동굴 탐험관'입니다.

파이팅! 통화를 끝낸 홍이 손을 흔들었다. 참, 내가 여기 서 있었구나. 종일 동굴 앞을 지키고 섰노라면 내가 여기 서 있음을 인식하게 해주는 건 나 자신이 아니라 그녀다. 매표소에 앉아 있는 홍은 내 키를 겨우 넘기는 낮은 동굴 입구에 서 있는 내게 때때로 말을 걸었다. 그럴 때 그녀의 표정은 마치 막대기를 쳐다보고 있는 것 같았다. 먹이를 삼키려 한껏 벌린 괴물의 아가리가 닫히지 못하도록 세로로 질러놓은 막대기. 내가 몸을 굽히거나 고개를 숙이는 순간 막대는 부러지고 괴물은 나를 한입에 삼켜버릴 것이다. 그게 걱정이 돼서 홍은 말을 시키는 것이다. 정신을 놓아버리면 안 된다고, 깜빡 졸다가 잡아먹힐 수도 있다고 경고해주기 위해서 말이다. 이런 쓰잘 데 없는 공상을 하면서 무료한 시간을 때우다 보면 어느새 오전이 다 가곤 했다.

오후가 되자 관람객들이 띄엄띄엄 입장했다. 탐험관의 주 고객은 초등학생들이다. 녀석들 중 스물에 열아홉은 방학 내 미뤘던 숙제를 하기 위해 온다. 봄방학도 다 끝나가니 절박했겠지. 보호자 없이 온 네 명의 남자아이들을 앞세워 동굴 안으로 들어갔다. 서른두 개의 조명등이 켜져 있는 동굴 속은 어둡고 습했다. 십여 미터쯤 들어가자 첫번째 석순이 나타났다. 시멘트 바닥 위에 석고를 이겨 모양을 빚고 그 표면에 수성 도료와 유색 유약을 칠해서 만든 가짜 석순이었다. 우와! 석순이잖아! 정말 신기하네? 와 같은 감탄은 당연히 아이들 입에서 튀어나오지 않는다. 그걸 입 밖으로 내뱉는 건 내 몫이다. 어머, 여기 석순이 있네! 너희들, 이게 어떻게 만들어지는지 아니? 아이들이 뒤돌아보았다. 경계하는 표정으로 지들끼리 쑥덕거리더니 한 아이가 앞으로 나섰다. 허리에 그거, 뭐하는 거예요? 다른 녀석이 거들었다. 우와, 꼭 기저귀같이 생겼다! 골반과 허벅지를 받쳐주는 안전벨트는 언제나 아이들의 호기심의 대상이 된다. 동굴 탐험 장비란다. 이 누나는 동굴 탐험가거든. 녀석들의 눈이 휘둥그레졌다. 상의와 하의가 원피스 형태로 붙어 있는 진주홍색 케이빙 슈트와 무릎까지 올라오는 고무장화, 자일이며 카라비너가 걸려 있는 벨트, 랜턴이 부착돼 있는 플라스틱 헬멧에 아이들은 열광한다. 관장의 예상은 적중했다. 그가 쓸데없이 불편하기만 한 탐험복을 내게 착용토록 한 데에는 타당한 이유가 있었다. 이를 테면 가짜 동굴의 조잡함과 어설픔을 가이드의 튀는 복장으로 보완하려고 했달까. 실제로 아이들은 동굴보다 내 옷차림에 훨씬 더 많은 흥미를 보인다. 진짜 탐험가예요? 근데 왜 가짜 동굴에 있어요? 이런 식으로 나를 심문하면서 말이다. 뭐, 불만은 없다. 그런 거 하나하나 따지면 직장 생활 못 해먹는다.

　이제는 내가 앞장서서 나아가기 시작했다. 가짜 종유석과 가짜 석순, 석주, 유석과 동굴 산호들을 지나쳤다. 건축 시공사의 섬세한 손길을 거친 그 석고 덩어리들은 얼핏 보면 진짜 동굴 생성물처럼 보인다. 그러나 천연 동굴에서처럼 몰래 그것들을 따가는 몰상식한 관람객은 당연히, 이곳엔 없다. 동굴 안의 가장 큰 조형물인 대형 석주를 지나자 구아노, 삼엽충, 등줄굴노래기, 갈로와 등의 화석들이 진열돼 있는 쇼케이스가 나타났다. 아이들이 탄성을 지르며 진열대를 에워쌌다. 자, 여기를 봐라. 구아노는 박쥐의 배설물이야. 동굴에 사는 생물들에게는 귀중한 식량 자원이 되지. 그래서 박쥐가 사는 동굴에는 다른 생물들도 많이 산단다. 화석들에 대해 설명하는 사이, 아이들은 다시 나를 앞질러 간다. 나는 반도 채 하지 못한 설명을 접고 아이들의 뒤를 좇는다. 탐험관에서의 일과는 늘 이렇다.

　주방에는 아무도 없었다. 머그잔에 정수기의 냉수를 받았다. 여자가 건네준 한방 생약 소화제는 환약 형태로 되어 있었다.

식탁에 앉자 개수대 윗벽에 붙어 있는 안내문이 눈에 띄었다. 밥 무료 제공. 조리 기구는 제자리에. 붐빌 때일수록 양보를. 그러나 고시원생들이 공동으로 사용하는 주방은 늘 한산했다. 물을 마실 때나 들를까. 원생들은 대부분 밖에서 끼니를 해결했다. 국도 반찬도 없이 달랑 제공되는 밥도, 칠 벗겨진 프라이팬이나 찌그러진 냄비 몇 개가 전부인 조리 기구들도, 정작 이곳의 입주자들에겐 불필요한 옵션들이었다. 스물세 개의 환약들을 손바닥 위에 올려놓았다. 이걸 어떻게 다 먹지. 입 안에 물을 머금고 약을 막 털어 넣으려는 순간, 나는 얼떨결에 물을 잘못 삼키면서 사레가 들리고 말았다. 여자가, 다가오는 기척도 느끼지 못했는데 어느 틈엔가 내 앞을 가로막고 서 있었던 것이다. 된 기침이 연이어 터져 나왔다. 온몸의 피가 한꺼번에 몰린 것처럼 목구멍이 쓰리고 화끈거렸다. 목을 움켜쥐고 고통스럽게 기침을 토해냈다. 약들은 이미 바닥에 다 쏟아진 상태였다. 여자가 황급히 물이 든 머그잔을 내게 내밀었다. 물을 담아갈 요량이었던 듯 그녀의 옆구리에는 빈 페트병이 끼워져 있었다. 괜찮으세요? 여자와 정통으로 눈이 마주쳤다. 동공이 크고 깊은, 선량해 뵈는 눈이었다. 신, 신호등 약국의 약사시죠? 가라앉았던 기침이 다시금 터져 나왔다. 이런 상황에서 할 말은 아니었는데. 여자는 머그잔을 쥐어주느라 허리를 구부린 자세로 나를 이삼 초쯤 뚫어져라 바라보았다. 이 약 저한테 파셨잖아요. 기억 안 나세요?

여자가 선뜻 자신의 방에 가자고 할 줄은 상상도 못했다. 그러나 저 때문에 약을 못 먹게 되었으니 새 소화제를 주겠다는 그녀의 제의를 나는 마다하지 않았다. 방 안에는 집기가 많았다. 45리터들이 소형 냉장고가 있는가 하면 책상 위에는 VTR도 있었다. 특이한 것은 비디오카세트 옆에 늘어서 있는 자잘한 약병들이었다. 투명한 유리병들 속에는 하얀색 정제들이 들어 있었다. 과연 약사의 방다웠다. 디아제팜, 메로드, 바류제팜, 유니제팜, 바리움. 병 표면에 사인펜으로 씌어져 있는 낱말들을 소리 내어 읽었다. 퇴근 후에도 약에 대해 연구하시나 봐요? 여자는 약병 쪽을 보지도 않고 대꾸했다. 제가 먹는 약들이에요. 그녀는 자신의 직업을 약사 보조라고 밝혔다. 보조 약사가 아니라 약사 보조라고, 대화 도중에 내 말을 세 번이나 바로잡아주었다. 개인사로 바쁜 주인 약사가 임시로 고용한 일종의 판매원이라는 거였다. 우리는 침대에 마주 앉아 맥주를 마셨다. 외로웠던 걸까. 그녀는 생각했던 것보다 훨씬 더 말수가 많았다. 그런 데서 일하면 무섭지 않아요? 컴컴할 텐데. 여자는 동굴 가이드라는 내 직업을 무척 흥미로워했다. 에이, 무서울 게 뭐 있어요? 전 무서워하는 거 하나도 없어요. 나는 맥주캔을 새로 땄다. 고시원엔 별별 사람이 다 산다던데, 안 무서워요? 라고, 홍도 내게 물었다. 여자의 머리 뒤 창문 너머로 이지러진 달이 보였다. 반달 언저리에 희끄무레하게 달무리가 져 있었다. 예전에 정말 무서운 일을 겪었더니 그 후로는 세상 일이 다 시시해 보여요. 홍에게도 이 이야기를 했었다.

"제가 아주 어렸을 때였어요. 물놀이 갔던 바닷가에서, 전 평생 잊을 수 없는 광경을 봤어요. 모래밭에 여자 시체가 있었거든요. 여자는 몸이 퉁퉁 불어 있었어요. 팔 굵기가 웬만한 남자의 허벅지 굵기였죠. 그런데 그 팔 안에 쬐그만 여자애가 하나 안겨 있더라구요. 아니, 정확히 말하면, 음, 여자의 오른팔이 아이의 원피스 수영복 앞섶으로 들어가 사타구니 밑으로 빠져나와 있었어요. 아마 물속에서 아이를 놓치지 않기 위해 그런 자세를 취했던 거 같아요. 아이의 수영복은 진한 주홍색이었어요. 가슴께에 세 겹으로 프릴이 달려 있는, 제 수영복과 똑같은 거였죠. 걘 키도 꼭 저만 했어요."

진짜요? 무지 슬펐겠네요. 홍은 이렇게 대꾸하면서 머리를 좌우로 돌려 목 스트레칭을 했었다. 잠자코 맥주만 홀짝이고 있던 여자가 내 쪽으로 수그리고 있던 상체를 일으켰다.

"그 애가, 자신 같다는 생각이 들었던 거예요?"

나는 눈을 내리깔았다. 발치에 빈 맥주캔 네 개가 나뒹굴고 있었다. 바람이 불었었다. 파도가 거세게 몰아치고 모래가 눈높이까지 치솟았었다. 웅성거리는 사람들의 다리 사이를 헤치고 들어갔을 때, 모래밭 위에 누워 있던 시체의 얼굴을 처음에는 알아보지 못했었다.

"아뇨. 그냥, 그 여자는 기분이 어땠을까. 물속에서 아이를 구하기 위해 수영복에다 팔을 집어넣는 그 순간에, 기분이 어땠을까. 뭐 그런 생각을 하는 거예요."

그 생각을 할 때마다 호흡이 곤란해질 만큼 가슴이 죄어와 소화제를 먹어야 한다는 말은 하지 않았다. 여자는 고개를 끄덕였다. 너무 오랫동안 규칙적으로 끄덕여서 눈 뜨고 졸고 있는 게 아닐까 염려될 정도였다. 그러나 어깨에 손을 짚어보려는 순간, 여자는 고개를 들었다. 불콰해진 얼굴에 미소가 번져 있었다. 나도 예전에 무서운 일을 겪었었죠. 생각하면 잠이 오질 않아요. 수면제도 소용이 없을 때, 난 재밌는 영화를 봐요. 그녀는 비디오 리모컨을 들어 보였다. 한번 보실래요?

시청 거리가 일 미터도 안 되는 악조건 속에서 본 비디오에는 홍콩 느와르 영화처럼 바바리코트를 입고 총 잘 쏘고 힘 센 남자들이 떼거지로 나왔다. 다만 화면엔 총 대신 성기들이 난무했다. 남자들은 여자들의 배 위에서만 힘을 썼다. 대사는 거의 없었지만 줄거리가 확실하게 전달되는 영화였다. 내용인즉슨, 열 명의 사나이가 한 여인과 섹스를 해서 그녀의 채점에 의해 고득점자 다섯 명, 거기서 다시 세 명, 최후의 한 명으로 추려진다는 거였다. 이 황당무계한 스토리의 압권은 마지막 장면이었다. 치열한 예선을 거쳐 최강자로 등극한 사나이의 심장에 여인은 칼을 꽂았다. 뛰어난 생식 능력으로 여성들을 위협하는 수컷은 죽어야 한다고 여인은 자못 비장한 어조로 부르짖었다. 너무 어처구니가 없는 결말이라 나는 콧김을 뿜으며 화를 내려고 했다. 그런데 여자가 난데없이 큰소리로 웃기 시작했다. 잠이 오지 않

는 밤이면 간혹 합판 너머에서 들려오곤 하던 바로 그 웃음소리
였다. 여자의 손가락은 알몸뚱이에 피칠갑을 한 채 뒹구는, 생
식 능력 뛰어난 수컷을 가리키고 있었다.

"저 새끼 말예요…… 똑같이 생겼어, 씨팔."

여자는 손 안에 든 빈 맥주캔을 우그러뜨렸다. 알루미늄캔 구
기는 거야 어려운 일도 아니지만 왠지 지금 여자의 악력으로는
맥주병이라도 부스러뜨릴 수 있을 것 같았다. 여자는 웃음을 멈
추지 않았다. 연방 소리 내어 웃으면서 같은 말을 되풀이했다.
똑같이 생겼어, 똑같애. 나는 여자의 말을 좀더 잘 듣기 위해
그녀 곁으로 바짝 다가앉았다. 그러나 여자는 등을 벽에 기대더
니 눈을 감았다. 그녀가 반수면 상태에 있는 것 같아서 나는 화
면 속의 남자가 누구랑 똑같이 생겼느냐고 물을 수가 없었다.
화면에는 엔딩 크레딧이 올라가고 있었다. 비디오카세트의 전
원을 껐다. 플러그를 뽑으면서 보니 책상 뒤편에 비디오테이프
들이 수북이 쌓여 있었다. 나는 불을 켜둔 채로 204호를 나왔다.

동굴 천장에서 또 물이 새고 있었다. 이걸 언제 다 치워요?
엊저녁부터 비가 왔으니 밤새 물이 샜을 거 아녜요? 홍은 오전
내내 입을 댓발이나 내밀고 불평을 늘어놓았다. 케이빙 슈트를
입은 내가 밖에 나갈 수는 없으므로 그녀가 혼자 위층의 레스토
랑과 건물의 관리실을 뻔질나게 들락거려야 했기 때문이다. 물
이 새는 곳의 윗부분은 같은 건물 1층에 있는 레스토랑의 테라

스였다. 탐험관 바로 위층에 자리한 레스토랑 안에 들어가본 적
은 없지만 테라스는 밖에서 보기에도 아기자기하게 잘 꾸며져
있었다. 사철 만개해 있는 꽃들과 십자매 한 쌍이 든 새장, 앙
증맞은 빨간색 우편함은 한 장의 그림엽서처럼 잘 어울렸다. 건
물을 세로로 잘라 단면도를 본다면 동굴 위에서 꽃이 피고 새들
이 지저귀는 형국인 셈이었다. 나도 저런 데서 우아하게 일해봤
으면 좋겠어요. 이런 구질구질한 동굴에서 청춘을 보내야 한다
니 너무 비참해요. 홍은 점심을 배달시켜 먹을 때마다 식전 기
도하듯 노상 레스토랑 타령을 했었다. 어우, 재수 없어! 홍이
사나운 기세로 출입문을 밀어젖히고 들어왔다. 글쎄, 그 사람들
말예요. 아직도 방수 처릴 안 했대요. 나는 동굴 바닥의 물기를
훔친 걸레를 손으로 쥐어짰다. 얼마 전에도 같은 자리에서 물이
샜었다. 그때 레스토랑 주인은 테라스 바닥에 당장 방수 코팅
처리를 하겠다고 다짐했었다. 그래서 어떡하겠대요? 보라색 아
이섀도가 칠해진 홍의 눈두덩이 오르락내리락했다. 오늘 중으
로 하겠다는데, 믿을 수가 있어야죠! 밤새 떨어진 물로 추적추
적했던 동굴 바닥은 정오가 지나서야 어느 정도 말끔해졌다.

관람객은 셋뿐이었다. 석회암 동굴은 지하수나 빗물이 땅속
으로 흘러 들어가면서 생긴 통로가 점점 더 커지면서 만들어집
니다. 이때 스며든 지하수는 석회암을 녹이면서 동굴 천장이나
벽, 바닥에 여러 가지 퇴적물을 만들죠. 지금 보시는 종유석이
그 대표적인 예입니다. 환풍기 돌아가는 소리가 유난히 요란했

다. 부모와 함께 온 아이는 동굴을 관람하는 내내 몸을 비틀었다. 평균치를 웃도는 습도 때문에 동굴 산호며 유석들의 표면이 미끌미끌했다. 쇼케이스 유리에도 김이 서려 있었다. 어? 아까 들어왔던 데다! 에이, 뭐 이래? 아이가 동굴을 빠져나가면서 볼멘소리를 했다. 나는 녀석의 머리를 쓰다듬어주었다. 동굴 모양이 동그라미라서 그래. 집에 가서 견학문 쓰는 거 잊지 말아라, 알았지?

이 동굴은 입구와 출구가 같다. 원형 굴인 것이다. 한정된 공간 내에 직선 굴을 만드는 것이 비효율적이므로 원형으로 설계했을 테지만, 관람객들은 이에 더러 실망하기도 했다. 동굴을 통과하고 나면 들어왔던 곳과는 다른, 새로운 어딘가가 나오리라 기대하는 것일까. 날이 궂어서인지 폐관 시간이 가까워오는데도 관람객이 없었다. 그럼에도 매표소에 앉아 있는 홍은 분주해 보였다. 그녀는 휴대폰 액정 화면에 눈을 바싹 갖다 대고 양엄지로 버튼을 신나게 누르는 중이었다. 오락을 하고 있는 동안은 딴 세상에 있는 것 같아서 행복하다고 홍은 말했었다. 딴 세상. 한때는 나도 그랬었다. 이제껏 겪어보지 못한, 완전히 새로운 세상이 어딘가 반드시 존재할 거라고 믿었었다. 그 믿음 때문에 나는 대학 시절 학내 케이빙 서클에 가입했었다. 그러나 딱 한 번 동굴 탐사를 다녀온 후 미련 없이 서클을 탈퇴해버렸다. 선배 대원들이 주굴의 길이를 측량하는 동안 나는 가지굴로 들어갔었다. 수로를 따라 형성된 가지굴의 길이는 짧았지만 그

막다른 벽은 몹시 기괴하고 음산했다. 이런 곳에 생명체가 존재할 수 있다는 사실이 경이로웠다. 나는 핸드랜턴의 스위치를 내렸다. 동굴 속에서 살아간다는 건 어떤 기분일까. 헤드랜턴도 껐다. 순식간에 절대의 어둠이, 그야말로 완벽하다고밖에 할 수 없는 어둠이 사방에서 밀려들어왔다. 눈을 감아도 떠도 똑같은 암흑이었다. 눈 없고 발 많은 동굴 생물들이 내 몸뚱이 위로 스멀스멀 기어오르는 것 같았다. 경이는 이내 공포로 바뀌었다. 핸드랜턴을 켜려고 서두르다가 랜턴을 떨어뜨리고 말았다. 당황해서인지 헤드랜턴의 전원 버튼도 쉽게 손에 잡히지 않았다. 퍼뜩 뒤를 돌아보았다. 아무것도 보이지 않았다. 왔던 길이 어느 쪽인지조차 분간할 수 없었다. 어디로 가야 하지. 그 짧은 순간에, 불현듯 바닷가에서 보았던 그 여자가 떠올랐었다. 물속에서 여자는 어떤 생각을 했을까. 딸인 줄 알고 무턱대고 뛰어들었던 바다에서 낯모를 아이가 허우적거리고 있음을 깨달았을 때, 이미 오도 가도 못하게 된 그 캄캄한 물속에서 무슨 생각을 했을까. 어쩌자고 여자는 저와 아무 상관 없는 아이의 수영복 속에 필사적으로 팔을 집어넣었던 것일까……

숨이 막혔다. 명치 아랫부분이 뻑적지근했다. 매표 사무실 냉장고에 넣어두었던 사이다는 알맞게 차가워져 있었다. 맛이 약간 쓰긴 했지만 진짜 레몬을 우려서 낸 향은 근사했다. 약속했던 새 소화제예요. 함께 맥주를 마신 다음날이었다. 까스활명수 같은 거, 그래봤자 탄산가스예요. 습관처럼 소화젤 먹지 말고 차라리 이걸 마셔요. 204호가 자신의 소형 냉장고에서 꺼내준 페트병 안에는 기포가 송송 맺혀 있었다. 내가 만든 거예요. 중탄산나트륨이랑 시트르산이 만나면 이산화탄소가 발생하거든요. 거기다가 무가당 감미료와 레몬을 넣으면 프리미엄 사이다가 되죠. 소화제론 그만이에요. 그렇게 말하는 여자는 약사 보조가 아니라 보조 약사, 아니 메인 약사 같았다. 사이다를 마시고 제자리로 돌아오니 홍이 데스크 탁자에 팔을 괸 채 나를 근심스럽게 쳐다보고 있었다. 아무렴, 막대기가 움직이면서 사이다까지 마시니 놀랄 만도 하겠지. 파이팅! 나는 홍에게 손을 흔들어주었다. 동굴 앞에 입구 팻말과 나란히 서 있는 출구 팻말을 보자 마음이 편안해졌다. 출발지와 도착지가 같다는 사실은 언제나 나를 안심시킨다.

혼자서 동굴 안을 한바퀴 돌았다. 물받이용으로 갖다놓은 양동이는 반나마 차 있었다. 양동이 앞에 쪼그리고 앉았다. 물은 정확히 3초 간격으로 한 방울씩 떨어졌다. 물방울이 떨어질 때마다 거푸 트림이 나왔다. 과연 프리미엄 사이다였다. 난 약사나 의사가 되는 게 꿈이었어요. 여자는 말했었다. 유전에 대해서 공부하고 싶었죠. 유전이라는 이유로 치유가 불가능한 병들에 대해 연구해보고 싶었어요. 그러나 여자는 바로 그 유전 때문에 의사도 약사도 될 수 없었다고 했다. 나, 색맹이에요, 적색맹. 빨간색이랑 녹색을 구분 못해요. 그래서 신호등 앞에서 한참 눈치를 보죠. 사람들이 건너면 아, 파란불이구나, 하고 나도 따라 건너는 거예요. 사람들이 서 있으면 아, 빨간불이구나, 하고 나도 같이 서 있는 거죠. 여자는 웃으면서 말했지만 그녀의 목소리는 소화제 복용법을 알려줄 때처럼 힘이 없었다.

과녁을 벗어난 물방울 하나가 손등으로 떨어졌다. 양동이의 위치를 내 쪽으로 조금 옮겼다. 어렸을 적 내 꿈은 뭐였을까. 생각이 나지 않았다. 물방울이 떨어지는 속도가 점점 더 빨라졌다. 지금의 꿈은, 그저 평범하게 사는 것이다. 길을 잃지 않고, 예상할 수 있는 일들만을 겪으면서 무난하게 사는 것이다. 물방울이 사이를 두지 않고 연속적으로 떨어지기 시작했다. 물이 양동이 윗부분까지 차올랐다. 그러나 내가 다시 옛날로 돌아가 꿈을 꿀 수 있다면, 나는 그날로 돌아갈 것이다. 수상 구조대원이 될 것이다. 나와 똑같은 수영복을 입고 있는 아이와 그 아이를 껴안고 있는 여자를 향해 헤엄쳐 갈 것이다. 물방울은 급기야 물줄기로 바뀌었다. 양동이가 넘쳐흐르고 굵은 물줄기들이 동굴 바닥을 휩쓸면서 하나로 합쳐졌다. 급격하게 높아진 수위가 어느새 가슴까지 이르렀지만 나는 두렵지 않았다. 천천히 팔을 휘저었다. 저 멀리, 여자가 아이를 끌어안고 허우적거리고 있었다. 아이의 수영복은 내 케이빙 슈트와 똑같은 진주홍색이었다. 여자를 향해 손을 내뻗었다. 엄마, 나 여기 있어요! 엄마 딸은 걔가 아니라 나예요, 나라구요! 여자는 누군지 모를 아이의 수영복 속에 팔을 쑤셔 넣고 있었다. 엄마, 나 여기 있다니까요! 여자는 내 손에서 닿을 듯 말 듯 멀어져가기만 했다. 물이 머리

끝까지 차올랐다. 앞이 보이지 않았다. 아이는 해안선을 따라 걷고 있다. 모래밭은 가도 가도 끝이 없다. 엄마에게서 한참이 나 멀리 떨어진 곳에 와 있다는 것을 깨달은 아이는 울면서, 왔던 길을 되돌아간다. 저녁 늦게야 다다른 곳에는 사람들이 많이 모여 있다. 그 속에서 아이는 본다. 몸이 퉁퉁 불어 있는 엄마, 그 팔에 안겨 있는 낯선 여자애, 제 것과 똑같은 그 애의 수영복. 코와 귀와 입으로 물이 밀려들어왔다. 숨을 쉴 수가 없었다. 내가 모래사장에서 길을 잃어버리지만 않았어도, 엄마가 나를 찾아 헤매지만 않았어도, 그러다가 나와 똑같은 수영복을 입은 애가 물에 빠진 걸 발견하지만 않았어도…… 그런 일은 일어나지 않았을 것이다. 엄마, 미안해요…… 관장님 전화예요. 그만 퇴근하라는데요. 동굴 밖에서 홍의 목소리가 어렴풋이 들려왔다.

옥상의 빨랫줄과 건조대들은 이미 다른 사람들의 빨래들로 점령당해 있었다. 줄에 널린 빨간색 티셔츠 하나가 승전의 깃발처럼 펄럭였다. 승리라면 승리였다. 고시원의 방은 다섯 층을 통틀어 마흔여덟 개인데 세탁기는 두 대, 건조대는 세 개뿐이었다. 저녁 시간에 세탁기며 건조대를 차지하려면 부지런 전쟁을 치러야 했다. 젖은 빨래가 든 대야를 껴안고 계단을 내려왔다. 2층 현관 앞에서 총무가 게시판에 공지문을 붙이고 있었다. 연료비 관계로 부득이하게 다음달부터 입실료를 인상합니다. 창 있는 방은 이십만 원. 창 없는 방은 십팔만 원. 이런 씨팔. 뒤를 돌아보았다. 언제 왔는지 매사에 참견하기 좋아하는 202호 중 늙은이가 등 뒤에 서 있었다. 이봐, 창 있는 방은 왜 이만 원 올리는 거야? 올리려면 똑같이 올려야지, 엉? 총무가 202호에게 굽실거렸다. 창가 쪽 방이 워낙 잘 나가서 그렇게 됐습니다. 잘 나가긴 염병…… 어여 만 원 내려! 아이 참, 형님은 창문 없는 방에 사시면서 왜 이러십니까? 뭐? 지금 나 싼 방 산다고 무시하는 거야? 두 사내가 옥신각신 다투는 것을 귓등으로 흘려들으며 방문을 열었다.

벽에 걸린 옷걸이에서부터 창틀에 박아놓은 못, 의자 등받이, 책상 모서리 할 것 없이 방 전체가 젖은 옷들로 뒤덮였다. 빨래의 습기 때문에 방 안의 공기가 눅눅하게 느껴졌다. 눈을 감고 머리 위로 팔을 뻗으면 어딘가 매달려 있는 종유석이 만져질 것도 같았다. 방 안을 대충 정리하고 나니 밤 아홉 시가 넘어 있었다. 아홉 시 이십 분. 여자는 조금 전에 횡단보도를 건넜을 것이다. 이십일 분. 지금쯤 고시원의 유일한 입구이자 출구인 유리문을 밀고 계단을 올라오고 있을 것이다. 천장 낮고 폭 좁고 빛도 들어오지 않는 복도에서는 곧 슬리퍼 끄는 소리가 들릴 것이다. 이십삼 분. 이어서 204호실의 방문이 열릴 것이다. 이십오 분. 그러나 문 밖에서는 아무 소리도 들리지 않았다. 이상한 일이다. 여자의 퇴근 시간은 오차 삼 분을 넘긴 적이 없었는데. 창문을 열었다. 신호등 약국의 불은 이미 꺼져 있었다. 어디로 간 거지?

어젯밤 여자의 방에서는 예의 그 마요네즈로 범벅된 목소리가 들려왔었다. 하지 마아, 옆방에서 들어어. 대사가 몇 개 없는 영화라서 이제는 대사 전체를 줄줄이 외울 수도 있었다. 이건 기회야. 홍, 거짓말. 왜 이러세요? 내가 입만 벙긋해도 배우의 입에서는 어김없이 같은 대사가 흘러나왔다. 변사 흉내를 내보는 것도 나름대로 재미있었다. 갈 거야. 난, 떠날 거라구. 어랍쇼, 이건 뭐지? 처음 듣는 대사였다. 애드리브도 아닐 테고. 벽에 귀를 가져다 댔다. 떠난다구. 떠날 거라니까. 낮게 뇌까리는 목소리는 분명 여자의 것이었다. 누구랑 통화를 하고 있나. 내 추측을 비웃기나 하듯 여자는 큰소리로 웃어젖혔다. 죽여버릴 거야. 벽에서 귀를 떼기 직전, 그녀는 분명히 그렇게 말했었다.

행인도 차도 뜸한 횡단보도는 을씨년스러워 보였다. 여자는 정말 떠난 걸까. 누군가를 죽이러 간 것일까. 창밖으로 목을 빼고 건물의 위아래를 훑어보았다. 길가 쪽으로 나 있는 열여덟 개의 창문들 중 불이 켜져 있는 창은 아홉 개였다. 정적에 휩싸인 건물은 이산화탄소 구멍이 숭숭 뚫려 있는 거대한 식빵 같았다. 그 속에 파묻히면 안락하고 평온하게 잘 수 있을까. 창문을 닫고 자리에 누웠지만 잠은 쉬이 오지 않았다. 마흔 명도 넘는 사람들이 일제히 갈고리 꿸 자로 누워 있을 한밤의 고시원은 괴괴하고 적적했다. 천장을 올려다보았다. 누수 자국인지 쥐오줌 얼룩인지 거무스름한 화살표 무늬가 창밖을 가리키고 있었다. 여자는 아직도 돌아오지 않았다. 이따금 자동차 헤드라이트 불빛이 화살표를 훑고 지나갔다.

관장은 전화로 내일부터 이틀간 탐험관을 임시 휴관하겠다는 사실을 통보해왔다. 이해가 되지 않았다. 레스토랑이 테라스 바닥에 방수 처리를 하는 것뿐인데 탐험관이 휴관을 하다니. 그게 아니래요. 홍이 귓속말로 속닥거렸다. 그녀는 어디서 들었는지 레스토랑이 지하층을 매입해서 대형 주차장을 만들 계획이라고 조잘거렸다. 정말이에요. 우리 관장도 여기 팔려고 레스토랑 사장과 타협 중이라던데요. 그래서 휴관하는 거예요. 오늘도 우리보고 일찍 퇴근하라는 거 봐요. 홍은 입사 이래 가장 생기 있는 얼굴을 하고 있었다. 난 거기서 일할 거예요. 서빙하는 여자 옷 봤어요? 명찰에 불도 들어온다니까요. 나는 홍의 성화에 못 이겨 레스토랑에서 그녀와 함께 저녁을 먹기로 했다. 수프와 스테이크와 샐러드, 후식으로 치즈 케이크까지 곁들여진 식사는 호화로웠지만 나는 먹는 데 집중할 수가 없었다. 천장에는 종유석 대신 샹들리에가 늘어뜨려져 있었고 홀 중앙에는 시커먼 화석들이 든 쇼케이스 대신 색색의 화환들이 놓여 있었다. 천장은 너무 높았고 홀 안은 지나치게 밝았으며 가슴에 불이 들어오는 명찰을 단 여자들은 여러 개의 문으로 쉴 새 없이 들락날락했다. 앉아 있는 홍의 등 뒤로 테라스가 건너다보였다. 바로 저 밑에서, 이틀 동안이나 물이 샜었지. 십자매 한 마리가 홰를 박차고 날아올랐다. 새장의 천장까지 이른 십자매는 곧 바닥으로 내려

앉았다. 새는 노래하는 게 아니라 울고 있는 건지도 몰랐다. 필요하신 것 없으십니까? 정장을 입은 청년이 식탁 위로 정중하게 허리를 굽혔다. 테라스 바닥에 방수 처리 하셨나요? 네? 청년은 반문도 점잖게 했다. 방, 수, 처, 리, 하셨냐구요. 한 음절한 음절을 끊어 발음할 때마다 홍의 얼굴 근육이 따라 움찔거렸다. 그녀의 과장되게 놀란 표정이 이곳에 잘 어울린다고, 레스토랑을 나오면서 나는 엉뚱한 생각을 했다.

여자는 약국 안에 없었다. 주인 약사는 전화 통화를 하고 있었다. 그는 발로 드링크 상자들을 밀어 정리하면서 내게 물어보지도 않고 소화제를 내밀었다. 활명수를 천상의 음료라도 되는 듯 아껴 마시고, 있는 대로 늑장을 부리다가 횡단보도를 건너고시원 건물 안으로 들어설 때까지도 약사는 통화를 끝내지 않았다. 여자도 약국으로 돌아오지 않았다. 그녀를 만나지 못한지도 벌써 사흘째였다. 204호 방문을 두드려보았다. 반응이 없었다. 주방에도 세탁실에도 옥상에도 여자는 없었다. 옥상 한가운데 놓인 바지랑대가 바람도 없는데 휘청거렸다. 줄에 널린 빨래들의 무게를 지탱하기가 힘겨운 걸까. 장대의 허리를 잡고 바로 세워주었다. 여자는 어디로 간 것일까. 난간에 기대어 아래를 내려다보았다. 신호등이 없는 횡단보도가 또렷하게 눈에 들어왔다. 당장이라도 여자가 저 보도를 건너 고시원 건물 안으로 들어올 것 같았다. 속이 여전히 더부룩했다. 여자가 만들어준 프리미엄 사이다를 마시고 싶었다.

총무는 202호와 함께 복도에서 막 나오는 길이었다. 알았다구, 돈 더 내면 될 거 아냐. 202호는 말로는 투덜거리면서 입으로는 웃고 있었다. 짐작대로였다. 204호의 문은 잠겨 있지 않았다. 침대와 책상만 놓여 있는 방 안은 휑뎅그렁했다. 갈 거야. 난, 떠날 거야. 여자의 나직한 목소리가 떠올랐다. 그녀는 정말 떠날 준비를 하고 있었던 걸까.

"저기요, 204호 사시던 여자분, 그분 나가셨나요?"

202호의 배웅을 받으며 현관을 나서던 총무의 눈이 테 없는 안경알 밑에서 번득였다.

"요 앞 약국서 박카스 팔던 여자 말이오? 도둑질하다 들켰으니 뭔 낯으로 예 살겠소?"

그는 대답을 하면서도 걸음을 멈추지 않았다. 아가씨, 오늘 밤부턴 내가 거기서 산다우. 202호의 흥에 겨운 목소리를 뒤로 하고 총무를 따라 1층으로 내려갔다.

"엊그제 내보냈어요. 내 그 약사하고 좀 아는데, 아 그 여자가 수면제를 왕창 빼돌렸답디다. 자살하려고 그랬는지 어쨌는지 방에다 꼬불쳐놓구. 하마터면 고시원서 송장 칠 뻔했지. 인물 멀쩡해서 고용했더니 반 미친년이었대요. 약 훔쳐간 걸 따지고 드니까 울다가 웃다가 쌍욕을 하더래나 뭐래나. 나 원 참."

그는 사무실로 곧장 들어가지 않고 휴게실 소파에 앉았다. 리모컨으로 티브이를 켜더니 손등으로 이마에 맺혀 있는 것 같지도 않은 땀을 닦는 시늉을 했다.

"그 여자 땜에 얼마나 힘들었는지, 내가 아주 진이 다 빠졌어요."

어디서 비단구렁이라도 삶아 먹었나. 진이 다 빠졌다면서 그가 내뱉는 말에는 마디마디 전에 없던 기운이 넘쳤다. 박카스 파는 여자가 아니라 약사 보조예요. 그리고 수면제는 잠이 안 올 때마다 먹던 거였어요. 자살하려고 했던 게 아니라구요. 해명을 해야 했다.

"밤마다 뭔 놈팽이들을 끌어들이는지, 시끄럽다고 옆방서 신고도 들어왔단 말요. 아무리 시장판이래두 그 짓을 할 데가 따로 있지, 어디 고시원에서……"

그게 아니에요. 비디오를 본 거였어요. 누군가와 닮은 남자가 나오는 영화였다구요. 나는 아무 말도 하지 않았다. 휴게실의 침묵을 깬 것은 기상캐스터였다. 내일 새벽부터 밤까지 전국적으로 많은 양의 비가 내리면서 기온이 상당히 내려갈 것으로 보입니다. 다음달 상순쯤 한두 차례 대륙 고기압이 확장하겠지만 예년과 같은 극심한 꽃샘추위는 없을 것으로 기상청은 전망했습니다.

고시원 건물을 빠져나왔다. 출입문을 등지자마자 바람이 세차게 불어 닥쳐 맨 얼굴을 할퀴었다. 머리채가 뽑히고 귀가 떨어져 나갈 것 같았다. 목을 움츠리고 양손을 겨드랑이에 끼웠다. 내가 알고 있는 모든 욕들을 속으로 곱씹으며 걸었다. 아는 욕이 몇 개 없어서 같은 욕을 반복해야 했다. 금방 싫증이 났다.

밖으로 나오긴 했지만 갈 곳이 없었다. 속이 울렁거렸다. 목구멍으로 신물이 올라왔다. 소화제를 한 병 더 마셔야겠어. 갈 곳이 생겼지만 기쁘다는 생각은 들지 않았다. 손목시계를 내려다보았다. 여덟 시 오십 분. 걸음을 재게 놀렸다. 그러나 횡단보도 앞에 이르렀을 때 나는 멈춰 설 수밖에 없었다. 길 건너편, 약국 간판의 불은 이미 꺼져 있었다. 어떻게 된 거지? 아직 문 닫을 시간이 아닌데. 경계석과 보도 위에 하나씩 따로 올려놓은 오른발 왼발을 내려다보았다. 문득 이제껏 한 번도 해보지 않았던 질문 하나가 떠올랐다. 신호등의 빨간불 파란불이 모두 꺼져 있을 때는 어떻게 해야 할까? 1) 건너지 않는다. 2) 그냥 건넌다…… 고개를 들었다. 누군가 정답을 가르쳐주는 사람이, 길을 안내해주는 사람이 있으면 좋겠다고 나는 생각했다.

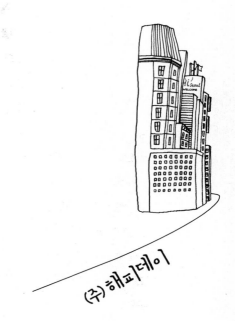

(주)해피데이

토요일 오전, 빌딩 입구의 휴게실은 한산했다. 종구는 습관대로 쓰레기통 앞으로 갔다. 철제 쓰레기통도, 쓰레기통의 윗면에 설치된 모래재떨이도 아직은 비어 있었다. 담뱃갑을 꺼냈다. ㅎ 지느 이고에. 매일 보아온 쓰레기통 표면에 짧은 문구가 씌어 있었다는 것을 그는 담배를 입에 물면서 처음으로 깨달았다. 문구는 몇 개의 자음 모음이 지워지고 없어 뜻이 쉽게 전달되지 않았다. 한글 낱자들이 머릿속에서 자연스럽게 뒤엉켰다. 그는 곧 문구에 ㅠ와 ㄴ, ㅅ을 눈으로 끼워 넣었다. 휴지는 이곳에. 그래도 문구는 완성되지 않은 것처럼 느껴졌다. 양복 재킷의 주머니를 뒤져보았다. 반으로 대충 접힌 전단 한 장이 나왔다. Boys, Be Ambitious! 영어회화, 더 늦기 전에 시작하세요. 조금 전에 지하철역 입구에서 받은 어학원 광고지였다. 그는 소년과 야망과 영어회화를 한꺼번에 구겨서 쓰레기통에 넣었다. 비로소 문구가 완성됐다는 생각이 들었다.

그런데 어디다 뒀지? 종구는 양손으로 몸 이곳저곳을 더듬었다. 손에 잡혀야 할 라이터가 만져지지 않았다. 손놀림을 멈추고 이번에는 기억을 더듬었다. 마지막으로 쓴 게 언제였더라. 어젯밤에 종구는 그녀를 만났었다. 그리고 모텔에 갔었다. 제기랄. 그는 앞니로 담배를 질끈 물었다. 모텔 방에 두고 온 게 분명했다. 담배 피울 맛이 싹 가셔버렸다. 그녀의 팬티는 조금도 깨끗하지 않았다. 게다가 그녀는 조심성도 없는 여자였다. 샤워하고 나서 더러운 팬티를 욕실에 두고 나오다니. 하기야 종구에게는 그게 도리어 다행스러운 일이었다. 그 팬티를 발견하지 못했다면 아무것도 모르는 채 그녀와 섹스를 했을 테니 말이다. 불결한 속옷을 입은 여자와의 섹스라.

담배를 도로 갑 속에 집어넣었다. 메스꺼움을 가라앉히기 위해 일부러 오늘 할 일을 헤아려보았다. 벽그림의 새 기획안을 마무리해야 한다는 사실이 떠올랐다. 어디까지 했더라. 그는 눈동자를 좌우로 굴리면서 회전문을 밀었다. 기역은 기차, 강아지, 곰인형. 니은은 나팔, 너구리…… 나비? 그는 순간 회전문 안쪽에서 팔랑거리고 있는 노랑나비 한 마리를 발견했다. 빌딩 안에 나비라니. 헛것을 보았다고 생각했다. 그러면서도 홀린 듯이 문 안으로 들어갔다. 로비에는 벌 한 마리도 보이지 않았다. 역시 헛것이었다고 생각하면서도 그는 경비원이 뭘 찾느냐고 물어올 때까지 허공을 이리저리 둘러보았다. 얼마 만에 보는 나비였던가. 로비의 안내 데스크와 경비원의 제복과 수백 개의 우편함들 위로 푸른 잎사귀들이 드리워졌다. 바람에 꽃잎이 날리고 햇빛은 나비의 날개 끝에서 반짝거렸다. 종구는 잠자리채를 들고 여름 들판을 뛰어다녔다. 마을 아이들은 흰 나비를 잡으면 불행한 일이 생기고, 노랑나비를 잡으면 잡은 수만큼 행복한 일이 생긴다고 믿었다. 그는 노랑나비를 잡고 또 잡았다. 행복해지리라는 믿음 때문에 행복했었다. 적어도, 종희가 나타나기 전까지는 그랬다.

오빠아, 나비! 나비이!

종구는 종희의 팔을 세차게 뿌리쳤다.

너 죽을래? 빨리 꺼져!

자신의 팔에 집요하게 달라붙어서 떼를 쓰는 종희의 얼굴이 흡사 악귀 같았다. 종구는 저도 모르게 어깨를 움츠렸다.

나비이, 응? 나비이이.

이게 진짜!

있는 힘껏 종희를 떠다밀었다. 흙바닥에 엉덩방아를 찧고 울음을 터뜨리는 종희를 내버려두고 그는 잠자리채를 휘둘렀다. 앙칼진 울음소리가 귓전에 끈질기게 따라붙었다. 화답이라도 하듯 채집통 안의 나비들이 일제히 날개를 파닥거렸다. 종구는 불쾌해졌다. 채집통을 땅바닥에 패대기쳤다. 울고 있던 종희가 퍼뜩 몸을 일으키더니 무릎으로 기어와 채집통을 움켜잡았다.

종희는 어느새 웃고 있었다.

미친년. 년, 미친년이야.

종구는 뒷걸음질을 쳤다.

도망치듯 엘리베이터에 올라탔다. 문이 닫힙니다. 스피커에서 자동 안내 방송이 흘러나왔다. 그제야 마음이 가라앉았다. 그런데, 모두 어디로 갔을까. 그때 잡았던 나비들은. 종구는 갑자기 궁금해졌다. 놓아주었던 것 같지는 않은데. 죽였던 것 같지도 않고. 그렇다면 모두 어디로 가버린 것일까. 그는 나비가 거기 있기라도 한 것처럼 천장을 향해 고개를 쳐들었다. 방범 카메라 렌즈가 그를 내려다보고 있었다. 고개를 숙였다. 하긴, 안다 해도 찾을 도리가 없었다. 찾는다 해도 쓸모가 없었다.

엘리베이터는 10층에서 멈췄다. 그는 이미 나비 따윈 깨끗이 잊어버린 후였다. 리을, 미음, 비읍…… 그래, 비읍까지 하다 말았어. 사무실 문을 열었다. 자리에 앉아 있는 동료들의 얼굴보다 벽 전면에 도배되다시피 한 벽그림들이 먼저 눈에 들어왔다. 한글, 한자, 알파벳에서부터 색깔, 구구단, 세계지도, 인체, 과일, 동물, 탈것에 이르기까지 유아용 벽그림의 종류는 열 가지나 되었다. 저것들만 다 섭렵해도 세상을 살아가는 데 큰 어려움은 없으리라고 그는 새삼 놀라워했다. 그의 눈길이 한글 벽그림 위에서 멎었다. 조명을 받아 더욱 빛나는 유광 라미네이팅 아트지 위에서 한글 낱자들이 그의 눈 속에 겹겹이 포개졌다. ㄱ과 ㄴ, ㄷ과 ㄹ, ㅁ, ㅂ이 한 덩어리가 되어 그를 찍어 눌렀다. 얘만 잡아도 돼. 벽그림 시장은 얘가 꽉 잡고 있어. 사장은 한글 벽그림의 중요성을 누누이 강조했다. 올 하반기 시장은 우리가 한번 휩쓸어보자구. 박종구 씨, 한글 벽그림 좀 기똥차게 기획해봐.

책상 위에 펼쳐놓은 노트로 눈을 돌렸다. 말이 좋아 그렇지, 사실 기획이라고 할 것도 없었다. 벽그림은 다 거기서 거기였다. 한글판만 해도 그랬다. 예컨대 니은은 나비, 리을은 로봇, 시옷은 시계, 이런 식으로 제작사마다 제품의 내용이 비슷비슷했다. 그림 대신 화질 좋은 사진을 넣는 것도 똑같았다. 벽그림의 목적이 유아들로 하여금 쉽고 친숙하게 한글을 익히게 하는 것이라면, 굳이 참신해야 할 필요도 없었다. 그는 각 자음으로 시작하는 낱말들 중에서 아이들이 흔히 접할 수 있는 것들로 세 개씩만 골라내면 되었다. 기발하고 독특한 것을 개발하기 위해 머리를 쓰지 않아도 된다는 것. 그것은 종구가 이 회사를 택한 가장 큰 이유였다. 물론 회사가 자신을 택한 이유이기도 할 거라고 그는 생각했다. 노트에는 비읍 자로 시작되는 낱말들이 적혀 있었다. 박쥐, 불, 별똥별, 바람개비. 박쥐는 이미지가 다소 부정적이었다. 불은 위험했다. 별똥별은 실제로 볼 일이 드물었고 바람개비는 타사 제품들에 너무 흔히 쓰였다. 비읍에 또 뭐가 있더라. 머리를 굴리고 있을 때 사장이 출근했다. 필요 이상으로 쾌활한 인사가 서너 마디 오가고 나서 사무실은 곧 조용해졌다. 정오가 가까워오도록 입을 여는 사람이 없었다. 대기는 차곡차곡 쌓인 정적으로 터질 듯 부풀어 올랐다. 종구는 눈을 감았다. 손에 쥔 볼펜으로 허공을 찌르는 시늉을 해보았다. 뻥 소리와 함께 이 정적이 터져 나간다면…… 눈을 떴다. 달라진 것은 아무것도 없었다.

"에헤이, 칙칙하잖어."

언제 왔는지 사장이 종구의 등 뒤에서 그가 작성하다 만 기획안을 들여다보고 있었다.

"당나귀도 그렇고 만두도 그렇고. 색깔이 칙칙한 것들루만 죄 모아놨네. 그럼 눈에 안 띈다구. 거기다 또 라면이 뭐야, 라면이. 요새 웰빙 붐인 거 몰라? 어떤 엄마가 라면이 그려진 벽그림을 좋아하겠어? 좀 밝고 산뜻하게 나가보란 말이야."

사장이 제자리로 가고 난 후 종구는 낱말들이 적힌 페이지를 슬그머니 뜯어냈다. 그 칙칙하다는 말이 어쩌면 기획안이 아니라 제 얼굴에 대한 평인지도 모른다고 생각했다. 기획안처럼 자신의 얼굴도 아무렇게나 뜯어서 두 번 접은 후 서랍에 처박아버리고 싶었다. 말수도 적고 웃는 일도 거의 없는 자신의 얼굴이야말로 몹시 어둡고 구질구질해 보이리라는 것을 그는 잘 알고 있었다. 서랍을 닫는데 오른손 검지 끝에 묻은 볼펜 얼룩이 눈에 띄었다.

9층으로 걸어 내려갔다. 10층 화장실에서 회사 동료들과 마주쳐 얼굴 붉힐 일을 피하기 위해서였다. 꽤 오래 씻었는데도 손가락 끝의 얼룩은 말끔하게 지워지지 않았다. 다시 비누칠을 했다. 손가락 마디마디와 손톱 끝부분까지 꼼꼼하게 거품을 냈다. 양 손바닥에서 뽀드득 소리가 날 때까지 헹궜다. 오래 헹구되 비누향이 살짝 남도록 헹구는 것이 중요하다고 그녀는 말했었다. 종구는 어젯밤에 본 그녀의 추저분한 팬티를 떠올리고는 쓴웃음을 지었다. 십 분 이상 대화가 통하는 사람을 만나기는 남녀를 통틀어 그녀가 처음이었다. 둘은 비슷한 점이 많았다. 손발은 물론이고, 수건과 베갯잇을 자주 세탁하는 것이 청결의 시작이라는 데서 그들은 의견이 일치했다. 손톱깎이로 발톱까지 깎는 사람들을 이해할 수 없다는 점에 대해서도 그들은 생각이 같았다. 두 사람 다 손을 씻고 나서 물을 잠그기 전에 수도꼭지를 반드시 씻는다는 대목에서는 동시에 소리 높여 웃기도 했다. 종구는 그녀를 사랑했다. 그녀의 깨끗한 손과 발, 정수리 한가운데 정갈하게 나 있던 가르마, 구김 하나 없는 옷차림이며 몸을 움직일 때마다 희미하게 풍기던 비누 냄새, 그녀의 완벽한 청결 상태를 진심으로 사랑했다. 하지만 그녀가 벗어놓은 팬티에서 싯누렇게 말라붙은 분비물을 보았을 때 그는 구역질을 참을 수가 없었다. 모텔 방을 뛰쳐나가는 자신을 보고 당황해했을 그녀가 떠올라 종구는 다시 한 번 쓰게 웃었다.

화장실 밖으로 나왔다. 9층 복도의 엘리베이터 앞에 웬 여자가 한 명 서 있었다. 비상계단으로 통하는 문의 손잡이를 돌리다 말고 종구는 흠칫했다. 노랑나비였다. 아니, 노란색 나비 모양의 핀이 여자의 뒷머리에 꽂혀 있었다. 종구는 그 자리에 선

채로 여자의 뒤통수를 노려보았다. 손잡이를 쥐고 있는 손아귀의 힘이 풀렸다. 아침에 나비인 줄 착각했던 것은 저 머리핀이었을까. 여자가 그를 향해 고개를 돌렸다. 무심한 눈빛이 날아왔다. 쌍꺼풀이 부자연스러워 보일 만큼 굵고 뚜렷한 눈이었다. 맙소사, 저 눈꺼풀. 별안간 종구의 머릿속이 캄캄해졌다.

종희야!

그의 외침은 입 밖으로 터져 나오지 않았다. 대신 그는 무턱대고 여자를 따라 엘리베이터를 탔다. 멀쩡한 넥타이를 느슨하게 풀면서 여자를 곁눈질했다. 여자는 양손에 각각 종이 쇼핑백을 두 개씩 들고 있었다. 겉면에 '(주)해피데이'라고 씌어 있는 쇼핑백이었다. 주식회사 해피데이라. 저 회사에 다니는 걸까. 이름만 봐서는 무슨 일을 하는 덴지 모르겠군. 종구는 헐거워진 넥타이를 다시 조였다. 여자는 빌딩 밖으로 나갔다. 종구도 따라 나갔다. 여자는 곧바로 지하철역으로 갔다. 2호선 순환 열차를 탔다. 종구도 따라 탔다. 쇼핑백에 무거운 물건이 들어 있지는 않은 모양이었다. 여자는 네 개의 쇼핑백을 왼손에 몰아 쥐더니 오른손으로 손잡이를 잡았다. 종구는 여자에게서 다섯 발짝쯤 떨어진 곳에 섰다. 여러 사람이 지저분한 손으로 쉴 새 없이 쥐었다 놓는 손잡이는 당연히 잡지 않았다. 열차 안을 둘러보는 척하면서 은근슬쩍 여자를 훔쳐보았다. 종희일까. 여자는 스물세 살이나 네 살쯤 되어 보였다. 종희일 거야. 그는 머릿속으로 손가락을 꼽아보았다. 내 나이가 올해 스물여덟이니 종희도 이제 스물네 살이 되었을 것이다. 종희가 확실해. 그의 목울 대가 뜨거워졌다. 종희 너, 살아 있었구나. 여자는 제 앞자리에 앉은 꼬마를 내려다보고 있었다. 빨간 모자를 눌러쓴 계집아이 는 어머니인 듯한 젊은 여인의 품에서 생글거렸다. 여인은 아이 의 뺨에 흘러내린 귀밑머리를 부드럽게 쓸어 넘겼다. 아이 아버 지로 보이는 젊은 사내는 웃으면서 아이에게 눈을 찡긋거렸다. 사내는 어깨에 여성용 숄더백을 메고 목에는 디지털 카메라를 걸고 있었다. 커다란 액자를 가져와 그 세 사람을 둘러싸도록 배치한 후 '행복한 가정'이라는 팻말을 붙이면 그대로 한 폭의 그림이 될 것 같았다. 열차가 정지했다. 사내가 아이를 번쩍 들 어 안더니 액자 밖으로 걸어 나갔다. 여인도 따라 나갔다. 종구 는 빈 액자를 잠깐 동안 바라보았다.

종구의 가정도 행복했었다. 그의 부모는 마을에서 금실 좋기 로 소문난 부부였다. 어린 종구를 두고 사고로 일찍 세상을 떴 지만, 사람들이 한날한시에 명을 달리한 것도 인연이라며 입을 모았을 정도였다. 부부 합장이 끝나고 며칠이 지났다. 종구와 그의 할아버지, 두 사람만 남은 집에 손님이 찾아왔다. 아버지 의 또 다른 아내였다. 여자는 종구보다 서너 살쯤 어려 보이는 여자아이를 데리고 왔다. 그녀는 종구의 아버지와 자신이 서로 사랑하는 사이였으며, 그래서 이 딸아이를 낳았고, 이름도 '종' 자 돌림으로 지었다고 주장했다. 할아버지는 아무 말도 하지 않 았다. 먼 길을 온 모녀에게 방을 내주었을 뿐이었다. 그리고 다음날 새벽, 신파조 드라마에서처럼 여자는 아이만 남겨놓고 사라져버렸다.

종구는 종희와 약 이 년을 함께 살았다. 그는 종희를 동생으로도, 아버지의 딸로도 인정하지 않았다. 종희가 어딘가 좀 모자란 아이여서가 아니었다. 어머니를 속이고 다른 여자와 통정해서 딸까지 낳은 아버지가 가증스러워서였다. 그런 파렴치한 을 사랑한 어머니가 불쌍해서였다. 종희를 한 핏줄로 인정하지 않았을 때 오히려 그는 너그러웠다. 자신과 아무 관계 없는, 제 어미에게 버림받은 불쌍하기까지 한 여자애를 미워할 이유가 없었다. 종희가 자신의 친동생인지도 모른다고 생각하게 된 것은 어느 날, 종희의 쌍꺼풀이 왠지 낯익다는 느낌을 받게 되면서부터였다. 아버지처럼, 그리고 자신처럼 종희도 쌍꺼풀이 남다르게 두껍고 윤곽이 뚜렷했다. 그것을 알아차리던 순간 종구는 갑자기 철이 들었다. 자신이 아주 많이 늙어버렸다고 열세 살의 종구는 굳게 믿었다. 종희를 향한 본격적인 증오는 그때부터 시작되었다.

여자의 목적지는 예식장이었다. 하객인가? 그럼 저 쇼핑백들은 뭐지? 종구는 의아해하며 여자의 뒤를 따라 식장으로 들어갔다. 결혼식이 막 시작되고 있었다. 여자는 홀 입구에 서서 예식을 지켜보았다. 종구는 여자의 뒷머리에 꽂힌 나비 핀만 쳐다보았다. 입 안이 바싹 타들어갔다. 종희는, 나비 핀을, 그렇게도 갖고 싶어 했었다. 신랑 입장을 알리는 사회자의 목소리가 마이크로 울려 퍼졌다. 뭐라고 말을 걸까. 혹시 박종희 씨 아니십니까? 아니다. 그건 너무 성급하다. 저, 실례지만 성함이 어떻게 되시죠? 그러나 그가 말을 채 고르기도 전에 여자는 뒤돌아섰다. 방명록이며 축의금 상자 따위가 놓인 탁자 쪽으로 걸어갔다. 신랑 측 축의금 접수대였다. 여자는 탁자 앞에 앉아 있던 남자와 이야기를 주고받았다. 무슨 이야기를 하는지 들리지는 않았지만, 남자에게 쇼핑백 한 개를 건네고 만 원짜리 지폐 몇 장을 받는 것이 먼발치에서도 똑똑히 보였다. 예식장 건물 밖으로 나가는 여자의 손에는 쇼핑백 세 개가 남았다.

다음 목적지도 예식장이었다. 이번 예식장은 먼젓번 예식장과 팔차선 도로 하나를 사이에 두고 있었다. 여자를 좇아 지하도를 건너고, 사람들 사이를 비집고, 계단을 오르면서 종구는 잠깐 회사 생각을 했다. 오늘 중으로 기획안을 넘겨야 하는데. 다들 나를 찾고 있겠군. 재킷 주머니에 손을 넣었다. 휴대폰이 없었다. 손 씻으러 나온 길이었던 터라 그의 소지품은 바지 뒷주머니에 꽂힌 지갑이 전부였다. 그는 공중전화를 찾아보려다가 그만두었다. 기획안이야 뭐 월요일에 넘겨도 안 될 건 없었다. 헤어진 동생을 찾는 게 더 중요하다는 것을 다들 이해해주지 않겠는가. 그는 재킷 소맷부리에 묻어 있지도 않은 먼지를 털었다. 어쩌면 다들 자신이 자리에 없다는 사실조차 눈치 채지 못했을지도 몰랐다. 언제나 사무실 구석 자리에 있는 듯 없는 듯 앉아 있던 자신의 모습이 떠올랐다. 우스웠다. 종구는 웃지 않았다.

　여자는 두번째 예식장에서도 똑같은 일을 되풀이했다. 홀 입
구에서 예식 상황을 지켜보다가 신랑이 입장하자 신랑 측 축의
금 접수대로 갔다. 종구는 접수대 근처 기둥 뒤에 서 있었다.
이번에는 여자의 목소리가 명확하게 잘 들렸다.

　"안녕하세요? 해피데이 이벤트에서 왔습니다. 주문하신 폭죽
세트입니다."

　종구의 가슴 한켠이 서늘해졌다. 종희가 저렇게 똑 부러지게
말을 잘하다니. 성인이 되면서 지능도 높아진 것일까. 아니면
특수교육이라도 받은 것일까. 그것도 아니면…… 종구는 아랫
입술을 지그시 물었다. 그럴 리가 없다. 종희가 분명하다. 세월
이 얼마나 흘렀는데 그까짓 말솜씨 하나 안 늘었겠는가. 아는
어휘도 몇 개 없고 말을 심하게 더듬던 어린 종희를, 그는 기억
에서 얼른 지워버렸다.

　"폭죽요? 신랑이 폭죽을 주문했다구요?"

　뭔가 착오가 생긴 듯했다. 접수대의 두 남자는 서로 어리둥절
한 눈빛을 주고받았다. 신랑한테 가서 물어봐. 어떻게 물어봐?
방금 입장했잖아. 우왕좌왕하는 남자들 앞에서 여자는 침착했
다. 그 차분함이 또 한번 종구의 가슴을 내려앉게 했다. 종희야,
너 정말 의젓해졌구나. 마치 딴사람 같은데 그래. 그는 입가로
흐뭇하게 비어져 나오는 웃음을 참으려 이를 악물고 배에 힘을
주었다. 접수대 쪽으로 두 귀를 세웠다.

"신랑 성함이 김지훈 씨 맞으시죠? 일주일 전에 직접 주문하셨습니다. 폭죽이랑 스파클러, 스노 스프레이, 크래커 봉봉 한 세트. 확인해보세요. 여기 영수증도 있습니다. 가격은 삼 만원입니다. 대리자 분, 여기 서명 좀 해주세요."

일은 잘 해결되었다. 여자는 쇼핑백을 건네고 돈을 받았다. 이제 여자가 들고 있는 쇼핑백의 개수는 두 개가 되었다. 앞으로 두 군데의 예식장을 더 들르겠군. 종구는 마음을 느긋하게 먹기로 했다. 여자의 볼일이 다 끝난 후에 상봉의 감격을 누려도 늦지 않을 터였다. 너 종희 아니냐고, 내가 누군지 알아보겠냐고, 그때 가서 확인해도 될 일이었다.

세번째 예식장은 첫번째, 두번째 예식장을 선으로 연결했을 때 그 가운데 지점에서 직선으로 곧게 뻗은 곳에 위치하고 있었다. 세 예식장을 세 개의 꼭짓점으로 삼고, 각 점들을 선으로 연결한다면 이등변삼각형이 되는 셈이었다. 종구는 그 절묘한 배치보다도 같은 동네에 예식장이 이렇게 많이 몰려 있다는 것이 신기했다. 여자는 건물 안으로 들어서더니 곧장 엘리베이터로 향했다. 여자가 탄 엘리베이터의 문은 그의 코앞에서 닫혀버렸다. 종구는 안내 데스크 안쪽으로 고개를 들이밀었다. 엘리베이터 내부를 비추는 CCTV 모니터를 들여다보았다. 여자는 네댓 명의 남자들 뒤쪽에 서 있었다. 그의 눈에는 흑백 화면 안에서 여자의 머리핀만 홀로 노란색으로 빛나는 것처럼 보였다. 여자가 몸을 움직일 때마다 노랑나비가 따라서 나풀거렸다.

나비! 오빠아, 나비이이!

종희는 노랑나비를 병적으로 좋아했다. 노랑나비라면 밥 먹던 숟가락도 팽개치고 쫓아가던 아이였다. 심지어 다른 아이가 머리에 꽂고 있는 노란색 나비 리본이나 나비 핀을 보고도 환장을 하며 덤벼들었다. 이유는 알 수 없었다. 마을 아이들처럼, 종희도 노랑나비가 행복을 가져다준다고 믿었던 것일까.

이 돌대가리야, 넌 아는 단어가 오빠랑 나비밖에 없냐?

종구는 종희를 대놓고 구박했다. 그래도 종희는 종구를 따랐다. 기분이 좋을 때도, 나쁠 때도, 아무 일 없을 때도 종구만 찾았다. 시도 때도 없이 나비를 잡아달라고 보챘다. 중학생이 된 후로 종구는 더 이상 나비를 잡지 않았다. 그래도 종희는 학교에서 돌아오는 종구를 집 앞 골목까지 마중 나가곤 했다. 그날도, 종희는 골목 어귀에 웅크리고 앉아 있었을 것이다. 잠자리채와 채집통을 들고 종구를 기다렸을 것이다. 그리고 종구가 늦도록 오지 않자 그를 찾아 나섰을 것이다.

그날, 마지막 교시는 국어 수업이었다. 종구는 책상 위를 정리했다. 가슴을 펴고 허리를 세워 반듯하게 앉았다. 국어 선생은 예쁘장하고 상냥한 처녀였다. 종구는 선생에게서 죽은 어머니를 보기도 했고, 가져본 적 없는 귀여운 누이를 보기도 했다. 바라보는 것만으로도 위안이 되는 사람이 있다는 것을 그는 국어 선생을 보며 되새기곤 했었다. 다듬을 것도 없는 스포츠머리를 거듭 매만지는 사이 수업은 끝났다. 교내에서 불량스럽기로 악명 높은 아이 하나가 머리를 긁적이며 선생에게 다가갔다. 사탕 몇 알을 내밀었다. 국어 선생은 얼굴에 홍조까지 띠며 기뻐했다. 종구도 덩달아 흐뭇해했다. 그 아이가 부럽기도 했고 기특하기도 했다. 선생이 사탕을 받아 쥐고 교실 문을 나선 직후였다.

야, 근데 저 선생, 사탕 먹고 임신하면 어떡하냐?

사탕을 건넨 아이의 패거리들이 일제히 책상을 두들기며 낄낄거렸다.

새꺄, 딸딸이 친 건 너잖아. 니 자식인데 니가 책임져야지!

포장도 아주 감쪽같던데?

종구는 여전히 반듯한 자세로 앉아 있었다. 그는 그들의 말을 완전하게 이해하지는 못했다. 그런데 자꾸만 진땀이 났다. 머리도, 가슴도, 손도 발도 뜨거워졌다. 그는 자리에서 일어났다. 복도로 나갔다. 저만치 앞서가는 국어 선생의 뒷모습이 보였다.

선생님!

종구가 기억하는 것은 선생이 뒤돌아보았다는 것이다. 그리고 곧이어 그의 등 뒤에서 교실 문이 부서져라 거칠게 열리는 소리가 들렸다는 것이다. 선생에게 뭐라고 말을 했는지는 기억나지 않았다. 그 사탕 드시지 마세요, 라고 했던가. 그 사탕 드시면 안 돼요, 라고 했던가. 선생은 웃었던가. 눈살을 찌푸렸던가. 뒤에서 아이들이 무어라고 악다구니를 썼다. 누군가 종구의 어깨를 밀쳤다.

좀 내립시다. 그의 어깨를 친 사내가 무뚝뚝하게 말했다. 엘리베이터 문이 열려 있었다. 종구는 황급히 옆으로 비켜섰다. 사람들이 모두 내리고 난 후, 맨 마지막으로 내렸다. 예상대로 여자는 예식홀 입구에 서 있었다. 종구는 홀 바깥에서 여자를 살폈다. 피곤한 걸까. 여자는 벽에 등을 기대고 있었다. 오른다리를 구부리고 왼다리에만 체중을 실은 자세였다. 두 다리 사이로 쇼핑백에 씌어 있는 한글 문자들이 보였다. 피데ㅇ. 종구는 무의식적으로 그 요상한 문자들의 앞뒤 빈 칸을 읽어냈다. '해'와 'ㅣ'를 눈으로 끼워 넣었다. 해피데이. 그래도 성에 차지 않았다. 어딘가 위태로워 보이는 문구였다. 읽을 수는 있지만 그 뜻을 헤아릴 수는 없는 말 같다고 할까. 해피데이. 행복한 날이라니. 그는 잠시 고민했다. 아 참, 그렇지. '해' 앞에 (주)를 붙였다. (주)해피데이. 그냥 회사 이름이라고, 고유명사일 뿐이라고 여기자 마음이 편해졌다. 사회자가 단상으로 올라갔다. 하객들의 박수 소리가 요란했다. 종구는 예식홀 밖으로 나왔다. 신랑 측, 신부 측 축의금 접수대 두 곳이 한눈에 들어왔다. 탁자 앞에서 말쑥하게 차려 입은 청년들이 큰소리로 웃고 있었다.

그들이었다. 패거리들은 학교와 종구네 집을 잇는 최단거리 지름길의 입구에서 그를 기다리고 있었다. 모두 네 명이었다. 한 아이가 기다란 막대기로 종구의 가슴을 쿡 찔렀다. 그의 교복 상의 앞자락에 흙이 묻었다.

니가 흑기사냐? 씨발, 니가 기둥서방이라도 돼?

다른 아이가 종구의 발 앞에 침을 뱉었다. 그의 운동화 코에 침이 튀었다.

너 뒈지고 싶지? 응?

종구는 아무 대꾸도 하지 않았다. 막대기에 찔릴 때마다 한 발짝씩 뒤로 물러났을 뿐이었다. 국어 선생에게 사탕을 건넸던 아이는 담배를 꼬나물고 있었다. 녀석이 주머니에서 사탕을 한 움큼 꺼냈다.

자, 먹어.

종구를 둘러싼 아이들이 웃음을 터뜨렸다. 그리고 종구의 팔을 양쪽에서 붙들었다. 담배를 물고 있던 아이가 절반쯤 타들어 간 담배를 종구의 눈앞에 가져다 댔다.

안 처먹으면, 이걸로 모가지에 구멍을 뚫어주겠어.

종구는 눈을 감으려고 했다. 그러나 눈을 감기도 전에 먼저 시야가 흐릿해졌다. 서서히, 주위가 점점 더 희뿌옇게 변해갔다. 안개 속 어디에선가 귀에 익은 목소리가 들렸다. 다정하고 따뜻한 목소리였다. 종구야. 엄마의 목소리 같았다. 종구야. 국어 선생의 목소리 같기도 했다. 오빠. 오빠아.

오빠아, 나비! 나비이이!

정신이 번쩍 들었다. 종구는 눈을 있는 대로 치떴다. 종희였다. 그의 앞에서 오른손 엄지와 검지로 노랑나비를 쥐고 뿌듯하게 웃고 있는 이는, 틀림없는 종희였다. 저 바보가 어떻게 여기까지 왔을까. 종희는 손에 쥔 나비를 종구에게 자랑스레 들어

보였다. 종구는 이맛살을 찡그렸다. 저런. 손가락에 나비 가루가 잔뜩 묻었을 텐데. 생각해보니 그는 종희에게 나비를 맨손으로 만지지 말라고 주의를 준 적이 한 번도 없었다. 저 손으로 눈이라도 비비면 큰일인데. 아이들에게 양팔을 단단히 붙잡힌 채, 종구는 엉뚱한 걱정을 했다. 하지만 곧 냉정을 되찾았다. 아무렴 어때. 돌대가리 같은 게. 지 마음대로 하라지.

아이들은 갑자기 나타난 종희에게 큰 관심을 보였다. 이 새끼 동생인가 봐. 어째 좀 쪼다 같은데? 야, 이리 와봐. 사탕 먹어. 니가 이거 다 먹으면 대신 니 오빠 보내줄게. 말이 끝나기도 전에 종희는 사탕을 보고 달려들었다. 그러면서도 오른손에 쥔 나비는 놓지 않았다. 종구는 종희를 남겨두고 돌아섰다. 골목을 빠져나오면서 그는 교복에 묻은 흙을 털었다. 종희가 사탕을 먹든 뭘 먹든 알 바 아니었다. 등 뒤에서 떠들썩한 웃음소리가 들려왔다. 종구의 귀에는 사내아이들의 웃음소리 속에서 유독 종희의 웃음소리만 선명하게 들리는 것 같았다. 웃는 건지 우는 건지 분간할 수 없는 괴상한 소리였다. 종구는 돌아보지 않았다.

동생을 마지막으로 본 게 언제였지? 순경의 어조는 부드러웠다. 파출소 안이 후텁지근했다. 모르겠어요. 손바닥이 축축했다. 아침에 학교 갈 때 본 게 마지막인 거 같은데. 목소리가 기어 들어갔다. 할아버지는 순경에게 연거푸 허리를 굽혔다. 꼭 좀 찾아주십시오. 하나밖에 없는 손녀입니다. 제발 좀 찾아주십시오. 종구는 할아버지를 똑바로 보지 못했다. 눈을 제 발끝에 고정시키고 바지 무릎에 손바닥만 문질러댔다. 실종 신고를 마치고 돌아왔을 때 그의 양 손바닥은 땀으로 흠씬 젖어 있었다. 수돗가에 쪼그리고 앉아 손을 씻었다. 그런데 깨끗하게 씻은 손에서 고약한 냄새가 났다. 썩은 달걀에서 풍기는 듯한 냄새였다. 그는 씻고 또 씻었다. 끔찍한 냄새는 가시지 않았다. 시간이 지날수록 더 심해졌다. 손바닥을 얼굴 근처에 가져가기만 해도 지독한 코린내가 날카롭게 콧속을 파고들었다. 밥을 먹을 수도, 잠을 잘 수도 없었다. 나중에는 숨도 쉴 수 없었다. 할아버지, 제 손에서 냄새나지 않아요? 좀 맡아보세요! 이 냄새 말예요! 모르시겠어요? 냄새가 난다니까요! 역겨워서 가슴이 터질 것 같았다. 빨랫비누로 거품을 내고 수세미로 손바닥을 문지르다가 그는 벌떡 일어섰다. 여기서 이렇게 살다간, 미쳐버릴지도 몰라. 움켜쥔 두 주먹이 격하게 떨렸다. 종구는 그 길로 집을 뛰쳐나왔다.

무작정 상경한 후의 생활은 고되었다. 그래도 종구는 날마다 신문을 구해 읽는 것을 잊지 않았다. 아침마다 주요 일간지의 사회면에서 번번이 같은 기사를 찾아내곤 했다.

'열 살짜리 소녀가 숨진 채 발견되었다. 부검 결과, 피해자는 살해되기 직전에 정액이 묻은 사탕을 먹은 것으로 밝혀졌다. 용의자는 같은 동네의 중학생들로 추정되며……'

눈을 부릅뜨고 다시 보면 그런 기사는 실려 있지 않았다. 환영이었음을 몇 번이나 확인한 후에야 종구는 가슴을 쓸어내렸다. 그래, 종희는 내가 고향을 떠난 이튿날 집으로 돌아왔을 거야. 아무 일도 없었어. 잠깐 길을 잃었던 것뿐이야. 지금도 고향 집에서 할아버지랑 행복하게 살고 있을 거라구. 스스로를 안심시키면서도 그는 날마다 신문을 정독했다. 잠을 자면서도 헤드라인을 훑었다. 꿈속의 신문에도 그가 찾던 기사는 없었다. 소녀, 살해, 사탕 따위의 낱말들은 제각기 ㅅ으로, ㅎ, ㅌ, 그리고 ㅋ, ㅐ 따위의 자모들로 흩어져 꿈속을 떠돌다가 사라졌다. 그는 허탈함과 동시에 안도감을 느꼈다. 잠에서 깨면 손을 씻었다. 잠들기 전까지 계속 씻었다. 그의 하루는 물, 비누, 신문, 이 세 개의 꼭짓점을 중심으로 뱅글뱅글 돌았다. 무게중심을 찾을 수 없었기에 그는 늘 불안했다. 하지만 세상에 영원한 것은 없는 모양이었다. 죽을 때까지 없어질 것 같지 않던 썩은 달걀 냄새도 시간이 흐르자 점점 옅어져갔다. 종구는 신문 읽는 일을 깜빡깜빡 잊어버리기 시작했다. 그런 날들이 잦아지더니, 결국은 신문을 아예 읽지 않게 되었다.

"당신 뭡니까?"

"이 여자가 어디서 사기야? 신랑 이름만 대면 누가 속을 줄 알아?"

여자는 어느 틈엔가 접수대 앞에 서 있었다. 접수대의 남자들이 자리에서 일어났다. 수위 제복을 입은 사내가 그들에게 다가갔다. 남자들은 여자를 향해 번갈아 목소리를 높였다.

"이봐요! 신랑이 그딴 거 주문한 적 없다는 거 다 안다니까!"

여자는 동요하지 않았다.

"죄송합니다만, 신랑 되시는 분 성함이 최경수 씨 아닌가요? 일주일 전에 직접 주문하셨습니다. 여기 영수증도 있……"

"그 영수증도 가짜잖소. 사기꾼들이 얼마나 고단순데."

수위가 여자의 말을 가로막았다. 늙수그레한 외모에 어울리지 않게 단호한 말투였다. 여자는 말을 이으려는 듯 숨을 들이마시더니 그대로 입을 다물었다. 탁자에 올려져 있던 쇼핑백을 잡았다. 손잡이 두 개 중 하나를 놓치는 바람에 쇼핑백 입구가 벌어지면서 한쪽으로 기울었다. 여자는 서둘러 양쪽 손잡이를 함께 모아 쥐었다. 쇼핑백 개수는 두 개뿐이었지만 지금의 여자에게는 그마저도 무척 버거워 보였다.

"안 되겠어. 그냥 넘어가면 다음에 또 이러지. 아가씨, 따라와요."

수위가 턱짓으로 식장의 출구를 가리켰다. 여차하면 끌고 가기라도 할 것 같은 기세였다. 여자의 표정이 눈에 띄게 굳어졌다. 그녀는 뒤로 물러설 수도 없었다. 이미 많은 사람들이 그녀를 둘러싸다시피 주위에 몰려들어 있는 상태였다. 수위가 정말 무력을 행사할 것처럼 앞으로 한발 다가섰다. 여자의 어깨가 움찔했다. 모여 있던 사람들 중 누군가가 흡, 하고 숨을 들이마셨다. 그때였다.

"박종희 씨, 해피데이 이벤트에서 오신 분 맞죠? 한참 찾았잖아요."

사람들이 일시에 새로운 목소리의 주인공을 찾아 고개를 돌렸다. 종구는 거침없이 여자의 팔을 잡았다.

"본사에서 연락이 왔는데, 주문이 잘못됐답니다. 폭죽 세트 주문한 건 다른 사람입니다. 거기선 지금 종희 씨만 기다리고 있어요. 저랑 함께 가시죠."

종구 스스로도 의식하지 못한 사이에 일어난 일이었다. 여자는 영문을 모르겠다는 듯이 눈을 슴벅거렸다. 그러면서도 순순히 종구를 따라왔다. 뒤에서 사람들이 웅성거리는 소리가 들렸다. 그는 앞만 보고 걸었다. 돌아보지 않아도, 사탕을 손에 쥔 아이들이 등 뒤에 버티고 서 있음을 알 수 있었다. 자, 오빠랑 같이 가자. 종구는 종희의 팔을 잡은 손에 힘을 주었다. 종희야, 그 사탕 먹으면 안 돼. 그건 아주 더러운 거야. 종희는 얌전하게 고개를 끄덕였다. 종구는 말을 이었다. 그리고 있지, 나비는 맨손으로 잡는 게 아니야. 아무리 노랑나비라 해도…… 행복을 가져다주는 노랑나비라 해도 말이야. 종희는 천천히 손바닥을 폈다. 노랑나비가 하늘 위로 날아올랐다. 둘은 마주 보고 웃었다. 남매는 무사히 골목을 빠져나왔다. 집에 도착하기까지, 아무도 그들을 가로막지 않았다.

예식장 밖은 환했다. 늦은 오후의 햇살이 보도블록 위에서 출렁였다. 여자의 머리 위 노랑나비도 햇빛을 받아 눈부시게 반짝였다.

"근데, 누구세요? 나 알아요?"

여자의 눈매에 날이 서 있었다. 원하는 게 뭐냐고 쏘아붙이는 목소리에도 경계심이 가득했다. 종구는 여자의 팔을 놓았다. 넌 나를 알아보지 못하는구나. 그렇게 말한다면 여자는 어떤 표정을 지을까. 일단 여기를 벗어납시다. 그가 앞장을 섰다. 여자가 그의 뒤를 따랐다. 횡단보도를 건너고 숱한 행인들을 스쳐 지나고 지하도를 통과했다. 마침내 두 사람은 이등변삼각형 밖으로 빠져나왔다. 여자가 그를 불러 세웠다.

"할 말이 있음 여기서 해요."

종구는 여자를 향해 돌아섰다. 둘은 만난 후 처음으로 마주 보고 섰다. 둘 사이의 거리는 채 오십 센티미터도 되지 않았다. 흔치 않은, 그러나 종구에게는 익숙한, 종희의 두꺼운 쌍꺼풀이 바로 눈앞에 있었다. 종구는 싱겁게 웃었다. 정작 마주 서게 되자 할 말이 떠오르지 않아서였다. 눈을 내리깔았다. 여자의 손에 들린 쇼핑백이 보였다. 겉면에 박힌 문구가 이제는 제법 친숙하게 느껴졌다. (주)해피데이. 회사명 아래 씌어 있는 문장을 조그만 소리로 읽어보았다. 당신의 그날을 세상에서 가장 행복한 날로 만들어……

"할 말 없음 이만 가볼게요."

여자가 종구의 혼잣말을 잘랐다.

"그렇게 범죄자 보듯 할 거 없어요. 어차피 일일 알바니까."

종구의 눈에 잽싸게 돌아선 여자의 구두 뒤축이 들어왔다. 내 표정이 그렇게 심각해 보였나. 그는 끝맺지 못한 문장의 종결어미를 마저 내뱉었다. ……드립니다. 어라. 그새 여자의 구두 뒤축이 구두 앞코로 바뀌어 있는 게 눈에 띄었다. 고개를 들었다. 여자가 종구를 쳐다보고 있었다. 그는 숨을 죽였다. 이 여자, 지금 무슨 말을 하려는 걸까. 설마.

"왜 날 도와줬어요?"

종구는 참았던 숨을 내쉬었다. 여자는, 박종희가 누구냐고 묻지 않았다. 종구는 하마터면 고맙다고 말할 뻔했다. 그는 여자의 질문에 대답하지 못했다. 당신은 어렸을 때부터 그렇게 쌍꺼풀이 두꺼웠습니까? 그 머리핀은 어디서 샀나요? 왜 하필 노랑나비 모양을 골랐습니까? 라고 묻지도 못했다. 여자의 콧등에 살짝 얽은 곰보 자국이 있는 것이 보였다. 종희의 콧등에 곰보자국이 있었던가. 기억이 나지 않았다. 아무래도 상관없었다. 그는 종희를 데리고 그 골목을 빠져나온 것이다. 그날, 종희는 무사히 집으로 돌아온 것이다. 여자와 헤어지면서도 종구는 그저 싱겁게 웃었다.

회사로 돌아온 것은 저녁 여섯 시가 다 되어서였다. 사무실문을 열었다. 동료들의 빈 자리보다 사면 벽에 부착돼 있는 벽그림들에 먼저 시선이 갔다. 그의 눈길이 한글 벽그림 위에 머물렀다. 오른쪽 하단의 귀퉁이가 안쪽으로 말려, ㅎ의 호루라기 그림이 절반밖에 보이지 않았다. 종구는 눈으로 귀퉁이를 펴고 호루라기를 온전하게 복원했다. 눈을 돌렸다. 그의 책상 위에는 노트가 펼쳐져 있었다. 오전에 놔두고 간 그대로였다. 기획안을 오늘 끝낼 수도 있었는데. 노트 위에는 달랑 비읍 자 하나만 적혀 있었다. 비읍으로 시작하는 게 뭐가 있더라. 바, 뱌, 버, 벼, 보, 뵤, 부…… 부재중 전화 002통? 휴대폰의 액정 화면에 메시지가 떠 있었다. 노트 옆에 놓여 있던 휴대폰을 집어들었다. 한 통은 회사에서 온 것이었다. 나머지 한 통도 어디서 본 듯한 번호였다. 아, 더러운 팬티. 그녀였다. 어젯밤 모텔을 나오면서 휴대폰 주소록에서 바로 삭제해버렸던, 그녀의 전화번호였다. 종구는 불현듯 그녀가 그리웠다. 그에게 십 분 이상 대화를 나눌 수 있는 사람이라고는 그녀밖에 없지 않은가. 오늘 여동생을 만났습니다. 어렸을 때 헤어졌는데, 낮에 우연히 만났지 뭡니까. 얼마나 반갑던지. 그 녀석, 몰라보게 달라졌던데요. 아주 예뻐지고 똑똑해졌어요. 하지만…… 제 동생인 건 확실해요. 제가 박종희, 하고 이름을 부르기까지 했다구요. 만약 제 동생이 아니라면 박종희가 누구냐고 반문하지 않았겠습니까? 암요, 걘 제 동생이 틀림없습니다.

종구는 당장 그녀를 만나야겠다고 생각했다. 만나서 하고 싶은 이야기가 너무 많았다. 물론 섹스는 하지 않을 것이었다. 휴대폰의 발신 버튼을 힘주어 눌렀다. 신호가 세 번쯤 울렸을까. 통화 연결음이 들리는가 싶더니 전화가 느닷없이 끊어졌다. 종구는 다시 발신 버튼을 눌렀다. 전화는 연결되는가 싶더니 또 끊어졌다. 다섯 번의 통화 시도는 모두 불발로 끝났다. 종구는 휴대폰을 만지작거렸다. 동생을 만났다는 이야기를 해주고 싶

었는데. 불을 켜지 않은 사무실 안이 어둑어둑했다. 손을 씻어
야겠다는 생각이 들었다. 습관대로 9층으로 내려갔다. 화장실
에는 아무도 없었다. 수돗물이 손등에 닿자 선득했다. 레버를
온수 방향으로 돌렸다. 오늘 하루 동안 그는 손도 자주 씻지 못
했고, 밥도 제때 먹지 못했고, 담배도 전혀 피우지 못했다. 그
런데 희한하게 콧노래가 나왔다. 세면대 거울에 비친 얼굴에도
웃음기가 돌고 있었다. 소리 내어 웃어보았다. 그의 입에서 흘
러나온, 웃음소리인지 울음소리인지 모를 괴상한 소리는 물소
리에 섞여 배수구 안으로 빨려 들어갔다. 종구는 수돗물을 좀
더 세게 틀었다. 물줄기는 좀처럼 따뜻해지지 않았다.

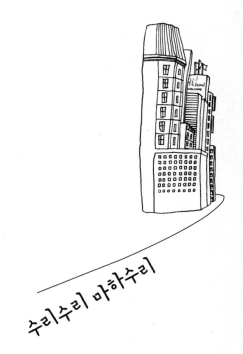

수리수리 마하수리

갓 부화한 올챙이들이 연못 속을 휘젓고 다닌다. 무당개구리 한 쌍이 짝짓기를 하고 있다. 강은 못가의 돌멩이 하나를 집어 물속으로 던진다. 수면에 조그맣게 파문이 일다 사그라진다. 교미하던 개구리들이 잽싸게 헤엄쳐 자리를 옮기자 못 바닥에 가라앉아 있던, 우무질에 싸인 개구리 알 덩이가 물살을 따라 일렁인다. 수면에 비친 두 사람의 얼굴도 함께 흔들린다.

"근데 이 연못의 개구리 알은 안 드신다니까요."

영도(影圖)가 말을 잇는다. 강이 편하게 느껴져서일까. 아니면 그동안 너무 외로웠기 때문일까. 만난 지 이틀밖에 안 됐는데, 저는 승려고 상대는 속인인 데다 여자이기까지 한데, 그는 줄곧 강과 이야기를 하고 싶어 한다. 돌멩이를 집었던 강의 손가락 끝에 흙이 묻어 있다. 그녀는 손가락을 바짓단에 닦는다.

뒷산 계곡까지 가는 것이 귀찮아 이 연못의 개구리 알을 떠 갔더니 주지 스님이 말없이 사발을 물리시더라고, 어떻게 알아차렸는지 알 수가 없어 식은땀이 다 나더라며 그가 혀를 내두른다.

"할 수 없이 계곡까지 갔죠. 거기서 건져온 걸 다시 바쳤더니 글쎄, 양념장이랑 섞어서 아주 사발째 드시는 게 아닙니까?"

강은 그의 이야기에 열심히 귀를 기울인다. 하지만 듣는 도중 자신도 모르게 깜빡깜빡 딴 생각을 하게 된다. 분명히 그의 이야기를 경청하고 있었는데 문득 정신을 차리면 엉뚱한 상념에 잠겨 있는 것이다. 마치 제 방 제 침대에서 잠들었는데 새벽에 눈을 뜨니 전혀 모르는 곳에 누워 있는 듯한 기분이다. 연못의 물비린내가 가볍게 코끝을 스친다. 나는 왜 여기에 있는 것일까. 이른 아침부터, 낯선 절 마당에 쪼그려 앉아, 무엇을 하고 있는 걸까. 강은 두 팔로 무릎을 껴안는다. 영도가 주지 스님의 일기예보는 백발백중이라고 한다. 아직도 주지 이야기인가.

"저녁에 비가 올 거라 했으니, 두고 보십시오."

어둡고 탁한 빛깔의 승복에 어울리지 않게 그는 환히 웃는다. 공연히 강의 어깨에서 힘이 빠진다. 영도는 웃음이 많다. 올해 열여덟 살이라던가. 처음 나이를 물었을 때는 '스님의 세수(世壽)는 묻는 게 아닙니다' 하며 엄숙한 표정을 짓더니, 강이 두 번 묻지 않고 관심을 거두자 잠시 후 쪼르르 달려와서는 제 입으로 나이를 실토했다. 새파란 십대 소년이 제 앞가림이나 잘할 것이지 무슨 중생을 구제하겠다고 머리를 깎았을까. 그러나 강에게 끊임없이 이런저런 말을 늘어놓으면서도 영도는 제 법명만 알려주었을 뿐 자신에 대해 구체적인 이야기는 하지 않는다. 강은 무릎 사이에 턱을 묻는다. 멀리 등 뒤에서 풍경(風磬)이 울린다. 있으세요? 종소리가 높고 청아하다. 있으면 말씀하세요. 에? 강은 눈을 크게 뜨고 영도를 돌아본다. 필요한 거 있으면 얘기하라고, 그는 사시 예불 후에 공양주 보살과 함께 장을 보러 나갈 거라고 한다. 그의 눈이 강의 운동화에 꽂혀 있다. 엊그제 절을 찾아 산속을 헤매다가 뾰족한 바위 모서리에 찢겨 앞코가 덜렁거리는 캔버스화다. 실로 꿰매거나 본드로 붙일 수도 있겠지만 강은 둘 다 귀찮다. 곧 서울로 돌아갈 건데 그 며칠을 못 버티랴 싶기도 하다. 영도가 몸을 일으킨다. 승복을 입어 펑퍼짐해 보이는 그의 그림자가 연못에 어린다. 영문도 모른 채 그림자에 갇힌 개구리 한 마리가 헤엄을 쳐서 못 가운데로 나아간다. 무릎을 털면서 강도 몸을 일으킨다. 두 사람은 법당 앞에서 각기 다른 방향으로 갈라선다. 요사채로 향하는 영도의 뒷모습을 강은 잠시 지켜본다. 파르라니 삭발한 뒤통수에서 어쩔 수 없이 애티가 묻어난다. 걸음을 옮길 때마다 그의 발보다 문수가 큰 고무신이 뒤꿈치에서 달랑거린다. 스님. 강은 목소리를 높인다. 스님!

"저 담배 한 갑만 사다주세요."

웃으며 합장을 하는 그의 어깨 너머로 법당의 처마 끝이 보인다. 바람이 부는가. 풍경에 매달린 청동 물고기가 허공에 잔물

결을 일으키고 있다.

　이곳 조운사(造雲寺)는 사찰이라기보다 암자에 가까운 작은
절이다. 눈 어둡고 귀도 어두운 초로의 주지와 승려증을 받은
지 한 달 됐다는 영도, 부엌일을 맡고 있는 공양주 할머니 보살
이 절 식구의 전부다. 봄에 나물 캐러 산에 올랐다가 절 마당에
서 쉬어가는 아낙들의 수가 초파일에 연등을 밝히는 신자의 수
보다 더 많다던가. 그래서 재정이 매우 열악하다고 귀띔하며 영
도는 웃을 일도 아닌데 밝게 웃었더랬다. 강이 처음 이 절에 들
어서면서 여기가 종은사(淙闇寺) 맞느냐고 물었을 때도 그랬
다. 아니오. 조운사입니다. 종은사는 재 너머에 있어요. 이름도
비슷하고 위치도 비슷해서 보살님처럼 잘못 찾아오는 분들이 종
종 있으시지요. 남이 길을 잘못 들었다는데 뭐 즐거운 일이라고
그는 연방 웃었다. 시간이 너무 늦었습니다. 오늘은 여기서 묵
으시고 절은 내일 날이 밝으면 찾아가십시오, 보살님. 사찰에서
일반적으로 여 신도를 높여 부르는 표현이라는 것을 알면서도
들을 때마다 어색한 '보살' 칭호보다, 지금도 강은 어린 승려의
스스럼없이 웃는 얼굴에 적응하기가 더 어렵다.
　봉창을 뚫고 들어온 햇살이 방바닥에 나뒹구는 책 위에 고인
다. 엊그제 강이 짐을 풀기 전부터 방 한쪽에 놓여 있었던 법요
집이다. 펼쳐진 페이지 위의 문장 하나가 눈길을 끈다. 수리수
리 마하수리 수수리 사바하. 만화영화에서 등장인물이 마법의

주문을 외울 때 곧잘 쓰던 '수리수리 마하수리'가 『천수경』의 한 대목이었다는 것을 그녀는 여기 와서야 알았다. 팔베개를 하고 드러눕는다. 절전형 형광등이 달린 천장에 햇빛 몇 점이 어른거리고 있다. 눈을 감는다. 주문을 읊어본다. 수리수리 마하수리. 모든 게 원점 그대로 돌아가라. 수리수리 마하수리. 눈을 뜨고 나면 모두 없었던 일이 되어버려라. 애니웨이, 우리는 여전히 너를 친딸처럼 생각한단다. 전화가 걸려온 것은 일주일 전의 일이다. 십 년 만의 통화인데도 강은 '우리'가 누군지 대번에 알 수 있다. 특유의 나직하고 부드러운 목소리로 그들은 '애니웨이'를 연발한다. 이곳으로 이민 온 후에도 네 얘기를 자주 하곤 해. 애니웨이, 이번에 한국 들어가면 꼭 만나자꾸나. 강은 통화할 때의 습관대로 전화기 옆 메모지에 그들이 하는 말을 아무렇게나 받아 적는다. 수화기를 내려놓고 나서 메모지를 물끄러미 들여다본다. 십 년, 보고 싶다, 다음주 금요일, 인천공항, 애니웨이, 그때 그 절. 낙서들 어디에도 란의 이름은 없다. 계십니까? 이 세상에 란이 없듯이.

"아무도 안 계십니까?"

강은 머릿속의 메모지에서 눈을 뗀다. 소리는 문 밖에서 들려오고 있다. 공양주 할머니와 영도가 장을 보러 갔으니 절에는 귀먹은 주지와 그녀 둘밖에 없을 것이다. 장지문을 열어젖힌다. 등산복 차림의 두 남녀가 햇빛을 정면으로 받으며 서 있다. 남자가 손에 든 지도로 얼굴에 차양을 만들며 묻는다.

"좋은사 가려면 어느 쪽으로 가야 합니까?"

강은 영도에게 들은 대로 재를 넘어가야 한다고 답한다. 남자와 여자가 서로 마주 본다. 둘 다 삼십대 후반쯤 되었을까. 여자는 파마가 다 풀린 머리에 얼굴이 푸석하다. 뭔가 불안해하는 표정이 꼭 혼이 빠져나간 사람 같다. 남자도 눈빛이 흐리멍덩하다. 팔자 주름이 도드라진 입매 탓인지, 태어나서 한 번도 웃어 본 적이 없는 사람처럼 완고해 보인다. 여자가 잠깐 쉬었다 가자고 한다. 남자가 배낭을 땅에 내려놓는다.

"거긴 무슨 일로 가세요?"

말끝에 물음표가 찍히기도 전에 강은 괜한 질문을 했다고 후회한다. 여자가 먼 산을 바라본다. 표정에 아무 변화가 없다.

"그냥 좀, 볼일이 있습니다."

남자가 말을 얼버무리지만 않았어도, 여자가 딴청을 피우지만 않았어도, 강은 자신도 그곳에 가려던 참이라고 말했을 것이다. 남자가 배낭에서 생수병을 꺼낸다. 아가리를 벌리고 있는 배낭 속에서 비닐봉지에 든 사과와 배, 북어포가 얼핏 보인다. 강은 재빨리 시선을 거둔다. 두 사람은 번갈아 가며 물을 마신다. 강은 왠지 그들과 어디선가 만난 적이 있는 것 같다는 느낌이 든다. 어디서 봤더라. 물론 기억할 수는 없다. 강은 오늘 그들과 처음 만났으니까. 그렇다면 이 생생한 기시감은 어디에서 오는가. 그녀는 댓돌로 내려선다. 서둘러야 할 거라고, 저녁부터 비가 온다는 말이 있다고, 묻지도 않았는데 강은 운동화를

구겨 신으며 그들에게 이른다. 그녀도 좋은사에 가야 한다. 그
들과 동행하면 좀더 수월하게 갈 수 있을 것이다. 그러나 그녀
의 발길은 뒷마당으로 향하고 있다. 어쩌면 자신은 사실 그곳에
가고 싶지 않은 건지도 모른다고 강은 생각한다. 정말 갈 마음
이 있었다면 이렇게 불시착한 곳에서 이틀씩이나 빈둥거리고 있
을 리가 없지 않은가. 다행히도 영도는 강에게 그곳엔 왜 가려
하는지, 왜 여태 안 떠나고 있는지, 묻지 않는다. 돌이켜보면
그는 말하는 이에게나 듣는 이에게나 별로 중요하지 않은 말,
해도 그만 안 해도 그만인 말만 늘어놓는 것 같다.

코딱지만 한 절에서 그녀가 달리 시간을 때울 곳이라고는 뒷
마당의 연못밖에 없다. 못 바닥에 개구리 한 마리가 배를 위로
향하고 자빠져 있다. 올챙이 수십 마리가 거기 달라붙어 꼬물거
린다. 저건 죽음을 애도하는 의식일까, 사체를 농락하는 행위일
까. 그녀는 못가에 쪼그리고 앉는다. 사체가 물 위에 떠 있지
않고 물 밑에 가라앉아 있는 것이 이상하다. 아니, 가라앉지 않
고 떠 있어도 이상했을 것이다. 살아 있는 존재에게 죽어 있는
것은 모두 이물감을 주니까. 그녀는 물에 던질 만한 것이 없는
지 주위를 살펴본다. 죽음은 이상한 게 아니라 자연스러운 거
야. 결국은 누구나 다 죽게 마련이잖아. 나직하고 부드러운 목
소리. 십 년 전, 그녀의 어깨를 감싸 안던 따스한 손. 강은 돌멩
이를 움켜쥔다. 무엇이든 다른 것을 떠올리려 애쓴다. 이를테면
박하사탕 같은 것. 그것을 오도독 깨무는 소리라든가 그 알싸한

맛을 상상해본다. 자신이 피워본 적 있는 담배의 종류와 가짓
수, 쿠보즈카 요스케가 출연했던 영화들. 그리고 잘 다린 교복
치마의 빳빳한 주름, 춤을 똑같이 따라 출 수 있는 몇 곡의 댄스
가요. 노래방에서 슬픈 노래만 부르던 란…… 란의 목소리가
떠오르지 않는다. 강은 죽은 개구리 주위에 몰려든 올챙이들을
향해 돌멩이를 던진다. 올챙이들은 흩어졌다가 금세 다시 모인
다. 그녀는 연못에 침을 뱉는다.

영도가 돌아온 것은 오후 네 시가 가까워서다. 읍내에서 산
밑까지 오는 버스가 하루에 두 차례밖에 다니지 않는다고 그는
불평을 한다, 웃으면서. 강은 그에게서 검정색 비닐봉지를 건네
받는다. 속에 든 것은 담배만이 아니다. 강의 찢어진 운동화가
못내 마음에 걸렸던 것일까. 봉지 안의 노란색 돼지표 본드를
그녀는 만지작거린다.
　"제가 스님께 얼마를 드리면 되지요?"
　"아닙니다. 그거 몇 푼 안 합니다."
　영도가 손사래를 친다. 둘의 대화를 듣고 있었을까. 스님이
무슨 돈이 있으시냐고, 받을 건 받으시라고, 공양간 안에서 카
랑카랑한 목소리가 끼어든다.
　"시주도 않고, 응? 절도 사람 사는 데여. 등 팔고 기와 팔아
먹고 산다고!"
　이건 강 들으라고 하는 말. 처음부터 그녀를 못마땅하게 여기

던 공양주 할머니는 노쇠한 몸으로 산을 탄 직후인데도 목소리에 기운이 차고 넘친다. 영도가 웃으면서 돈 안 받을 테니 대신 오늘 저녁부터는 예불에 참석하라고 한다. 그녀는 돌아서다 말고 움찔한다. 오늘 저녁부터는? 그건 강이 당분간은 이곳을 떠나지 않을 것임을 기정사실화하는 표현이 아닌가. 어쨌든 제법이다. 웃는 것밖에 모르는 줄 알았더니 포교도 할 줄 알고. 강은 고개를 끄덕인다.

비닐봉지를 들고 그녀는 뒷마당으로 가려다 방향을 바꾼다. 산문(山門)도 없이 사찰의 경계를 표시하기 위해 쌓아놓은 돌담 밖으로 나간다. 밖은 하늘도 땅도 유난히 환하다. 햇볕도 절 안에서 쬐던 것보다 더 따사롭고 바람도 더 시원하다. 성(聖)과 속(俗)의 차이일까. 속의 산길을 그녀는 걸어 내려간다. 얼마 안 가 단풍나무 그늘 밑에서 편평한 바위를 발견한다. 그곳에 걸터앉는다. 청바지 뒷주머니에서 라이터를 꺼낸다. 영도가 사온 담배에서 박하향이 난다. 타르가 겨우 1.0밀리그램 함유된 순한 제품이다. 영도는 그녀의 건강을 위해 신경 써서 이것을 골랐을 것이다. 살찔까 봐 고심 끝에 저지방 아이스크림을 택하는 소녀들처럼. 강의 눈이 닿는 곳마다 봄꽃들이 다투어 만발해 있다. 그녀가 앉은 바위 바로 밑에도 푸른색 꽃이 피어 있다. 색깔도 그렇거니와 한 줄기에 여러 송이가 붙어 있는 것이 특이하다. 이름은 모른다. 그녀가 이름을 아는 꽃은 몇 종류 안 된다. 장미, 튤립, 해바라기, 안개꽃, 백합……

두 개비째 담배에 불을 붙인다. 바위 밑에 핀 푸른 꽃이 보면 볼수록 예쁘다. 강은 담배 연기를 내뿜으면서 콧노래를 부른다. 꽃을 보고 예쁘다는 생각을 하게 될 줄은 몰랐는데. 절밥 이틀 먹더니 사람이 변했나 보다. 그녀는 앞코가 덜렁거리는 운동화 발로 꽃을 짓밟는다. 짓이겨 죽이면서 콧노래를 부른다. 난 죽는 게 싫어. 란은 자못 안타깝다는 표정이다. 죽으면 이 세상의 예쁘고 아름다운 것들을 더 이상 볼 수 없잖아. 난 그게 슬퍼. 강은 친구를 위로해주고 싶다. 하지만 더럽고 추한 것도 못 보잖아. 제가 해놓고도 참 재치 있는 대답이라고 그녀는 혼자 감탄한다. 그때 란은 뭐라고 대꾸했던가. 강은 동작을 멈춘다. 제가 신고 있는 캔버스화 두 짝을 멀거니 내려다본다. 오른짝은 앞코가 찢어져 있지만 왼짝은 멀쩡하다. 한 쌍이지만 분명히 다르다. 꼭 십 년 전의 강과 란처럼. 단풍나무 그늘 바깥에서 인기척이 난다.

"여기 계셨네요."

영도다. 그는 손에 낚시용 뜰망을 들고 있다. 뒷산 계곡에 가는 길일까. 그가 무슨 말인가를 하려다 말고 머뭇거린다. 머뭇거리다 말고 결국은 말을 한다.

"담배 피우는 모습이, 되게 매력적이세요."

강은 보란 듯이 담배를 힘껏 빨아들인다. 불이 확 끌어당겨지면서 담배 끝이 타들어가는 것이 콧잔등 아래로 보인다. 매력적이라. 꼭 담배 피우는 모습만을 두고 한 말은 아닐 것이다. 누가 가르쳐주지 않아도 일찍이 표 나지 않게 여자의 몸을 훑어보고 추파를 던지는 법을 터득했을, 그도 어엿한 남자가 아닌가.

"한 대 피우실래요?"

강은 다른 곳을 보면서 영도에게 담뱃갑을 내민다.

"그게, 저, 스님이 해서는 안 되는 것이 열 가지 있습니다. 첫째는 살생을 하지 말며, 둘째는 남의 것을 훔치지 말며, 셋째는 음행하지 말며⋯⋯"

강은 반쯤 태운 담배를 바위에 비벼 끈다. 그의 말을 좀더 진지한 자세로 듣기 위해서다. 영도 역시 좀더 진지한 자세로 십계(十戒)에 대해 설명한다. 그러나 이를 어쩌랴, 그녀는 열심히 그의 말에 귀 기울이지만 어느새 또 낯선 방 낯선 침대에 누워 있는 것을. 너희는 자매냐? 둘이 만날 붙어 다니던데. 동네 서점 주인이 아는 체를 한다. 란이 나선다. 저희는 자매가 아니라 단짝 친구예요. 강은 놀란다. 틀린 말도 아닌데 제가 왜 놀라는지 알 수가 없어 한 번 더 놀란다. 란이 자신을 단짝 친구로 여기고 있었다니. 주관식 문제의 답을 엉터리로 썼는데 그것이 정답이었을 때처럼 그녀는 얼떨떨하면서도 뿌듯하다. 둘은 서가에서 책을 고른다. 그날 학교에서 담임선생이 허먼 멜빌의 책을 읽고 독후감을 써오라고 했던 것이다. 강과 란은 학교도 반도 같다. 집도 같은 아파트 같은 동에 있다. 둘은 자연히 붙어 다닐 수밖에 없다. 란은 가만히 앉아 있어도, 걸을 때마다 삑삑 소리가 나는 신발을 신은 꼬마처럼 사람들의 시선을 끄는 아이다. 키가 눈에 띄게 작아서이기도 하지만, 140센티미터가 못 되는 키 따위 극복하고도 남을 만큼 외모도 귀엽고 성적도 뛰어나고 심성도 곱기 때문이다. 그에 비하면 강은 소리 나는 신발을 신고 뛰어다닌다 해도 누구의 관심도 끌지 못할 만큼 눈에 띄지 않는 아이다. 외모도 성적도 심성도 그저 그렇다. 그들은 멜빌의 책을 거의 동시에 발견한다. 그런데 각기 집어든 책의 제목이 다르다. 란의 것은 '백경(白鯨)'이지만 강의 것은 '흰 고래 모비딕'이다. 두 책은 물론 내용이 같다. 하지만 엄연히 다른 책이다. 그게 두 사람의 차이다.

"그중에서도 제일 힘든 게 음욕을 이기는 거래요."

영도가 얼굴을 붉힌다. 그래서 불가에서는 승려들에게 여자는 똥이다. 여자는 요물이다. 이런 식으로 여자에 대해 부정적 관념을 심어준다고, 그가 빠르게 덧붙인다. 강은 그의 상기된 얼굴을 못 본 체한다. 란이 양보하여 둘은 '흰 고래 모비딕'을 산다. 사이좋게 돌려 읽고 독후감을 쓴다. 하지만 최우수상을 받은 란의 독후감 제목은 '백경'이다. 상을 탄 기념으로 란이 강에게 떡볶이를 사준다. 마침 분식집 밖으로 동네의 명물인 미친 남자가 뛰어간다. 펄럭이는 낡은 외투 속의 악취가 당장이라도 떡볶이 접시를 덮칠 것 같다. 재수 없어. 강과 동시에 란이 말한다. 참 안됐어. 둘이 내뱉은 한마디는 같은 '어'로 끝난다. 하지만 내용은 전혀 다르다. 그 역시 두 사람의 차이다. 참 착하구나. 분식집 아줌마가 란의 머리를 쓰다듬어준다. 강은 입 안에 떡볶이가 있는데도 접시 위의 떡볶이를 포크로 찍는다. 그러면서 생각한다. 백경과 흰 고래 모비딕의 차이를, 최우수상을 받는 것과 못 받는 것, 분식집 아줌마의 칭찬을 듣는 것과 못 듣는 것의 차이를. 그날 강은 다짐한다. 저도 착하고 똑똑한 아이가 되겠다고. 최고는 못 되더라도, 매사에 최선을 다해 남에게 인정받는 아이가 되겠다고. 그녀는 제 방 벽에 자신의 각오를 담은 문구부터 써 붙인다. 최고보다 최선을! 며칠 후 그녀는 란의 집에 놀러 간다. 란의 책상 앞 벽에도 종이가 한 장 붙어 있다. 수많은 현재, 미완의 역사. '백경'이라는 어휘의 낯섦을 능가하는 그 문구가 란이 지어낸 것인지, 란이 책에서 읽거나 남에게 들은 것인지, 강은 물어볼 엄두를 내지 못한다.

"그래봤자 얼마 못 가요. 그게 그렇게 쉽게 되면 부처님이게요?"

영도가 뜰망을 고쳐 잡으며 가던 길을 갈 채비를 한다. 강도 바위에서 일어난다.

"개구리 알 뜨러 가시는 거예요?"

그는 강의 얼굴을 바로 보지 못한다. 웃으면서 저녁 예불에 꼭 참석하라는 당부만 하고 서둘러 가버린다. 육류는 일절 입에 대지 않으나 개구리 알은 즐겨 먹는다는, 괴팍한 식성을 가진 주지의 얼굴이 강은 문득 궁금해진다. 만화영화 「컴퓨터 형사 가제트」에서 얼굴은 안 나오고 고양이를 쓰다듬는 팔만 나오던 악당 두목 클로 박사처럼, 그녀가 이 절을 뜰 때까지 주지가 얼굴을 끝끝내 드러내지 않을 것 같은 예감도 든다. 하기야 예불에 참석해보면 알겠지. 그녀는 제가 짓밟은 꽃송이 위에 담배꽁초를 버린다.

일반인의 저녁 공양은 여섯 시부터다. 오이 무침, 깍두기, 굽지 않은 김. 찬은 항상 같다. 강이 혼자 앉은 탁자에 공양주 할머니가 미역국이 담긴 그릇을 탁 소리 나게 내려놓는다.

"여 언제까지 기실 거우?"

할머니는 공양간에 놓인 너덧 개의 탁자들 중 강의 탁자에서 가장 멀리 떨어진 곳에 자리를 잡는다. 그 탁자 위에는 소주병과 소주잔이 놓여 있다. 할머니가 잔에 소주를 따른다. 곧 갈 거예요. 다른 절에 친구가 있거든요. 일주일 전에 그 친구 부모님이 전화를 주셨더라고요. 조만간 만나자 하시는데, 전 뭐가 그렇게 켕기는지 집에 그냥 있을 수가 없었어요. 그분들을 뵙기 전에 친구를 먼저 만나야겠다는 생각도 들었고요. 십 년 동안 한 번도 못 만났거든요. 만나기 싫어서 그랬던 건 아닌데, 전 그냥…… 강의 넋두리를 들으면서 할머니는 소주를 홀짝인다. 강은 불현듯 의구심이 든다. 내가 방금 대답을 하기는 했나? 진짜 입 밖으로 말을 내뱉긴 한 건가? 속으로 생각한 게 아니라? 그녀는 할머니에게 물어보고 싶어진다.

"제가 방금……"

"시주하라 그런 건 농이고, 그야 주는 걸 마다허진 않겠지만,

그러니께 내가 허고 싶은 말은, 우리 영도 스님 맴 홀리지 마란 것이우."

할머니의 목소리는 여전히 크지만 말투는 사분사분하다. 강은 헛웃음을 흘린다. 수줍음 탈 나이의 소녀도 아니고, 세상 살 만큼 산 노파가 고작 그런 말을 할 용기도 없어 술의 힘을 빌리나 싶다. 강은 잠자코 밥알만 씹는다. 어디서 빌려온 듯한 정적이 좁은 공양간 안을 메운다.

"어메, 비가 오시네. 반가운 님이 오시네."

할머니가 창밖을 내다보며 반색을 한다. 그러고는 세 잔째인지 네 잔째인지 소주잔을 급하게 비우고 나서 강을 돌아본다.

"보소. 쐬주는 20도, 빼갈은 50도, 맥주는 4도. 그럼 비는 몇 돈 줄 아우?"

생뚱맞은 질문이라 여기면서도 강은 잠시 고민한다. 비에도 알코올이 들어 있나. 그럴 리 없다. 산불이 났을 때 비가 오면 진화에 도움이 되지 않던가. 비에 알코올 성분이 있다면 진화는 커녕 번지는 불길을 걷잡을 수 없게 될 것이다.

"0도 아닐까요?"

"땡! 비는 5도여, 5도. 비가 오도다! 신나게 오도다!"

강은 할머니의 위트에 장단을 맞추듯 목을 빼고 창밖을 내다본다. 5도짜리 봄비가 내리는 이 산사(山寺)의 저녁, 피부에 와 닿는 바람이 알코올처럼 맑고 서늘하다. 그들은 잘 도착했을까. 배낭에 북어포와 사과와 배를 넣어왔던 두 남녀는 좋은사에 무사히 가 닿았을까. 순간 씹지도 않고 삼킨 밥알이 목구멍에 걸린다. 강은 주먹으로 가슴을 친다. 그곳에서 란은 지금 나를 기다리고 있으리라. 밥알이 넘어간 후에도 그녀는 가슴을 친다.

란의 친구. 란과 같이 다니는 애. 란의 짝꿍, 란의 단짝. 그것이 자신에게 부여된 이름임을 깨달은 것이 언제쯤일까. 강과 란은 친하다. 강의 친구들은 란의 친구들이기도 하다. 강의 부모와 란의 부모도 가깝게 지낸다. 양쪽 부모가 양쪽 아이들을 똑같이 제 자식인 양 아껴준다. 하지만 그건 '밖'의 문제다. 재미있고 감동적인 장면으로만 편집된 영화 예고편 같은 거다. 강 자신만이 아는 '안'에서, 언제 시작되었는지도 모를 영화의 본편에서, 강은 제 이름을 찾고 싶다. 스스로 주목받고 싶다. 란처럼 될 수 있는가? 될 수 없다. 그렇다면 차라리 반대로 나가야겠다고 그녀는 결심한다. 강은 그때부터 집에서든 학교에서든 매사에 어기댄다. 웃을 일에 화를 내고 화낼 일에 웃는다. 아무 때나 욕을 하고 아무 데나 껌을 뱉는다. 책보다 술을, 학교보다 나이트클럽을, 친구보다 담배를. 최고보다 최선을! 다하여 그녀는 반(反) 모범적인 아이가 되기로 한다. 오토리버스 카세트의 테이프가 A면에서 B면으로 넘어가듯이, 학년이 바뀌면서부터 강은 갑자기 다른 사람으로 변해버렸다. 그리고 그 전략은 주효했다. 모두가 강의 이름으로 그녀를 부르고 그녀를 인식하기 시작한다. 심지어 그녀를 두려워하는 아이들도 생겨난다. 상대적으로 란은 점점 의기소침해진다. 둘은 전과 다름없이 친하지만, 강의 친구들은 더 이상 란의 친구들과 겹치지 않는다. 어느 날 란이 묻는다. 너 왜 그래? 너 정말 이상해졌어. 정신 차려, 예전엔 이러지 않았잖아. 그런데 란의 목소리가 들리지 않는다. 음이 소거된 텔레비전 속의 탤런트처럼 란은 입만 벙긋거리고 있다. 강은 리모컨의 볼륨을 높인다. 최대치로 높여도 소용이 없다. 란아, 뭐라고? 안 들려.

"찬도 없는데 뭘 못 넘겨서 가슴패기를 두드리우?"

공양주 할머니가 강의 턱밑에 냉수 사발을 들이민다.

비가 그치고 법당의 맞배지붕 위로 해가 넘어간다. 그녀는 방구석에 웅크리고 앉아 있지만 봉창에 비치는 노을빛으로 그것을 짐작할 수 있다. 벽시계를 올려다본다. 이제 겨우 여섯 시 이십분. 저녁 예불 시간까지 사십 분이나 남아 있다. 산에서는 하루가 참 더디게 흘러간다. 연못 속의 죽은 개구리는 어떻게 되었을까, 그 바글바글하던 올챙이들은. 난 죽는 게 무서워. 란이 어깨를 움츠린다. 안 그래도 작은 키가 더 작아 보인다. 내가 죽으면 친구들이 날 위해 울어줄까? 진심으로 슬퍼할까? 강은 고개를 갸웃거린다. 이상한 일이다. 란이 했던 말은 이렇게 생생히 기억나는데 목소리가 떠오르지 않는다니. 그녀는 구부리고 있던 다리를 편다. 발에 거치적거리는 책자를 발끝으로 차버린다. 법요집이 날아가듯 팽개쳐진 곳에 검은 비닐봉지가 구겨져 있다.

모두 그대로다. 노란색 뚜껑도, 예전에는 '공작용강력접착
제'라 읽지도 못했던 제품명 '工作用强力接着劑'도. 18세 영도
가 사온 본드의 용기에 씌어 있는 19세 미만 청소년에게 판매할
수 없다는 문구를 읽고 강은 웃는다. 유기용제가 들어 있어 냄
새를 맡으면 중독으로 심한 심신장애를 일으키게 된다는 경고문
을 보고도 웃는다. 친절하게도 '냄새'와 '심한 심신장애'는 특별
히 빨간색으로 씌어 있다. 이걸로 찢어진 캔버스화를 수선할 수
있을까. 있거나 말거나, 강은 란의 목소리가 듣고 싶다. 그뿐이
다. 그녀는 노란 뚜껑을 비틀어 연다.

점심시간이다. 여고생들이 칠판 옆쪽에 설치된 텔레비전 앞
에 모여 서 있다. 키 큰 아이들 속에 키 작은 란도 끼어 있는 것
이, 교실 뒤쪽에 앉아 밥을 먹고 있는 강의 눈에는 살이 하나 부
러진 빗처럼 보인다. 텔레비전에서 연예 정보 프로그램이 재방
송되고 있다. 여자 리포터가 서태지가 컴백할 것이라는 소식을
전한다. 아이들의 환호 소리. 살 부러진 머리빗이 균형을 잃고
들썩거린다. 누군가 란의 이름을 부른다. 란은 듣지 못하고 강
이 듣고 그쪽을 쳐다본다. 자신을 볼 때마다 묘하게 눈을 치뜨
는 것이 늘 언짢게 느껴지던 아이다. 두번째 불렀을 때 란이 비
로소 아이를 돌아본다.

"좀 비켜봐. 안 보여."

란이 몹시 미안해하며 옆으로 비켜선다. 이제 보이니? 란의
눈이 그렇게 묻고 있다.

"그게 아니라 꼬맹아, 니가 안 보인다고."

아이가 입 꼬리를 올리며 히죽댄다. 텔레비전에서 서태지의 노래가 흘러나온다. 아이와 강의 눈이 마주친다. 아이가 강을 꼬나본다. 강은 밥 먹던 숟가락을 쥔 채로 자리에서 일어난다. 그쪽으로 걸어간다. 밥알이 붙어 있는 스테인리스 숟가락으로 아이의 왼쪽 관자놀이를 있는 힘껏 후려친다. 왜 실실 쪼개? 음악 소리가 커진다. 강이 좋아하는 노래다. 그녀는 춤을 추고 싶지만 참는다. 아이의 왼쪽 이마에 밥풀 두 알이 붙어 있다. 모두들 그것을 보고 있으나 아무도 웃지 않는다. 밥풀 밑으로 선홍색 피가 흘러내리고 있기 때문이다. 강은 그 일로 학교에서 오십 시간의 봉사 활동을 하도록 명령받는다. 란이 그녀를 돕는다. 둘은 변함없는 단짝 친구다.

이윽고 그녀는 검은 비닐봉지 안에 머리를 처박는다. 입을 한껏 벌리고 숨을 들이마신다. 깊게 한 번, 또 한 번. 아찔하고도 나른한 기운이 뇌로 식도로 폐로 서서히 흘러들어온다. 머릿속에서 크고 작은 폭죽이 하나씩 하나씩 터진다. 십 년 만에 마시는 본드인데도 몸이 그 향과 맛과 질감을 잊지 않고 있다는 것이 경이롭다.

강과 란은 봉사 활동을 끝내고 집으로 향한다. 기말고사가 이틀 뒤로 다가와 있다. 란이 요점을 정리한 공책을 복사해주겠다고 한다. 쓸데없는 짓이라고 생각하지만 강은 고맙다고 대꾸한다. 아파트 단지로 접어들었을 때다. 상가의 문구점 앞에 이르

자 란이 책가방을 연다. 놀이터 쪽에서 새된 비명 소리가 들린
다. 사람들이 호들갑스럽게 길 양쪽으로 비켜선다. 넓어진 길
한가운데로 웬 남자가 뛰어오고 있다. 머리칼이 부스스하고 눈
이 풀려 있고 입에서는 침이 흘러내린다. 그 남자다. 미친 남자
다. 란은 가방을 뒤지고 있다. 남자는 맨발이다. 맹렬한 속도로
달려오는 그의 손에 무언가 번쩍이는 것이 들려 있다. 칼. 강이
부르짖는다.

"란아, 도망쳐!"

란의 얼굴이 밝아진다. 마침내 공책을 찾아낸 모양이다.

"빨리, 도망치라니까!"

강이 란의 팔목을 낚아챈다. 두 사람은 오던 길의 반대 방향
으로 뛴다. 얼마나 달렸을까. 뒤쪽이 조용하다. 사태가 진정되
었는지 궁금해서 강은 뜀박질을 멈춘다. 옆의 란을 돌아본다.
없다. 옆에 란이 없다. 강은 제 손에 쥐어진 란의 공책을 본다.
요점을 정리해놓은 글씨가 또박또박하다. 란은 문구점 앞의 땅
바닥에 누워 있다. 강이 그 옆에 무릎을 꿇는다. 란이 힘겹게
입을 벌린다. 무어라고 말하려 한다. 뭐라고? 안 들려. 란과 강
의 주위로 사람들이 모여든다. 란이 입술을 달싹인다. 더 크게
말해봐, 란아. 안 들린단 말이야.

짙은 남색의 교복은 일부러 갖춰 입은 조의(弔衣)처럼 장례
식장과 잘 어울린다. 여고생들이 흐느끼고 있다. 어떤 아이는
옆의 아이와 수다를 떤다. 어떤 아이는 초조한 낯으로 호출기만

들여다본다. 친구의 죽음 앞에서 사람이 어떤 반응을 보일지는 겪어보기 전에는 예측할 수 없는 법. 강에게 숟가락으로 얻어맞았던 아이는 거의 통곡을 하고 있다. 내가 죽으면 친구들이 날 위해 울어줄까? 진심으로 슬퍼할까? 강이 보기에 그 아이는 진심으로 슬퍼하는 것 같지 않다. 아이에게 다가간다. 목 놓아 우는 자세가 어딘가 가식적이다. 강은 양손을 펴본다. 숟가락도 없고 아무것도 없다. 비어 있는 왼손으로 그녀는 아이의 머리채를 틀어잡는다. 니가 뭔데 울어? 오른손으로 아이의 뺨을 할퀸다. 니가 왜 슬퍼해? 강의 손톱에 이물질이 낀다. 살점인가 했으나 그것은 액상 파운데이션이다. 강은 이번에는 주먹을 휘두른다. 본드를 마신 것도 아닌데 몸속 깊은 곳에서 용솟음치는 폭력에의 충동을 억누를 길이 없다. 입술이 터진 것인지 코피가 나는 것인지, 아이의 인중이 붉게 물든다. 이걸로 또 오십 시간의 봉사 활동을 해야 한다면, 그렇다면 이번에도 란이 도와줄까.

숨을 더욱 깊숙이 들이마신다. 란아, 네 목소리를 듣고 싶어. 하아, 하아, 하아. 강의 가쁜 숨소리가 장지문을 넘어 법당에까지 닿을 듯 크게 울려 퍼진다. 란이 온몸에 붕대를 감고 서 있다. 란아, 괜찮아? 무슨 말이라도 좀 해봐. 강이 란의 몸에 감긴 붕대를 풀어낸다. 풀어도 풀어도 붕대는 계속 풀려나온다. 교실 바닥에 쌓인 흰 붕대의 산(山)이 점점 거대해진다.

"괜찮지 않아. 너 혼자 도망갔잖아."

란이 풀다 만 붕대를 휘날리며 느닷없이 벽으로 돌진한다. 란의 손에 두꺼운 공책이 들려 있다. 아니다, 다시 보니 그건 칼이다. 그대로 달려가다가는 붕대 때문에 앞을 볼 수 없어 벽에 충돌하고 말 것이다. 칼 때문에 크게 다칠지도 모른다. 란을 향해 강이 팔을 뻗는다. 강의 몸이 붕 떠오른다. 그녀는 허공으로 날아올라, 벽에 부딪히기 직전의 란을 붙잡는다. 란이 몸부림을 친다. 강의 눈앞에서 칼날이 번뜩인다. 눈이 부시다.

눈을 뜰 수가 없다.
"정신이 드십니까?"
강은 그렇다고 대답한다. 대답하려는데 혀가 움직이지 않는다. 눈을 몇 번 깜박이다가 간신히 뜬다. 절전형 형광등에 불이 들어와 있다. 낯익은 천장, 낯익은 소년의 얼굴. 그러나 이 소년이 누구이며 이곳이 어디인지 강은 기억해낼 수가 없다. 오랜만에 마신 본드가 과했던 걸까. 이 정도 상태라면 적어도 한 시간 동안은 혼자 힘으로 걷지도 못할 것이다. 엉덩이 부근이 축축하다. 지린내가 요란하게 난다. 몸이 떨린다.
"공양헐 때부터 진즉에 체한 거 같드라고요."
주름이 쪼글쪼글한 목소리. 낯익은 노파가 강의 손을 주무르고 있다. 노파 옆에는 소년이, 소년 옆에는 또 누군가 있다. 세 사람의 그림자가 눈앞에서 가물거린다. 셋 중 하나가 헛기침을 한다. 강의 눈이 스르르 감긴다. 사람들이 증언한다. 강이 란에게 피하라고 했다고. 란의 손을 잡아끌고 뛰었는데 란이 손을

놓쳤다고. 그러자 강은 위험을 무릅쓰고 친구에게 되돌아갔다
고. 그 미친놈이 칼을 휘두르는데도 친구를 감싸는 것을, 상가
안에서 혹은 거리에서 자신들이 똑똑히 보았다고 입을 모은다.
원래 사람들은 자신들이 보고 싶은 것을 보고 믿고 싶은 것을
믿는다. 그들은 감동적인 드라마를 연출하고 싶어 한다. 란의
부모가 이제는 없는 자신들의 딸 대신 강을 끌어안는다. 우리
애를 끝까지 지켜줘서 고맙다. 낮고 부드러운 목소리가 심하게
떨리고 있다. 그런데 말이야, 란이 마지막으로 무슨 말을 했니?
강의 입술이 바싹 마른다. 눈이 뜨거워진다. 아, 그러니까……
란이 마지막으로 한 말은……

'괜찮아. 니 잘못이 아니잖아.'

강의 눈이 퍼뜩 뜨인다. 가만, 이게 누구 목소리지? 시야가
점차 밝아진다. 강은 목도 제대로 가누지 못하면서 눈알을 움직
여 주위를 살핀다. 란인가? 콧속이 따갑다. 이마가 지끈거린다.
정으로 돌을 쪼개듯 극심한 통증이 그녀의 머리통을 짓찧는다.

"허어, 괜찮다니까. 네 잘못이 아니래도."

"예불에 온다 해놓고 안 오시기에 부르러 왔다가 그만……"

"그래, 안다. 잘했다."

영도가 보인다. 그의 오른편에 공양주 할머니가 앉아 있다.
그 왼편에 앉은 왜소한 체격의 사내, 영도에게 잘했다고 한 이
는 아마도 주지이리라. 이 조그만 절의 구성원이 총출동해 있는
것이다. 신성한 사찰에서 겁 없이 본드나 불고 정신을 놓아버린

여자 하나를 위해서. 강은 시선을 옮긴다. 누가 치웠는지 검은 비닐봉지는 온데간데없다. 주지의 뒤편에, 그녀가 벽에 기대놓았던 숄더백이 보인다. 지퍼가 열려 있고 내용물이 아무렇게나 밖으로 나와 있다. 사과와 배와 북어포를 훑어보는 그녀의 눈길을 영도의 눈이 따라간다. 그가 머리를 조아린다.

"죄송합니다. 만약을 대비하여 연락처를 찾느라고 제가 뒤졌습니다."

영도가 웃지 않고 말하는 것은 처음 본다.

산중의 밤은 놀랍도록 고요하고 깊다. 방 안에는 강의 숨소리와 벽시계의 초침 소리뿐이다. 그녀는 자리에 누운 채 두 손을 들어 눈앞에 가져다 댄다. 열 손가락의 손톱 밑에 피가 맺혔던 흔적이 있다. 영도 말로는, 강이 체한 줄 알고 주지가 아까 그녀의 손가락을 바늘로 일일이 땄다고 한다. 영도가 설령 사건의 진실을 은폐하려 본드 비닐을 치웠다 한들, 그녀가 실은 체한 것이 아님을 주지가 몰랐을 리 없다. 공양주 할머니도 마찬가지. 다만 그들도 드라마를 연출하고 싶었던 것일 뿐이리라. 강은 초침 소리를 좇아 벽시계로 눈을 돌린다. 시곗바늘이 2에서 7까지 느릿하게 움직인다. 11에 이르렀을 때 그녀는 두 손으로 방바닥을 짚는다. 몸을 일으켜 벽에 등을 기대고 앉는다. 이불 위에 무엇인가 떨어져 있다. 주지가 깜빡 잊고 두고 간 듯한 바늘이다. 바늘귀에 가느다란 회색 실이 꿰여 있다. 승복을 꿰매던 것일까. 살며시 집는다고 집었는데 바늘 끝이 손가락을 세차게 찌른다. 본드 흡입으로 몸의 힘을 조절하는 능력이 저하된 상태라 그럴 것이다. 강은 살에 박힌 바늘을 빼내지 않는다. 천천히, 더욱 깊숙이 찔러본다. 바늘 끝에 맺힌 핏방울이 둥글게 부풀어 오른다. 눈물이 쏙 빠질 만큼 통렬한 아픔이 전신으로 찌릿하게 퍼진다. 괜찮다고? 정말? 피가 손가락을 타고 흘러내린다. 강은 바늘을 뽑는다.

그쳤던 비가 다시 내리는가. 초침 소리가 한밤의 빗소리에 묻힌다. 벽에서 찬 기운이 강의 등으로 전해져 온다. 그녀는 무릎 위의 담요를 목까지 끌어올린다. 그들은 좋은사에서 이 밤을 보내고 있을 것이다. 어쩌면 밤새 잠들지 못하는지도 모른다, 납골당 앞을 떠나지 못하는지도. 십 년 전 란의 부모가 그랬듯이 말이다. 핏기도 없고 웃음기도 없던 두 남녀의 초췌한 얼굴을 강은 지워버린다. 내일 아침에 좋은사로 떠나야겠다고 마음먹는다. 그리고 란을 만나서 직접 물어볼 참이다. 나한테, 무슨 말을 하고 싶었던 거니?

멀리서 풍경이 울린다. 종소리는 빗소리에 묻히지 않는다. 잘 때도 눈을 감지 않는 물고기가, 동그랗게 뜬 눈을 반짝이며 저 빗속에서 헤엄을 치고 있겠지. 강의 고개가 꾸벅 아래로 꺾인다. 그녀는 소스라치며 얼굴을 쳐든다. 내일 새벽 예불에는 꼭 참석하려고 했는데. 과연 다섯 시에 일어날 수 있을까. 아궁이에 장작을 더 집어넣었는지 방바닥이 후끈 달아오른다. 그녀의 고개가 다시 조금씩 아래로 수그러진다.

소풍

어둠이 스러져가는 새벽이다. 어느 고풍스러운 석조 건물의 계단을 한 소년이 뛰어오른다. 무슨 일로 그곳에 오르는지는 알 수 없으나 그의 셔츠가 해져 있고 바짓단은 낡아 실밥이 비어져 나왔으며 운동화의 밑창은 닳다 못해 구멍이 여러 개 나 있다는 것을 신기하게도 나는 알 수가 있다. 뛰어오르고 올라도 계단은 끝이 없다. 층층이 돌계단에 부딪는 둔탁한 발소리만이 서늘한 대기를 가른다. 어느 순간 소년의 입에서 허옇게 김이 피어오른다. 층계참에서 한번쯤 뒤를 돌아볼 법도 한데 그는 내처 앞만 보고 달린다. 그래서 나는 소년의 얼굴을 볼 수가 없다. 마침내 계단을 다 오른 소년. 그의 앞을 막고 있는 것은 거대한 돌기둥이다. 그의 눈높이에 웬 종이가 한 장 붙어 있다. 소년이 기둥 앞으로 한 발짝 다가선다. 종이에 씌어진 것은…… 어디선가 새벽의 촘촘한 적막을 짓이기며 사이렌이 울린다. 종이 위의 문자들이 흐릿해진다. 소년의 뒷모습도 점차 희미해진다.

베갯머리를 더듬어 탁상시계를 찾는다. 요란하게 울리던 알람이 멎자 방 안에 돌연 깎아지른 절벽 같은 정적이 생긴다. 머릿골이 떵하다. 잠자는 자세가 좋지 않았는지 등허리도 찌뿌드드하다. 팬티 바람으로 책상 앞에 가 앉는다. 컴퓨터의 모니터 위를 조그만 거미 한 마리가 가로질러가고 있다. 죽이려고 무심코 손을 뻗는데 놈의 다리가 일곱 개뿐인 것이 눈에 띈다. 나는 거미가 모니터 횡단을 무사히 마칠 때까지 기다려준 후 컴퓨터의 전원을 켠다. 정신이 몽롱한 게 아직도 꿈을 꾸고 있는 것 같다. 그 종이에는 뭐라고 씌어 있었을까. 소년의 꿈을 처음으로 꾸었던 것이 언제인지는 기억나지 않는다. 꿀 때마다 '이런, 또 그 아이로군' 하고 쓴 입맛을 다실 뿐이다. 하품이 나온다. 세상에 할 일이 그것밖에 없다는 듯, 나는 열정적으로 입을 벌린다.

새로 온 메일 0통.

로그인 한 지 삼 초 만에 로그아웃 한다. 소풍 가기로 한 날이 당장 내일로 다가왔다는 데 생각이 미친다. 이번에는 어디로 갈 건지, 주인 여자는 아직 말이 없다. 하기야 별로 궁금하지도 않지만. 윈도우 작업표시줄 우측의 시계가 오후 한 시를 가리키고 있다. 아니나 다를까, 열 개의 긴 손톱들이 내 방문을 긁어댄다. 매일 들어왔음에도 좀처럼 익숙해질 수 없는 저 소리. 핏기 없는 차가운 손가락들이 내 등줄기를 훑고 내려가는 듯한 느낌. 저 새끼는 내가 잠에서 깼다 하면 귀신같이 알아채. 나는 컴퓨터의 전원 코드를 잡아 뽑는다. 문 긁는 소리가 더 커진다. 발화되기는 했으나 언어가 되지는 못한 웅얼거림이 그 위에 덧입혀진다. 방의 온도가 일이 도쯤 낮아진 듯한 기분이다. 아 진짜, 저 새끼를 확 그냥! 나는 방문을 사납게 열어젖힌다.

"어이쿠, 우리 애기 왔어?"

다정한 목소리가 내 목구멍에서 발 많은 벌레처럼 기어 나온다. 양 입가에 침 거품을 매단 잘 생긴 청년이 문지방을 딛고 서 있다. 그가 플라스틱 블록으로 조립한 탑 모양의 장난감을 흔들면서 웃는다. 그 얼굴이 너무 천진해서 나는 차마 마주 웃어주지 못한다.

이 집에 입주한 지도 두 달이 다 되어간다. 나는 하숙비를 내지 않는다. 대신 아들과 둘이 사는 주인 여자가 집을 비울 때마다 그녀의 아들을 돌봐준다. 말이 좋아 돌봐주는 거지 여자가 해놓은 밥을 챙겨주고 위험한 행동을 하지는 않나 살피는 게 고작이므로. 이 조건부 계약은 확실히 내 편에서 남는 장사라고 할 수 있다. 병식은 나와 동갑이다. 육체의 연령 스물세 살. 그러나 녀석의 정신 연령은 거기서 스물을 뺀, 세 살이라고 한다. 정신지체인지 정신박약인지 혹은 다른 그 무엇인지, 주인 여자는 자신의 아들의 상태에 대해 자세한 이야기를 하지 않는다. 자신이 왜 툭하면 집을 비우는지, 요즘은 어떤 놈팡이와 밀월을 즐기는지에 대해서도 말을 아낀다. 뭐, 아무래도 좋다. 내게는 새벽 늦게 자고 오후 아무 때나 일어나는 나의 생활 패턴에 여자가 전혀 간섭을 하지 않는다는 것, 주방에는 항상 내다 팔고 싶을 만큼 먹을 것들이 넘쳐난다는 사실만이 중요하니까.

"으유, 으유!"

병식이 김밥을 여섯 줄째 먹다 말고 소리를 지른다. 나는 녀석의 앞에 놓인 유리컵에 우유를 따라준다. 그가 할 줄 아는 말은 엄마, 우유, 애기야, 사랑해, 이 정도다. 그러나 그를 마냥 유아 취급했다가는 큰코다친다. 내가 이 집에 온 첫날이었다. 주인 여자는 내게 병식을 간단히 말해 '아무것도 모르는 아기'라고 소개했다. 나는 인사만 하고는 내 방으로 들어가 짐을 정리했다. 가방에서 시디 한 장이 방바닥으로 떨어졌다. 최근 가요계에서 섹시 퀸으로 꼽히는 신인 가수 A의 앨범이었다. 재킷 사진을 무심히 들여다보는데 언제 방으로 들어왔는지 병식이 시디를 낚아챘다. 나는 녀석을 좇아 거실로 나갔다. 여자는 그새 외출했는지 집에는 그와 나 둘뿐이었다. 녀석은 의외로 순순히 내가 제 손에서 시디를 빼가도록 내버려두었다. 문제는 그 다음이었다. 방으로 돌아와 문을 잠근 후 일 분쯤 흘렀을까. 문 밖에서 금속성 물체들이 가볍게 부딪히는 소리가 났다. 무당이 굿할 때 잡귀를 쫓기 위해 흔드는 방울 소리처럼 듣는 이에게 괴이한 전율을 느끼게 하는 그것이 열쇠 꾸러미의 열쇠들이 마주치는 소리라는 것을 나는 경악 속에서 알아차렸다. 병식은, 아무엇도 모르는 아기라던 녀석은, 각각의 열쇠를 차례대로 내 방문의 열쇠 구멍에 넣고 돌리기 시작했다. 아귀가 맞지 않는 열쇠가 구멍에서 하나씩 빠져나갈 때마다 내 머릿속에서도 어처구니가 조금씩 빠져나가는 것 같았다. 요행 현관문이 열리는 소리가 들렸다. 애기야, 떼찌! 그거 엄마 주세요. 주인 여자가 녀석을 어르나 싶었는데 난데없는 비명이 고막을 찔렀다. 문을 열었을 때 내 눈에 들어온 것은 무지막지하게 여자를 두들겨 패고 있는 병식의 모습이었다. 체격으로 보나 기세로 보나, 말린답시고 섣불리 접근했다가는 나도 얻어터질 게 뻔했다. 그러나 주저하는 마음과 달리 내 몸은 어느새 녀석에게 덤벼들고 있었다. 놀라운 것은 녀석의 팔을 잡았을 뿐인데 그토록 살기등등하게 날뛰던 그가 마취제를 맞은 짐승처럼 얌전해졌다는 거였다. 얘가 학생을 좋아하나 봐. 맞는 데 이골이 났는지 아무렇지도 않다는 표정으로 헝클어진 머리칼을 수습하며 여자는 그렇게 말했다.

병식이 일곱 줄째 김밥을 입에 우겨넣는다. 여자가 외출하기 전에 말아놓은 열 줄을 다 먹어치울 태세다. 김밥 꽁다리를 삼키다 말고 녀석이 헤벌쭉 웃는다. 나는 가끔 헷갈린다. 얻고자 하는 것이 있는 방으로 들어가기 위해 열쇠로 문을 여는 시도도 할 줄 알면서 식욕을 통제하지도 못하고 대소변의 뒤처리도 하지 못하고 그러한 사실들을 부끄러워할 줄도 모르는 녀석의, 진짜 지능은 과연 어느 정도일까. 내 컵에 우유를 따르면서 그의 얼굴을 뜯어본다. 좌우로 쉴 새 없이 움직이는 두 눈동자가 바둑돌처럼 새까맣게 반짝인다. 콧대가 우뚝해서 언뜻 보면 강인하게 느껴지는 인상이, 루주 바른 듯 색이 붉고 윤곽이 섬세한 입술에 이르면 더할 수 없이 부드러워진다. 면도 자국이 파르스름하게 남아 있는 턱에서 목까지 이르는 선은 남자인 나도 만져보고 싶을 만큼 미끈하다. 갸름한 얼굴형에 깨끗한 피부까지, 실로 완벽에 가까운 용모다. 공연히 억장이 무너져서 나는 우유를 막걸리인 양 단숨에 들이켠다. 병식의 고개가 현관 쪽으로 꺾인다. 문이 열리더니 주인 여자가 두 팔을 과장되게 활짝 벌리며 들어온다.

"우리 애기, 엄마 보고 싶었어?"

병식이 김밥 접시로 눈을 돌린다. 그다지 서운해하는 기색도 없이 두 팔을 내려뜨리며 여자는 내게 소풍을 어디로 가는 게 좋겠느냐고 묻는다. 누구 신나라고 가는 건지는 모르나 어쨌든 보름에 한 번 꼴로 가는, 여자와 병식과 나 삼인조의 당일치기 소풍에 관해 그녀가 내 의견을 묻기는 처음이다.

"어디 좀 낭만적인 데 없을까?"

나는 눈만 끔벅인다. 낭만이라니, 우리에게. 그 어느 곳으로 가든 우리 삼인조의 소풍이란 남들 보기에 한 편의 부조리극 촬영 현장 같을 것이다. 명품 로고가 도드라지는 의상에다 물에 빠지면 귀금속 무게 때문에 곧바로 가라앉을 만큼 많은 장신구들을 걸친 중년 여자, 연예인 뺨치게 잘생겼으나 수시로 침을 흘리면서 알아들을 수 없는 소리를 웅얼대는 청년, 그와 대조적으로 지지리 못생기고 몸집도 왜소한 데다 나이 스물셋에 벌써 밥숟가락 놓을 때가 다 됐다는 듯한 표정을 짓고 있는 또 다른 청년. 그 우스꽝스러운 조합 앞에서 여자는 뭘 기대하는 것일까.

"왜 커플들이 잘 가는 데 있잖아. 서울에서 가깝고, 분위기 아기자기하고, 강이나 호수도 있고, 별식도 먹을 수 있는."

그런 데가 한곳 떠오르지만 나는 대꾸하지 않는다. 나는 고향에 가고 싶어 하는가, 그렇지 않은가. 스스로에게 묻는다. 늘 그렇듯 질문은 쉬워도 대답은 어렵다.

서른번째 새 폴더의 이름은 오목눈이다. 주변에서 흔히 볼 수 있는 텃새 중의 하나인 오목눈이는 참새목 오목눈이과에 속한다. 몸길이가 약 십사 센티미터인데 꽁지가 팔 센티미터에 달할 만큼 긴 것이 특징이다. 몸통의 등은 검정색이고 배는 분홍색, 꼬리는 검정색을 띤다. 산지나 숲에서 번식하며 한 번에 일곱 개에서 열한 개가량의 알을 낳는다.

새로 온 메일 0통.

나는 로그아웃도 하지 않고 웹 브라우저를 닫는다. 열린 문틈으로 거실 바닥에 앉아 있는 병식이 보인다. 녀석은 두루마리 화장지로 탑을 쌓고 있다. 크래커든, 동전이든, 시디, 책, 식기, 주인 여자의 화장품 용기, 하여간 수직으로 여러 개를 포갤 수 있는 것이라면 무엇이든 높이 쌓아 올리는 게 그의 취미다. 그럴 때의 병식은 호젓한 산사의 마당에 세워진 석탑같이 평온해 보인다. 그런 녀석의 내면 어디에 그토록 강렬한 폭력성이 숨어 있는지 나는 알 수가 없다. 어제도 그는 아침부터 무슨 일로 심사가 뒤틀렸는지 숟가락을 내던지고는 식탁에 머리를 찧어댔다. 제 어미를 때릴 때와는 딴판으로, 자신에게 폭력을 행사할 때의 녀석은 나도 말리기 힘들다. 밀고 당기다 한두 군데 타박상을 입어가며 녀석을 있는 힘껏 껴안아 벽에 밀어붙인 후에야 사태를 진정시킬 수 있었던 적이 한두 번이 아니다. 제 팔이며 가슴을 찍어대던 포크에 찔려 나까지 피를 본 적도 있다. 여자가 병식에게 우유를 가져다준다. 나는 모니터로 눈을 돌린다.

나무발발이, 딱따구리, 동고비, 어치, 직박구리, 종다리, 가마우지, 아비, 곤줄박이, 그리고 마흔번째 새 폴더. 느시는 천연기념물 제206호다. 두루미목 느시과의 대형 조류로 몸길이가 수컷이 약 백 센티미터, 암컷이 칠십육 센티미터에 이른다. 등은 적갈색 바탕에 검은색 가로무늬가 있고 머리와 목은 회색, 몸의 아래쪽은 흰색이다. 나는 모습이 기러기와 비슷하며 주로 곡물이나 식물의 씨앗 등을 먹지만 메뚜기나 도마뱀도 잡아먹는다.

새로 온 메일 0통.

나는 책상 밑의 두 다리를 떤다. 답장을 안 보낼 리가 없는데. 수신 결과를 확인해보면 수신자가 닷새 전에 내 메일을 읽은 것으로 나타나는데. 조금 더 기다려봐야 하는 것일까. 바탕화면으로 이동한다. 마흔한번째 새 폴더를 만든다. 포털사이트의 검색창에 '찌르레기'를 입력하려다 마음을 바꾼다. 가수 A의 소속사 공식 홈페이지에 접속한다. 오늘 하루의 방문자 수만 무려 만 명에 육박한다. 방명록 코너에 등록 시각순으로 정렬된 한 줄짜리 글들을 훑어본다.

―올 가요계 신인상은 언니 꺼!

―까아~ 어제 방송 최고였어요~ 언니 넘넘 이뿌~

―싱글 앨범 대박나삼!

―알라뷰, 누나 넘흐 섹쉬해… ㅎㅎ

―언니 뮤비에 중독됐어요 *^^* 춤도 노래도 연기도 짱!

―이쁜데 넘 말랐어여. 밥 먹구 살 좀 찌세여.

그렇고 그런 찬사들의 까마득한 아래쪽에 눈에 띄는 질문이 하나 있다.

―혹시 점순이라는 별명을 가진 소녀를 아십니까?

다리 떨기를 멈춘다. 글쓴이의 아이디는 '황금마차'다. 입력 날짜는 어제. A는 날마다 제 홈페이지의 글들을 전부 모니터한다고 했으니 이것도 보았을 것이다. 네, 사장님, 아유, 그럼요, 사장니임. 거실에서 통화를 하고 있는 주인 여자의 목소리가 평소보다 한 옥타브 높다. 나는 가렵지도 않은 팔을 긁고 목을 긁는다. 통화를 끝낸 여자가 나를 거실로 불러낸다. 우리 부조리극 촬영팀 삼인조는 둥글게 모여 앉아 우유를 마신다. 나는 병식에게 그가 만든 오 층짜리 두루마리 화장지 탑의 모양이 멋지다고 칭찬해준다. 뭔가 뜸을 들이는 눈치더니 여자가 내일 소풍을 춘천으로 가자고 한다. 예상대로다. 내가 추천하지 않았어도 여자가 그곳을 떠올리기란 어려운 일이 아니었을 터. 춘천이야 말로 정말 낭만적인 도시 아니냐고 묻는 그녀의 얼굴이 잔뜩 달 떠 있다. 이번엔 넷이란다. 현재 교제하고 있는 남자도 동행할 거란다. 그래서 전에 없이 낭만 타령을 했구나 하는 생각이 들 자 나는 이 아줌마에게도 귀여운 면이 있었네 싶어진다. 여자는 학생만 괜찮다면 당일치기가 아니라 일박 이 일 일정으로 다녀 오고 싶다는 말도 덧붙인다. 그거야 상관없지만, 어차피 집에 있어봐야 진종일 컴퓨터를 붙들고 있기밖에 더하겠느냐는 말은 여자도 하지 않는 편이 나았을 것이다. 나도 내 삶이 아무렇게 나 굴러가고 있다는 것쯤은 잘 알고 있으니까. 병식이 엉거주춤 자리에서 일어난다. 텔레비전에서 흘러나오는 음악에 맞춰 몸 을 흔든다. 무릎을 약간 구부렸다 펴기를 반복하면서 두 팔을 어깨까지 들어올리는 게 전부지만 그것만으로도 녀석의 기분이 상당히 고조돼 있음을 느낄 수 있다. 녀석은 행복해 보인다. 그 러나 본인도 그렇게 느낄까. 그는 행복할까. 병식의 지능지수만 큼이나 나는 그것이 궁금하다.

장대비가 쏟아진다. 똑같은 지붕, 똑같은 담장, 똑같은 대문 을 가진 단층집들이 고스란히 그 비를 다 맞고 있다. 소년은 우 산도 쓰지 않고 이 집 저 집 대문 앞을 왔다 갔다 한다. 안 그래 도 뼈만 앙상한 몸이 비에 젖으니 더욱 깡말라 보인다. 그를 통 째로 쥐어짠 후 툭툭 털어서 줄에 널면 빨래라고 해도 믿을 것 같다. 소년이 가운뎃집으로 향한다. 녹이 슬고 칠이 벗겨져 원래의 색을 짐작키 어려운 대문을 열고 안으로 들어간다. 비에 젖은 외벽에서 물큰하게 풍기는 시멘트 냄새가 코를 찌른다. 소년이 현관문을 연다. 나무로 짜인 방문이 나온다. 손잡이를 돌리자 또 다른 문이 보인다. 또 연다. 다시 문. 열고 열고 거듭 열어도 문은 계속 나타난다. 이것이 꿈이라는 것을 인식하고 있는 나조차도 신경질이 날 즈음, 드디어 최후의 문이 열린다. 좁다란 방 안, 벽 가운데 종이가 한 장 붙어 있다. 소년이 벽 앞으로 간다. 나도 눈을 크게 뜬다. 순간 몸이 기우뚱한다. 종이에 씌어진 것은…… 야. 야?

승용차가 우회전을 하고 있다. 차창 밖으로 46번 국도 표지판이 보인다. 운전대를 잡고 있는 여자의 피둥피둥한 손가락에서 금반지가 번쩍인다. 붉은 보석이 박힌 반지, 검은 보석이 박힌 반지, 그리고 쌍으로 끼운 옥가락지도 호사스럽다. 무슨 중소기업체의 사장이라나. 조수석에 앉은 풍채 좋은 중년 사내가 여자와 이야기를 나누다 말고 혀를 찬다. 멀미 기운이 있던 병식은 내 어깨에 머리를 기댄 채 졸고 있다. 그 종이에는 무어라 씌어 있었을까. 세 음절의 낱말이었던 것 같은데. 타이밍 한번 절묘하다. 꼭 종이의 문구를 읽으려고 하면 잠에서 깨게 되니 말이다. 내가 간신히 읽은 것은 '야' 한 자밖에 없다. 그렇다면 경우의 수는 삼이다. 야××, ×야×, ××야. 셋 중 어느 쪽이 되든 막막하기는 매한가지다. 이거야 원, 주관식과 객관식의 안 좋은 점만을 모아놓은 꼴이 아닌가. 나는 도로 눈을 감는다.

"이름이 뭐랬소? 아니, 아들내미 말고 저 하숙생."

사내의 목소리가 덩치에 맞지 않게 가늘고 높다.

"아, 그래 범우. 이름은 좋네. 근데 사내놈이 잠이나 자고 저렇게 빌빌거려서야 원."

"학교엘 안 가요? 아니 그럼, 돈도 안 번다면서 집구석에서 종일 뭐합니까?"

나는 눈을 뜨지 않는다. 오른쪽 어깨를 짓누르는 병식의 머리가 꽤 무겁다.

"싹수가 노랗구먼. 꼭 그런 놈들이 밤일도 제대로 못하지."

사내는 혼자 키득거린다. 병식의 머리가 내 어깨에서 벗어나 허공을 찧는다. 나는 몸을 틀어 녀석의 상체를 좌석 등받이에 기대준다. 사내가 뒤를 돌아본다.

"오, 자네 일어났는가?"

나는 우유팩에 빨대를 꽂는다. 졸다 깨어 어리둥절해 있는 병식에게 내민다. 녀석이 사내를 노려본다. 경계심을 풀지 못한 탓이다.

"이름이 범우라고 했지?"

병식의 입에서 우유가 흘러내려 셔츠 깃을 적신다. 나는 티슈를 꺼내 필요 이상으로 오랫동안 꼼꼼하게 녀석의 입가와 셔츠를 닦아준다. 연거푸 대답을 듣지 못한 사내의 질문이 머쓱하게 차 안을 떠돈다. 그나저나, 사장님도 피곤하실 테니 오늘은 시

내 구경만 하고 좀 쉬자고, 진짜 소풍은 내일 즐기자고, 여자가 잽싸게 화제를 돌린다.

명동의 속칭 닭갈비골목은 저녁을 먹기엔 이른 시각인데도 사람이 많다. 우리는 방이 딸려 있는 식당을 고른다. 실제로는 닭의 갈비가 아닌, 닭의 온전한 살점이 불판 위에서 익어간다. 여자가 사내의 잔에 소주를 따른다. 고기 냄새가 사방에 진동한다. 그 바람에 억눌렸던 멀미 기운이 되올라왔는지 병식이 예고도 없이 토악질을 한다. 맞은편에 앉아 있던 사내의 카디건에 걸쭉한 회갈색 토사물이 튄다. 사내는 눈으로 성을 내면서 입으로 괜찮다고 말한다. 그가 카디건을 벗어 들고 화장실로 가자 여자는 물수건과 냅킨을 이용하여 탁자 위의 토사물을 닦아낸다. 우리는 주위 사람들의 노골적인 눈총을 받으며 닭고기를 씹는다. 병식은 웬일인지 식욕이 없다. 여자는 오늘따라 말이 많다. 사내는 생긴 대로 술잔을 받는 족족 비운다. 여자가 병식을 낳고 이혼을 당했으며 사내는 현재의 부인과 조만간 이혼할 예정이라는 이야기를 나는 듣는다. 재미없다.

화장실에 가는 척 자리를 뜬다. 식당으로 들어오는 한 떼의 젊은 여자들과 엇갈려 출입문을 나선다. 배꼽이 드러나는 상의에 짧은 치마, 짙은 화장과 진한 향수가 왠지 애틋하게 느껴진다. 나는 주머니에 손을 찔러 넣고 닭갈빗집들이 늘어선 골목을 걷는다. 줄거리만 어렴풋이 떠오르는 오래된 동화책을 읽는 기분이다. 얼떨결에 떠나온 고향을, 이런 식으로 얼떨결에 찾아오

게 될 줄은 상상도 못했는데. 들어오세요! 맛있어요! 내 많이
드릴게! 호객을 하는 식당 종업원들을 지나친다. 골목의 끝에
이르러 나는 담벼락 곳곳에 전단들이 붙어 있다는 것을 새삼스
럽게 깨닫는다. 왔던 길을 되돌아간다. 벽을 유심히 살펴본다.
나이트클럽 광고지 사이에 간간이 신용대출 광고지가 끼어 있
다. 문득 이제껏 살아오면서 벽이든 전봇대든 문이든 거기 부착
된 전단들을 눈여겨본 적이 한 번도 없었음을 상기한다. 골목을
벗어난다. 전에는 없었던 번화가가 나타난다. 십오 년 전에 이
곳이 어땠는지를 기억할 수는 없으나 분명 지금 같지는 않았으
리라. 벽을 보며 무작정 걷는다. 먹으면서 살 빼는 다이어트,
원룸 월세 깔세 가능, 강아지를 찾습니다, 중고차 안심 거래,
창고 대방출 폭탄 세일…… 전단들은 많지만 문구는 다 거기서
거기다. 발길을 돌린다. 꿈속의 소년이 발견한 종이에는 어떤
문구가 씌어 있었을까. 야. 야동, 야식, 빠가야로, 파파야, 프
로야구, 가야금, 할렐루야……

　어라? 닭갈빗집 안이 소란스럽다. 식사를 마칠 때가 안 됐는
데 내 일행이 모두 계산대 앞에 서 있다. 병식이 홀의 구석을 향
해 울부짖는다. 사내가 녀석의 두 팔을 뒤로 꺾어 붙든다. 녀석
의 눈이 가 닿는 곳에 내가 아까 마주쳤던 한 떼의 젊은 여자들
이 앉아 있다. 아이 썅, 재수 없어! 지하철 손잡이만큼 커다란
링 귀걸이를 한 여자가 의자를 신경질적으로 밀치며 일어난다.
나머지 여자들이 모두 식당을 빠져나간다. 식당 주인인 듯한 남

자가 변상하라며 목청을 높인다.

"불쌍하잖아요. 애가 욕구를 해소하지 못해서 그래요. 마음만 애기지, 몸은 다 큰 남자잖아요. 저도 속으로 얼마나 괴롭겠어요. 제발 이해해주세요, 네?"

여자가 남에게 애걸하는 것은 처음 본다. 자신의 아들에 대해 이렇게 오래 이야기하는 것도 본 적이 없다. 병식은 몸부림을 그치지 않는다. 녀석의 팔을 틀어잡고 있는 사내의 얼굴이 심하게 불쾌한 것이 단지 술기운 탓만은 아니리라.

시내 구경이고 뭐고, 우리는 예정보다 빨리 모텔로 간다. 맨 위층에 있는 특실을 두 개 얻는다. 오늘 밤만은 엄마로서보다 여인으로서 보내고 싶은 마음이 앞서는지, 여자는 두 방을 가능한 한 서로 멀리 떨어져 있게 해달라고 요구한다. 조금 전에 식당에서 모성애 넘치는 어머니로서 제 아들을 변호하던 때와는 사뭇다른 모습이다. 나는 다시 한 번 여자가 귀엽다는 생각을 한다.

엘리베이터 내부 벽면에 모텔에서 제작한 안내문이 부착돼 있다. 여자와 사내가 술을 밖에서 마실 건지 안에서 마실 건지 의논하는 소리를 귓등으로 흘리며 나는 객실마다 초고속 인터넷 전용선이 깔린 컴퓨터가 구비돼 있다는 안내문의 글귀를 읽는다. 나는 지금 춘천에 있다. 그녀와 항상 함께였던, 이곳에서 답장을 받는다면 어떤 기분이 들까.

새로 온 메일 0통.

입술을 깨문다. 문가에서 기척이 느껴진다. 병식이 신발도 벗지 않고 현관에 서 있다. 나는 녀석을 끌고 들어와 침대에 앉힌다. 바탕화면에 새 폴더를 만든다. 딱따구리, 오목눈이, 할미새사촌, 종다리, 찌르레기…… 종전에 수차례씩 검색해본 새들의 이미지와 분류, 크기, 서식 장소, 생태 따위를 다시 검색한다. 그 사이사이에 메일을 확인한다. 폴더 아이콘들에 잠식당한 바탕화면의 면적이 전체의 삼분의 일을 넘어서자 조류 이름 앞에 'new'를 의미하는 '새'가 하나씩 붙던 것이 차츰 두 개 세 개로 늘어난다. 새 말똥구리, 새 새 두루미, 새 새 새 꿩. 더 이상 가져다 붙일 조류가 없었던 것일까. 화면의 삼분의 이가 아이콘들로 채워질 무렵, 새 폴더 아래에 긴 문장의 이름 하나가 딸려 나온다. 제발 그만 좀 만들어. 나는 소리 내어 웃는다. 마우스를 쥔 손을 한층 빠르게 놀린다. 부탁이야. 새 이름도 바닥났어. 정 그렇게 나온다면. 네이밍 담당자의 고뇌가 엿보이는 폴더명은 거기에서 그친다. 새 제발 그만 좀 만들어. 새 새 이름도 바닥났어. 새 새 새 부탁이야. 눈알이 뻑뻑하다. 컴퓨터 앞에 앉은 후로 어느덧 두 시간이 훌쩍 지나 있다.

새로 온 메일 1통.

내 온몸의 구멍들이 일시에 크게 벌어진다. 눈을 감았다 뜬다. 새로 온 메일 1통. 나는 침을 삼킨다. 발신자를 확인한다. 맞다. 그녀다. 백 미터 달리기의 출발선에 섰을 때처럼 가슴이 뛴다. 그녀는 말할 것이다. 범우야, 누나를 어떻게 찾아냈니? 너도 이젠 다 큰 청년이 되었겠구나. 정말 반갑다. 누나도 네가 너무나 보고 싶었어.

─안녕하세요? 팬 여러분. 저를 사랑해주시고 응원해주셔서 고마워요. 지금은 많이 부족하지만 꾸준히 노력할게요. 여러분을 실망시키지 않는 최고의 가수가 되겠습니다. 제가 살아가는 이유는 음악, 그리고 여러분이 있기 때문이라는 거 아시죠? 사랑해요, 여러분!

앓는 소리가 들린다. 돌아보니 병식의 얼굴이 시뻘게져 있다. 그의 이마를 짚어본다. 열은 없다. 녀석이 제 샅을 움켜쥔다. 이건 오줌이 마렵다는 자세가 아닌가. 불현듯 주인 여자에게 화가 치민다. 나는 이제껏 병식이 생리 현상을 해결하게끔 도와준 적이 없다. 자기 전에 그를 씻겨준 적도 없거니와 그래야 할 의무도 응당 없다. 이제 보니 이 아줌마, 오늘 밤 나보고 녀석을 책임지라는 말인가. 나는 끓어오르는 분노를 어쩌지 못하고 오른손 주먹으로 왼손바닥을 탁탁 쳐댄다. 사실은 여자 때문에 화가 나는 게 아님을 스스로 알기에 더더욱 분노가 솟구친다. 여자의 방으로 전화를 건다. 전화를 받은 사내가 여자를 즉시 보내겠다고 한다.

일단 병식을 욕실로 데려간다. 바지를 내려준다. 녀석의 성기가 생각했던 것보다 훨씬 더 우람하다. 부럽다기보다는 가엾다. 녀석이 성욕을 해소하지 못해서 폭력을 휘두른다던 여자의 말은 진짜일까. 어쩐지 스물세 살은 좀 슬픈 나이라는 생각이 든다. 양변기에 물 떨어지는 소리가 맑고 경쾌하다. 느닷없이 울고 싶어진다. 누나는 정말로 나를 기억하지 못하는 것일까. 어떻게 그럴 수가 있단 말인가. 차임벨이 울린다. 나는 녀석의 팬티를 올려준다. 방으로 들어선 것은 사내다. 병식이 바지춤을 허벅지에 걸친 자세로 그를 노려본다. 사내의 카디건 가슴 부분에 토사물 얼룩이 남아 있다. 그가 반쯤 풀린 눈을 부라리며 병식에게 다가선다. 그러더니 갑자기 녀석의 팬티 앞섶을 움켜잡는다.

"야, 이거 물건이 아주 실하네! 요샌 중이고 신부고 다 맘만 먹으면 그 짓 할 수 있는 세상인데, 반편이는 할 수 있으려나 몰라. 너 할 수 있어?"

말이 끝나기도 전에 병식이 사내를 힘껏 떠민다. 사내가 바닥의 카펫 위로 나자빠진다. 내가 손을 써볼 겨를도 없이 둘은 뒤엉켜서 치고받는다. 술에 취한 오십 대 아저씨가 어찌 팔팔한 스물셋의 장정을 이길까 싶지만 웬걸, 사내가 병식을 금세 찍어 누른다. 병식이 목을 뒤로 젖히며 팔을 휘두른다.

"병식인지 병신인지 이 새끼가 사람을 치네, 엉?"

사내가 밑에 깔린 병식의 멱살을 거머쥐는 찰나, 사내의 광대뼈에 주먹이 꽂힌다. 온라인 게임에서만 해봤던 것이 실전에서도 통한다니 놀랍기 그지없다. 나는 내 빈약한 주먹을 내려다본다. 강타 후의 충격으로 팔 전체가 가늘게 떨리고 있다.

거리는 이미 컴컴하다. 어디로 가야 할지 막막하다.

"너 뭐 하고 싶은 거 있냐?"

병식이 내 말을 알아들을 리 없다. 그가 하고 싶어 하는 거라면 내가 더 잘 안다. 먹는 거, 특히 우유, 그리고 닥치는 대로 탑 쌓기. 오 그래, 탑! 나는 속으로 무릎을 친다.

"너 진짜 탑 본 적 없지?"

모텔이 있는 중심가에서 그곳까지는 멀지 않다. 걸어서 십 분만에 우리는 칠층석탑 앞에 이른다. 석탑은 변함없이 위풍당당하게 그 자리에 서 있다. 이제는 아예 탑을 중심으로 자그마한 공원이 조성돼 있다. 나는 탑을 둘러싼, 색이 바랜 철책에 왼발을 올려놓는다. 똑같다. 기단부의 한쪽 귀퉁이가 깨져 있는 것까지, 모든 게 그대로다. 칠층석탑이 보물 제77호이며 고려시대 충원사라는 절터에 세워진 것으로 추정된다는 내용을 나는 안내판에서 읽는다. 어릴 때는 그렇게 커 보였던 탑이 실상은 그리크지 않음을 깨닫지만 그렇다고 십오 년 만에 옛 추억과 재회한 감흥이 줄어들지는 않는다. 석탑 뒤편의 거리, 엄마와 내가 살던 쪽방이 있던 자리에 지금은 상가 건물이 들어서 있다. 엄마가 일 나가고 없는 빈 방에서 누나와 나는 얼마나 많은 시간을 함께 보냈던가. 메일에도 그렇게 썼는데. 그녀의 뜬금없는 답장을 나는 인정할 수가 없다. 병식이 뭐라고 중얼거린다. 탑에 흥미가 없는 모양이다. 공기가 제법 쌀쌀하다. 나는 녀석의 팔을 잡아끈다. 따뜻한 우동이라도 한 그릇 먹어야겠다고 생각한다. 중심가로 통하는 지름길로 접어든다.

"오빠들, 한잔 하고 가요!"

"서비스 잘해줄게!"

이게 웬일인가. 눈에 익은 분홍빛 조명, 속살을 드러낸 옷차림의 여자들, 그리고 귀에 익은 콧소리와 간드러지는 웃음소리. 나는 어린 시절로 돌아간 듯한 착각에 빠진다. 물망초, 여심, 첫날밤, 흑진주, 여인의 향기, 안개꽃…… 테두리에 네온사인을 단 간판들이 휘황찬란하다. 이 거리가 여태 남아 있을 줄이야. 사방을 두리번거린다. 머리를 붉게 물들인 여자가 내 허리를 껴안는다. 그 어디에도 '황금마차'는 없다. 나는 붉은 머리의 팔을 뿌리친다. 황금마차가 있던 터를 가늠하기가 쉽지 않다. 어린 시절, 엄마가 일하러 나가면 나는 그곳으로 달려가곤 했다. 황금빛 커튼을 젖히면 몸에서 향긋한 냄새가 나는 예쁜 이모들이 나를 반겨주었다. 이모들은 내게 볼을 부비고 입을 맞췄다. 한바탕 포옹이 끝날 즈음이면 그 소란을 감지한 누나가 이윽고 가게 안쪽의 방에서 나왔다. 누나와 나는 탑 주변에서 흙장난도 하고 소꿉놀이도 했다. 하지만 우리가 가장 좋아하는 것은 어른들 흉내 내기 놀이였다. 아이스크림처럼 핥아줘. 쪽방의 찬 바닥에 누워 누나가 가랑이를 벌렸다. 아직 털도 나지 않은, 열 살 소녀의 희고 매끄러운 음부에는 점이 세 개나 박혀 있었다. '점순이'라는 별명을 가진 누나는 얼굴에만 점이 많은 것이 아니었다. 나는 남자 어른의 목소리를 흉내 내 무슨 뜻인지도 모르는 말을 지껄였다. 허어, 요년 조갑지가 아주 쓸 만하구나. 아이스크림처럼 맛있을 턱이 없으나 나는 우리의 놀이에서 내게

168

주어진 역할을 성실하게 수행했다. 그것은 어린 마음에도 일종의 죄의식을 느끼게 하는, 그러므로 더욱 큰 흥분과 스릴을 가져다주는 최고의 놀이였다. 내가 점순이년이랑 놀지 말랬지? 너 황금마차가 어떤 덴 줄 알기나 해? 가지 말라는 델 왜 가! 엄마에게 몸에 피멍이 들도록 맞은 후 나는 한동안 누나를 만나지 못했다. 일하는 엄마를 따라다녀야 했던 것이다. 엄마가 외진 골목의 담벼락이나 전봇대, 공중 화장실 벽 같은 데 전단을 붙이는 동안 나는 나머지 전단들이 든 비닐봉지를 하릴없이 뒤적이며 거기 써진 문구를 읽었다. 숙식 제공, 월 200 보장, 장미촌. 그것들을 통해 나는 한글을 배웠다. 그래서 수준에 맞지 않게 어려운 단어들을 먼저 익혔다. 예컨대 국제결혼 알선이라든가 장기 매매, 일수며 저금리 사채 같은.

아뿔싸, 병식이 사라지고 없다. 나는 황망히 주위를 살핀다. 바로 옆 가게 안에서 세 명의 여자들에게 둘러싸여 있는 녀석의 뒤통수가 보인다. 한 여자가 녀석의 바지 주머니를 뒤진다. 달아나지 못하게 소지품을 빼돌리려는 수작이다. 병식은 몸에 아무것도 지니고 있지 않다. 나는 여름밤 모기처럼 성가시게 달려드는 여자들을 내치며 가게 앞으로 간다. 유리문을 밀치려다 멈칫한다. 병식이, 환하게 웃고 있다. 안 그래도 수려한 용모가 조명을 받으니 눈이 부실 정도다. 하지만 그뿐. 여자들은 이내 그의 상태를 알아차린다. 문 밖으로 떨려나온 녀석이 괴성을 지른다. 일그러진 입술 밖으로 침이 새나온다.

엄마가 어느 날 종적을 감추고 다시 누나를 만나게 되었을 때, 나는 엄마의 행방을 궁금해하지도 않았다. 그저 황금마차에서 살게 된 것이 좋기만 했다. 예쁘고 상냥한 이모들과 점순이 누나와 온종일 같이 있게 되었으니 말이다. 떠도는 소문이 내 귀에 닿기까지, 며칠이 걸렸을까.

"누나, 울 엄마 죽었어?"

"아니."

"이모들이 그러던데?"

"아니야."

"그럼 어디 갔어?"

"잠깐 소풍 갔어."

"소풍?"

"응, 소풍. 니네 엄마 금방 올 거야."

얼마 안 있어 엄마와 내가 살던 쪽방이 허물어졌다. 포크레인이 우리 옆집, 그 옆의 옆집까지 무너뜨려도 엄마는 오지 않았다. 나는 누나에게 따졌다.

"엄마 왜 안 와?"

"조금 늦게 온대."

"그럼 편지라도 해야지."

"인제 할 거야."

"어디로? 우리 집 없어졌잖아."

그 다음날 황금마차 앞길 담벼락에는 일제히 싯누런 갱지들이 나붙었다. 범우야, 엄마는 잘 있다. 범우야, 엄마는 잘 있다. 범우야, 엄마는 잘 있다. 달랑 두 줄짜리 편지였다. 나는 글씨체를 자세히 보기 위해 갱지로 팔을 뻗었다. 키가 작아서 깨금발을 해도 손이 닿을락 말락 했다. 가까스로 잡았나 싶었는데 갱지의 절반 아래쪽이 찢어졌다. 엄마는 잘 있다. 이게 우리 엄마 글씨 맞느냐고 묻는데 누나가 별안간 울음을 터뜨렸다. 이유도 모르면서 나도 따라 울어버렸다.

발에 힘을 주고 움직이지 않으려 버티는 병식을 달래면서 나는 모텔로 향한다. 누나가 보고 싶다. 엄마 잃고 집도 잃은 나의 유일한 벗이자 안식처였던 점순이 누나. 그녀의 얼굴에서 점을 없애본다. 머리털을 곱슬곱슬하게 파마한다. 두 뺨의 젖살도 뺀다. 영락없는 가수 A의 얼굴이 된다. 틀림없다. 누나는 어렸을 때부터 노래 부르기를 좋아하지 않았던가. 어쩌면 그녀는 나를 기억하지 못하는 게 아니라, 그런 척하고 있는 것일 수도 있다. 왜, 내가 자신의 과거를 폭로하기라도 할까 봐?

객실 컴퓨터의 전원이 방을 나가기 전 그대로 켜져 있다. 그래도 그렇지, 어떻게 누나가 내게 그럴 수 있는가. 마우스를 쥔다. 내가 꿈을 꾼 것이었으면 좋겠다. 차라리 답장이 오지 않은 상태였으면 좋겠다. 그러나. **여러분을 실망시키지 않는 최고의 가수가 되겠습니다……** 누나. 나는 탁자에 엎드린다. 탁자의 표면이 몹시 차다. 걷어 올린 소매 아래 드러난 팔에 소름이 돋는다.

등 뒤에서 쿵쿵 소리가 난다. 병식이 이마로 벽을 들이박고 있다. 한달음에 달려가 녀석의 어깨를 잡아챈다. 그가 나를 밀친다. 나는 침대 위로 나동그라지면서 협탁 모서리에 이마를 호되게 찧힌다. 에이 씨발! 나는 손바닥으로 이마를 문지른다. 그래, 니 맘대로 해! 대가리가 깨져도 난 몰라! 녀석이 벽에 제 머리를 세차게 찧어댄다. 나는 팔베개를 하고 침대에 드러눕는다. 쿵쿵 소리가 날 때마다 벽이 울린다. 날카로운 통증이 이마에서부터 뇌수까지 파고들어온다. 나는 양팔로 내 머리를 감싼다. 야, 그만해. 그만하라구! 녀석을 강제로 돌려세운다. 송아지 눈처럼 온순해 뵈는 그의 눈망울에 물기가 맺혀 있다. 기분이 더럽다. 녀석의 눈을 피해 시선을 떨군다. 그 거리의 여자들 짓일까. 녀석의 바지 지퍼가 내려가 있다. 팬티 앞자락이, 열려 있는 지퍼 틈을 비집고 튀어나올 듯 커다랗게 부풀어 있는 것을 나는 본다.

씨발, 기분이 아주 더럽다. 녀석의 눈동자가 희번덕거린다. 신음 소리가 더 커진다. 씨발, 급기야 녀석의 눈알이 뒤집힌다. 헤벌려진 입에서 침이 떨어지는 것과 동시에 내 손아귀 안에서도 뜨거운 액체가 쿨렁이며 솟구친다. 씨발. 끈적끈적한 정액이 내 손등을 타고 흘러내린다. 나는 욕실 세면대로 달려간다. 찬물에 얼굴을 처박자 맹렬하게 차오르던 욕지기가 천천히 가라앉는다. 소풍이 본격적으로 시작되지도 않았는데 벌써부터 지친다. 이대로 잠들고 싶다. 그러면 꿈에 그 소년이 나타날까.

소년이 골목길을 걷는다. 비좁은 길 양쪽으로 가꿔진 화단에는 물망초가 있고 안개꽃이 있고 장미가 만발해 있다. 황금마차가 그 앞에 멈춰 선다. 문이 열리고 황금빛 휘장을 걷으며 소녀가 내린다. 얼굴에 온통 자잘한 점이 나 있는 소녀. 소년이 소녀의 손을 잡는다. 둘은 함께 걷는다. 어디로 가는 것일까. 골목은 다른 골목으로 연결된다. 골목의 끝에 또 다른 골목이 있다. 끝없이 골목들이 이어진다. 그래도 둘은 불안해하지 않는다. 막다른 골목에 다다른다. 벽에 예의 종이가 한 장 붙어 있다. 삐뚤삐뚤 손으로 쓴 글씨. 소녀가 소년을 향해 웃는다. 문구는 여전히 보이지 않지만, 나는 어쩐지 거기 써진 세 글자의 낱말을 읽을 수 있을 것 같다.

욕실에서 나온다. 병식은 침대 위에 몸을 웅크리고 잠들어 있다. 창가로 간다. 십오 년 만에 찾은 고향의 밤, 엄마도 누나도 어린 시절도 모두 소풍 가고 없는 이 도시의 밤, 창 너머 먼 곳에서 불빛들이 아스라이 흔들린다. 범우야. 그 불빛들 속에서 누군가 내 이름을 부른다. 아니, 불러주었으면 좋겠다. 그러면 나는 큰소리로 대답할 텐데. 범우야, 네! 나 여기 있다고. 범우야, 네! 나 잘 살고 있다고. 그러니까 난 괜찮다고.

창으로 들어온 밤바람이 부드럽게 병식의 머리칼을 흩날린다. 내일은 일요일. 날이 밝으면 우리는 진짜 소풍을 떠날 참이다. 그러나 언제 동이 틀지, 밖은 컴컴하기만 하다.

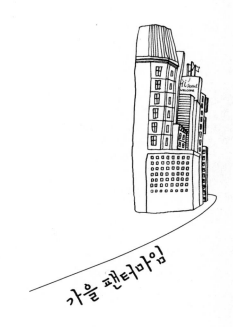

가을 팬터마임

마지막 과외 수업이 끝났다. 전부터 그만두고 싶었던 일이지만 그래도 타의에 의해. 이번에도 학부모의 요청으로 그만두게 되자 그녀는 뭔가 억울했다. 아이가 책을 덮으면서 전에 없이 활기를 띤 표정으로 말했다.

"나도 이담에 크면 선생님처럼 과외 선생님이나 할래요."

잘리는 판국에 선생이 학생에게 들을 말은 아니었으나 그녀는 웃었다. 유종의 미를 거두고 싶었다. 하기야 중학생 눈에는 과외 교사가 근사해 보일 수도 있을 터.

"왜에?"

"하는 일 없이 돈만 받잖아요."

거실로 나오자 아이의 엄마가 그녀를 막아섰다.

"선생님 수업은 제가 듣기에도 문제가 좀 있어요. 의욕이 너무 없으시더라고요. 몇 번을 되돌려 들어도 똑같아요. 어쩜 그리 무성의한지."

되돌려 듣다니? 그녀의 눈길이 다탁에 놓인 엠피쓰리 플레이어에 가 닿았다. 그동안 자신의 수업이 녹음되어왔을 줄은 몰랐다. 강사의 동의 없이 수업을 녹취하는 건 결례 아닌가요? 그렇게 따지고 싶었다. 그러나 그에 앞서 자신이 그렇게 말해도 되는지 아닌지 혼란스러웠다. 확신할 수 있는 것만을 말해야 한다고 믿는 그녀에게 세상만사는 늘 두 가지로 분류되었다. 확신할 수 없는 것과 확신하고 있다고 착각하는 것. 그러니 늘 할 말이 궁할 수밖에 없었다. 답답해. 현관문을 닫고 돌아서면서 그녀는 혼잣말을 했다. 답답해. 답답해 죽겠어. 그러자 문득 '답답하다'는 형용사가 그야말로 가슴이 꽉 막혀서 터질 듯한, 목구멍에 무엇인가 들어차서 숨 막혀 죽을 것 같은 상황을 적확하게 표현해주는 단어라는 생각이 들었다.

그나저나, 앞으론 어쩐다? 자신이 누군가를 가르치는 일에 의욕도 소질도 흥미도 없다는 것을 이제는 받아들여야 했다. 언제부턴가 그녀의 기대와 그녀의 현실은 타이밍이 맞지 않는 패스처럼 번번이 어긋나기만 했다. 집을 떠나면 삶이 어떻게든 잘 풀릴 거라 기대했던 것이 잘못이었다. 어깨에서 자꾸만 미끄러져 내리는 가방을 고쳐 멨다. 무엇인가 길바닥으로 떨어졌다. 허리를 굽히고 그것을 주웠다. 매끄럽게 반짝이는 립스틱 용기의 표면에 지문이 찍혔다. 뚜껑도 열어보지 않은 새 립스틱의 색상이 어떠할지 그녀는 궁금하지 않았다. 낯모르는 사람들이 곁을 스치고 지나갔다. 가로수에서 떨어진 은행잎들이 바람에 쓸려 다녔다. 은행잎 한 장이 팔랑거리며 날아간 곳에, 빨간 우체통이 길 잃은 아이처럼 어리둥절한 표정으로 서 있었다. 그녀는 그쪽으로 다가갔다. 찾는 이 없는 우체통 앞에 잠자코 서 있자니 왠지 이 지구상에 마지막으로 남은 인류가 된 것처럼 비장한 기분이 들었다. 우편물 투입구를 손가락으로 밀었다. 그 속으로 립스틱을 떨어뜨리려던 그녀의 두 눈이 휘둥그레졌다. 투입구에서 난데없이 시커먼 연기가 새나왔던 것이다. 우체통 윗부분에 손바닥을 대보았다. 열기는 느껴지지 않았다. 그러나 분명히 무엇인가 타는 듯한 냄새가 코끝을 스쳤다. 그녀는 휴대폰을 꺼냈다. 소방서에 전화를 걸어야 할지, 경찰서에 신고해야 할지, 우체국에 먼저 알려야 할지 판단이 쉽게 서지 않았다. 게다가 전화를 걸어서는 뭐라고 할 것인가. 우체통 안에 불이 났어요! 이렇게 말하면 장난 전화로 간주하지는 않을까. 주저하는 그녀 앞에 오토바이 한 대가 와 섰다. 좌석에 앉은 사내의 헬멧에 제비 모양의 마크가 찍혀 있었다.

불은 금방 꺼졌다. 집배원 사내 왈, 누군가 우체통에 버린 담배꽁초에서 불이 번진 거란다. 우체통 안에서는 별의별 물건이 다 불에 그슬린 채 딸려 나왔다. 꽁초는 말할 것도 없고 음료수 병 뚜껑, 본래는 닭 꼬치였음직한 나무 꼬챙이, 현금이 들어 있지 않은 지갑, 심지어 한 짝뿐인 슬리퍼와 귀퉁이가 깨진 화분 받침도 있었다. 불연성 재질로 만들어진 우체통은 말짱했으나 우편물들이 몽땅 불에 탔다. 그녀는 사내가 훼손된 우편물들을 수습하는 것을 지켜보았다. 이메일 사용 인구 이천만 시대에도 종이 우편물들이 건재한다는 것이 놀라웠다. 그러나 그것들은 규격만 봐도 거개가 신용카드 대금 청구서나 각종 공과금, 과태료 납부 고지서 같은 것들이었다. 편지는 찾아볼 수 없었다. 뉴스 전문 채널처럼, 이 시대의 우체통에 드라마는 더 이상 존재하지 않았다. 그녀는 재가 되다시피 해 형체도 알아보기 힘든 우편물들 속에서 요행 절반쯤 타다 만 것들을 발견했다.

"그것도 다 못써요. 주소가 있음 뭐하나? 알맹이가 탔는데."

묻지도 않았는데 사내가 일렀다. 그는 목장갑을 낀 손으로 우편물에 묻은 재를 털어냈다. 그녀는 사내 옆에 쪼그리고 앉았다. 슬리퍼 밑에 분홍색 봉투 하나가 깔려 있었다. 전면에 커다랗게 휘갈겨 씌어진 '이사 갔음' 문구가 선명했다. 봉투를 집어 들었다. 발신인의 주소 밑에 조그만 세 글자가 보였다. 아빠가. 그것은 편지였다.

"그럼 전부 버리시는 거예요?"

사내는 대꾸 없이 서너 개의 지갑과 화분 받침과 찌그러진 깡통 따위를 우편낭에 주워 담았다. 그녀는 수신인의 주소가 적혀 있었을 부분이 불에 타고 없는 반쪽짜리 봉투를 이리저리 뒤집어보았다. 이사 갔음. 자식의 소재를 잘못 파악하고 있는 어느 아빠가 보낸 편지를, 해당 주소지에 현재 살고 있는 이가 임의로 반송한답시고 우체통에 넣은 것이 틀림없었다. 안타깝다고 말하려다가, 뭐가 안타깝다는 건지 스스로도 알 수 없어, 그녀는 입을 다물어버렸다.

금일 등록된 채용 정보 317건, 전체 등록된 채용 정보 5,497건, 전체 모집 인원 20,867명. 구인 구직 사이트에는 오늘도 일자리가 차고 넘쳤다. '채용 속보' 배너가 정신 사납게 깜박였다. 그에 질세라 옆방에서는 경이 쉬지 않고 깔깔댔다. 곤과 통화하고 있나. 경은 올해 들어 세번째로 사귄 남자친구인 곤이 별로 마음에 들지 않는다면서, 그와 통화했다 하면 두세 시간은 우습게 넘겼다. 그녀는 의자를 책상 앞으로 당겨 앉았다. 화면의 '강사, 과외, 교육' 카테고리를 노려보았다. 우리 딸은 커서 뭐가 되고 싶지? 아버지와 살았을 때는 모든 게 순탄했다. 나도 아빠처럼 멋있는 교수님이 될래요. 아버지가 하라는 대로만 하면 시디의 트랙이 1번에서 2번으로, 다시 3번으로 넘어가듯 인생이 저절로 알아서 잘 굴러갔다. 오오, 그래? 우리 딸, 누군가를 가르치려면 먼저 자기 자신이 훌륭한 사람이 되어야 한다. 거짓말. 자판에 손가락이 닿는 대로 아무 키나 눌렀다. 아빠 네가 훌륭한 선생님이 되리라 믿어. 그녀가 누른 것은 F5 키였다. '새로 고침' 되어도 똑같은 화면. 시행착오는 충분히 겪었다. 그녀의 시디는 아버지의 시디플레이어 밖으로 튕겨 나왔음을, 집을 떠나던 순간 그와 예전에 나누었던 모든 약속도 효력을 상실

했음을, 그것을 깨닫기 위해 지불한 대가로 수차례의 과외 및 학원 강사 일에서의 참담한 실패는 차라리 약소한 편이었다.

"기집애, 또 짤렸구나?"

어느 틈엔가 방으로 들어온 경이 그녀의 책상에 걸터앉았다. 그러더니 다짜고짜 휴대폰을 그녀의 귀에 가져다 댔다. 스피커 너머에 곤이 있었다. 그가 조만간 셋이서 술이나 마시자고 했다. 그녀는 자신이 왜 곤과 경과 함께 술을 마셔야 하는지 의아했지만, 그렇게 대꾸해도 될지 어쩔지 몰라 망설이는 사이에, 휴대폰은 경의 손으로 넘어가버렸다.

"내 뭐랬니. 넌 범생이지만 선생질은 안 어울린다니까."

사탕을 먹는지 경이 입을 오물거렸다. 양쪽 뺨이 번갈아 가며 살짝 튀어나왔다 들어갔다 했다. 그녀는 손가락들을 입에 넣고 손톱을 씹었다. 적성에 맞지 않음을 알면서도 선생 노릇에 집착해온, 아버지와의 약속에 연연해온 자신의 미련함을 잘근잘근 짓씹었다. 등록된 정보의 수가 가장 많은 것은 '판매, 서비스직' 카테고리였다. 건강식품 전문점. 성실한 판매원 모집. 텔레마케터. 의욕적인 분만 지원. 홀 서빙. 용모 단정하고 끈기 있는 여성 구함. 성실, 의욕, 끈기…… 일자리는 많았으나 그녀가 잘할 수 있는 일은 없어 보였다. 손톱 끝이 아려왔다. 사실 잘할 수 있는 일이 없다는 것보다 더 심각한 그녀의 문제는, 도무지 하고 싶은 일이 없다는 것이었다. 그럼에도 뭔가를 끊임없이 하긴 해야 한다는 데 생의 비극이 있다고 할까. 앞날이 창창

182

한 이십 대 청춘이 세상에 하고 싶은 일이 없다니. 그러니 남들 말마따나 매사에 의욕이 있을 리 없었다. 그녀는 한심하다고 중얼거리면서 또 생각했다. 한심하다는 표현은 그 얼마나 가엾고 딱한, 정말 한심하다는 느낌과 잘 맞아떨어지는 단어인가 하고. 따져보면 다른 단어들도 마찬가지였다. 예컨대 비참하다는 말은 진짜로 비참하게, 불길하다는 말은 실로 불길하게, 슬프다는 말은 참으로 슬프게 들렸다. 언어의 자의성이니 사회성이니 기표 기의를 논하지 않더라도 가히 놀라운 깨달음이었다. 그러나 아무짝에도 쓸데없는 그 깨달음 때문에 그녀는 몇 번이나 작명소 앞에서 머뭇거려야 했다.

그녀의 이름은 진선미였다. 우리 딸, 네 이름 석 자 안에 세상의 모든 미덕이 다 들어 있다. 그러니 진실하고 착하고 아름답게 살아야 한다. 아버지는 그녀에게 강조했다. 온화한 눈빛, 기품 있는 말투, 셔츠에서 풍겨나던 향긋한 책 냄새와 명절이면 제자들로 들끓던 서재, 엄마 없이 살았어도 반들반들하게 윤이 나던 살림살이들. 아버지를 떠올리면 언제나 세상 모든 미덕과 손잡은 듯한 이미지들이 금빛 찬란한 트로피처럼 그녀의 머릿속에 진열되었다.

"이게 뭐야, 아빠? 너 아빠한테 편지 받았어?"

경의 손에 분홍색 종잇조각이 들려 있었다. 집배원 몰래 집어온, 절반 이상이 불에 타버리고 없는 편지 봉투를 그녀는 재빨리 낚아챘다.

"어쩌다 태워먹었어? 이사 갔음은 또 뭐고."

모니터에 얼굴을 바싹 들이댔다. 주차 단속원, 네일 아트 마스터, 호텔 사우나 관리, 행사장 도우미, 홈쇼핑 호스트……
특별히 하고 싶은 일이 없다는 건 한편으로는 어떤 일을 해도 상관없다는 것이었다. 또한 무슨 일이든 하다 보면 제게 진정으로 맞는 일이 무엇인지 알게 될 수도 있으리라. 경이 책상에서 엉덩이를 들었다.

"답장 쓰지 말고 직접 찾아뵈어. 좀 있음 추석이잖아."

어디선가 새콤한 냄새가 났다. 경의 입 속에 있던 것은 사탕이 아니라 씹어 먹는 비타민 정제였다. 구두 매장, 단순 업무.
그녀는 가장 최근에 등록된 구인 정보를 소리 내어 읽었다. 경력 불문, 초보 가능, 이십 대 여성 구함. 봐봐, 이거 괜찮지 않니? 읽고 나서 보니 실제로도 구미가 당겼다. 그래도 하나뿐인 가족이잖아. 널 기다리고 계실 거야. 경이 방을 나가면서 한 말이 오렌지맛 비타민제 냄새와 함께 책상 주위를 떠돌았다. 그녀는 의자에서 일어나 창문을 열었다. 오래전 그 눈 내리던 어느 밤처럼 거리는 고적하고 황량했다. 아버지가 나를 기다린다고? 쌀쌀한 밤공기를 들이마시며 그녀는 나직이 읊조렸다. 거짓말.

직종을 바꾸자 오히려 취업이 쉬웠다. 매장에서 할 일은 단순했다. 신상품 구두를 신고 쇼윈도 진열장에 가만히 서 있기만 하면 되는 거였다. 말하자면 인간 마네킹이 되는 게 그녀의 업무였다. 성격이 이벤트에 가까운 이런 종류의 일을 예전이라면 고조할아버지가 무덤 속에서 나와 부탁한대도 거절했겠지만, 지금의 그녀는 못할 것도 없지 싶었다. 그냥 서 있기만 하는 일이라면 의욕이고 소질이고 뭐고 필요치 않을 것이므로.

예상대로 그녀는 이 새로운 일에 무리 없이 적응해갔다. 그렇다고 마냥 편하고 쉽기만 한 것은 아니었다. 움직이면 안 되므로 몸 어딘가가 가려워도 긁지 못하고 하품이 나와도 참아야 했다. 첫날에는 쇼윈도 앞에 모여든 뭇사람들의 시선을 받아내는 것이 힘들더니 그 이튿날에는 다리가 아프다는 것이, 사흘째부터는 종일 움직이지 못한 탓에 온몸이 뻐근하고 근질근질하다는 것이 가장 견디기 힘들었다.

"진선미 씨, 안 들려요? 시간 다 됐다니까."

매니저가 눈살을 찌푸리고 있었다. 구두를 갈아 신을 시간이었다. 매장 안을 둘러보던 고객 몇이 그녀를 힐끔거렸다. 마네킹 노릇을 하던 여자에 대한 호기심의 표현이리라는 것을 알면서도 그녀는 어색해했다. 직원실 의자에 앉아 발목의 끈을 풀었다. 조금 전 매장에 큰소리로 울려 퍼진 자신의 이름이 아직도 공기 중에 찜찜하게 떠다니는 것 같았다. 진선미. 그 아이는 꼭 그런 식으로 이름 석 자를 다 부르곤 했다. 언니,라고도 선미야, 라고도 하지 않았다. 야, 진선미! 제 이름을 들을 때마다 그녀는 화들짝 놀랐다. 아이는 그걸 알고 있었다. 그래서 더욱 그렇게 부르기를 즐겼다. 그녀는 신기도 벗기도 어렵기만 한, 가느다란 끈이 발등을 가로질러 발목을 휘감는 디자인의 가죽 샌들을 전시용품 사물함에 넣었다. 사물함 위에 못 보던 카드들이 놓여 있었다. 겉면에 헝겊 리본이 부착된 고급스러운 카드였다.

'축하합니다. 추석맞이 사은대잔치에 당첨되셨습니다. 행사 기간에 제품을 구입하신 분들 가운데 무작위로 추첨하였으며, 뽑히신 분께 십만 원 상당의 구두 교환권을 보내드립니다. 앞으로도 늘 저희 제품을 애용해주십시오.'

곧 진행될 이벤트의 당첨자들에게 보낼 카드인 듯했다. 최근 들어 매출이 급감해서 고객의 이목을 끌기 위한 사은 행사를 할 거라는 이야기는 그녀도 들은 적이 있었다.

인조 낙엽들을 깔아놓은 진열장으로 올라갔다. 앵클부츠를 신겨놓은 일자 다리 입상 마네킹과 스니커즈를 신겨놓은 엇다리 좌식 마네킹 사이에 섰다. 왼손으로 허리를 짚고 오른쪽 다리를 인테리어 소품으로 갖다놓은 나무 그루터기에 올렸다. 늦은 오후라 몸도 마음도 나른했다. 졸지 않기 위해 눈자위에 힘을 주었다. 구두에는 생전 관심도 없던 자신이 온갖 종류의 구두를 신어가며 남에게 선보이는 일을 하고 있다는 사실이 생경했다. 그래도 아직까지는 별 탈 없이 잘 해내고 있으니 다행스럽기도 했다. 쇼윈도 밖으로 눈을 돌렸다. 길 한복판에 웬 중년 사내가 서 있었다. 그녀는 하마터면 그대로 주저앉을 뻔했다. 아버지는 부동자세로 땅바닥만 내려다보았다. 아무 말이라도, 여긴 어떻게 찾아왔느냐는 말이라도 해야겠다고 그녀는 마음먹었다. 하지만 자신은 마네킹이 아닌가. 움직여서도 말을 해서도 안 되었다. 길 위에는 아무도 없었다. 한 쌍의 남녀가 팔짱을 끼고 쇼윈도 앞을 지나갔다. 환영을 본 것일까. 아버지는 당당했다. 중절모를 깊숙이 눌러쓰거나 마스크로 코와 입을 가리지도 않았다. 포토라인 바깥에서 카메라 플래시가 연달아 터졌다. 불구속 기소되셨는데 한 말씀 해주십시오. 이건 모함이라고 아버지는 입을 뗐다. 자신은 결백하다고 주장했다. 끝까지 그러리라 그녀는 믿었다. 끝까지 그래주기를 바랐다. 그러나 한때 가족이었던 사람과, 한때 밥을 함께 먹었던 식탁 위에서, 합의는 신속하고 순조롭게 이루어졌다. 아버지는 자신의 재산 규모에 비추었을 때 얼마 되지 않는 액수의 벌금을 납부했다. 그녀는 궁금했다. 아버지는 알고 있었을까. 그 순간, 그 얼마 안 되는 돈과 함께, 찬란히 빛나는 트로피들이 진열된 장식장 같던 자신의 삶도 납부해버렸다는 것을.

퇴근 직전에 그녀를 포함한 전 직원은 명절 보너스로 구두 교환권을 한 장씩 받았다. 불경기니 이해해달라고, 다음 명절에는 꼭 두둑한 현금 봉투를 주겠다고, 매니저는 웃으면서 직원들과 일일이 눈을 맞추었다. 마지막으로 그녀와 눈이 마주쳤다. 그의 입가에서 웃음기가 가셨다. 내가 쭉 지켜봤는데, 이대론 곤란합니다. 자세가 영 어색해요. 표정은 또 어떻고. 가만히 서서 한눈팔고 공상이나 하라고 돈 주는 거 아니잖아요, 진선미 씨. 그녀는 잠시 숨을 멈추었다. 야, 진선미! 아이가 이름을 불렀을 때도 그녀는 잠깐씩 숨을 멈추곤 했다. 그리고 아버지가 불렀을 때도. 우리 딸 진선미, 항상 진실하고 착하고 아름답게 살아야 한다. 거짓말. 그녀는 구두 교환권을 움켜쥐며 수일 내로 필히 작명소를 찾아가리라 결심했다. 그러나 이번에도 자신이 결국 바꾸는 건 이름이 아니라 기껏해야 쓰던 비누의 종류, 머리 모양, 그도 아니면 제 방 수납장에 꽂힌 시디들의 순서일 것임을 잘 알고 있었다. 내리깐 눈에 제가 신고 있는 낡은 구두가 들어왔다. 오래 신어서 발 볼 부분이 늘어나 모양새가 흐트러진 데다 굽마저 닳을 대로 닳은 검정색 단화였다. 그것 좀 그만 신으라니까. 옆에서 보는 나도 질리겠어. 경의 잔소리가 귀에 들릴 듯했다. 그녀는 참았던 숨을 길게 내쉬었다.

연휴가 시작되었다. 약속이 있다며 낮에 외출한 경은 아직 귀가하지 않았다. 텔레비전에서는 금년 추석이 사상 최장 기간의 연휴를 끼고 있다고 떠들어댔다. 그래봐야 별다를 것도 없었다. 그녀에게는 일 년 삼백육십오 일이 똑같았다, 추석도 생일도 크리스마스도. 그런 건 가족이 있는, 혹은 가족 같은 지인이 있는 사람에게나 특별한 날인 것이다. 컴퓨터가 부팅되는 동안 그녀는 봉투에 적힌 주소를 재차 훑어보았다.

'서울시 관악구 신림9동 5-29 미래빌라 306호. 아빠가.'

삐뚤고 서툰 글씨체였다. 보낸 이의 이름은 적혀 있지 않았다. 오른쪽 부분이 뭉텅 떨어져 나가고 없는 반쪽짜리 봉투를 그녀는 뚫어져라 들여다보았다. 그런다고 없는 주소가 생겨날 리 만무했다. 그 주소지에 편지를 받을 당사자가 살고 있는 것도 아니었다. 편지를 당사자에게 배달해주는 것은 불가능했다. 컴퓨터 본체의 냉각 팬 돌아가는 소리가 고요한 방 안을 휘저었다. 초인종이 울린 것은 그녀가 인터넷 검색창에 '신림9동'을 쳐넣었을 때였다. 나야, 문 열어. 비디오폰의 모니터 안에서 곤이 오늘 술 마시기로 했던 거 기억하느냐고 물었다. 기억은커녕 약속을 정한 일도 없는 그녀는 문을 열기 전에 일단 경에게 확인 전화를 걸었다. 아, 맞다! 깜빡했네. 경은 올해의 네번째 남자친구와 데이트를 하고 있었다. 니가 좀 놀아주고 있어라, 응? 나 금방 갈게. 그녀가 무어라 반박할 겨를도 없이 전화는 끊어졌다. 경이 집에 없다는 사실에 난처해하는 곤을 거실에 놔두고 그녀는 제 방으로 들어가 문을 닫았다. 모니터에 지역 정보를 지도로 보여주는 이미지 파일이 떠 있었다. 신림9동으로 가려면 신림역에서 버스를 갈아타야 했다. 역에서 출발하는 버스 노선을 조회했다. 노크 소리가 들렸다. 곤이 컴퓨터를 잠깐 써도 되겠느냐고 물었다. 그녀는 책상 위의 편지부터 치웠다.

"취업할 데 알아보는 중이야?"

곤이 웹 브라우저의 즐겨찾기 목록을 보고 있었다. 그녀는 그의 손에서 마우스를 빼앗아 구직 사이트 주소가 줄줄이 등록돼 있는 목록을 닫았다. 선미야, 진선미! 못 들은 척 방을 나왔다. 야, 진선미. 넌 어떻게 생각해? 그렇게 묻던 아이의 말투는 제

법 심각했다. 그것은 어쩌다 우연히 시작된 이야기였다. 즐겨찾기만 해도 그래. 그것만 봐도 그 사람의 성격이나 취향, 관심사같은 걸 다 알 수 있잖아. 알고 보면 진짜 중요한 정보들은 다 컴퓨터에 들어 있다니까.

아이의 이름도 선미였다. 안선미. 집에서는 안선미를 '작은 선미'로, 그녀를 '큰 선미'로 불렀다. 그녀는 작은 선미와 친해지기 위해 애썼다. 둘 사이가 처음부터 나빴던 것은 아니었다. 만약에 내가 갑자기 죽으면, 내가 가입한 인터넷 사이트의 아이디들은 어떻게 될까? 메일함에 저장된 이메일들은? 블로그에 올려놓은 사진들은? 그대로 남아 있을까, 삭제될까? 어느 날 작은 선미는 웹 서핑을 하다 말고 뜬금없이 물었다. 글쎄, 남아 있을 거 같은데. 사이트 운영자가 무슨 수로 그 많은 가입자들이 죽었는지 살았는지 일일이 확인할 수 있겠어. 대답해놓고 보니 그녀도 걱정이 되었다. 비밀번호를 모르면 남이 탈퇴시켜주지도 못할 텐데. 내가 죽어도 스팸메일은 날아오고 내 개인 정보는 계속 유출되겠지? 그녀의 근심 어린 목소리에 선미는 웃음을 터뜨렸다. 어차피 죽었는데 뭔 상관이야? 왜, 스팸 때문에 메일함 용량 꽉 찰까 봐? 누가 니 주민번호로 야동 보거나 고스톱 칠까 봐?

그녀는 따라 웃을 수가 없었다. 자신이 죽은 후에도 줄기차게 들어오는 광고 메일, 사망 소식을 듣지 못한 사람이 보낸 안부 메일, 블로그를 찾은 이들이 남기는 방명록, 쪽지…… 자신이 영원히 읽지 못할, 자신에게 보내진 글들을 떠올리자 그녀는 끝을 알 수 없는 아주 깊고 컴컴한 호수 밑바닥에 홀로 누워 있는 듯한 기분이 들었다. 수면 위에서는 해가 뜨고 꽃이 피고 아기가 태어나고 눈이 내리지만 호수 밑바닥에는 아무것도 없는, 시간도 공간도 없고 오직 암흑만이 존재하는, 그런 곳에 혼자 누워 있는 기분. 제가 죽고 없는 곳에 여전히 저에 관한 정보들이 남아 있다는 건 서글픈 일이었다. 그녀는 선미에게 제안했다. 우리 서로 비밀번호 가르쳐주기로 할까? 그래서 우리 둘 중에 한 사람이 먼저 죽으면, 나머지 한 사람이 문제를 해결해주는 거야. 죽은 사람의 아이디로 로그인 해서 탈퇴하는 거지. 선미는 콧방귀를 뀌었다. 진선미, 너 나 믿어? 니가 죽기 전에 내가 로그인 해서 니 사생활을 훔쳐보면 어쩔 건데? 그녀는 주춤했다. 절대 그러지 않겠다고 약속하면 되지. 그녀 스스로 듣기에도 자신이 없는 목소리였다. 그러나 곧이어 선미는 호기롭게 외쳤다. 좋아, 그럼 상대방이 죽기 전에는 절대 로그인 하지 않는 거다. 알았지? 그래, 나도 좋아. 약속!

거짓말. 약속은 지켜지지 않았다. 그녀는 식탁 앞에 앉았다. 여느 때처럼 종일 쇼윈도 진열장에 서 있었던 것도 아닌데 온몸이 노곤했다. 손으로 턱을 괴었다. 팔꿈치에 무엇인가 닿았다. 이것을 부친 이는 편지가 제대로 배달되었으리라 믿고 있겠지. 수취인의 부재로 되돌아왔을 줄은, 불에 타서 훼손되기까지 했을 줄은 꿈에도 모르겠지. 그녀는 팔꿈치 밑에서 분홍색 편지

봉투를 빼냈다. 더 이상 미룰 수 없었다. 벽시계를 보려고 몸을 틀었다.

"이거 왜 안 발라? 맘에 안 들어?"

곤이 등 뒤에 서 있었다. 그가 들고 있는 것은 얼마 전 그녀가 그에게 받은, 뚜껑도 열어보지 않은 새 립스틱이었다. 네가 준 머리핀이며 향수며 휴대폰 고리는 받는 족족 눈에 띄는 우체통에 넣어버렸는데, 어쩌다 보니 립스틱은 그러지 못했다고, 사실대로 말해야 할까. 그녀는 손가락을 입으로 물었다.

"난 처음 봤을 때부터 니가……"

이어진 곤의 대사는 때마침 누군가 문을 두드리는 소리에 묻혀버렸다. 경이었다.

추석 연휴의 호프집은 오히려 평상시보다 더 붐볐다. 세 사람 사이에 묘한 기류가 흘렀다. 경과 곤은 필요 이상으로 크게 웃고 떠들며 쾌활하게 굴었으나 대화는 자주 끊기고 분위기는 냉랭하기만 했다. 갈 데가 있다는 사람을 억지로 끌고 온 게 미안했는지 경이 안주 접시를 그녀 쪽으로 밀어주었다. 곤이 그녀에게 맥주병을 들어 건배하자는 시늉을 했다. 경이 그의 팔을 잡았다.

"냅둬. 쟨 범생이야. 술, 담배, 마약, 다 안 해."

"참, 그렇군. 진선미 이름값을 해야지."

두 사람은 저희가 말해놓고는 저희끼리 웃었다. 이름값 하느라 그래? 작은 선미도 그렇게 비아냥거렸었다. 그녀는 기계적으로 땅콩 껍질만 깠다. 눈 딱 감고 불어보라니까. 그녀는 선미가 건네주는 비닐봉지를 받았다. 아버지가 들어왔을 때 교복 차림의 두 소녀는 사이좋게 어깨를 맞대고 앉아 봉지에 본드를 짜 넣고 있었다. 죄송해요, 아빠. 제가 호기심에서 한번만 해보자고 했어요. 그런 거짓말이 그녀의 입에서 튀어나왔다. 언니로서 동생을 감싸야 한다는 의무감 때문이었다기보다는 동생에게 다정한 언니로 인정받고 싶다는 열망 때문이었다는 쪽이 옳을 것이다. 선미야. 아버지의 목소리가 떨렸다. 작은 선미가 눈을 홉뜨고 대들었다. 어느 선미요? 착하고 예쁘고 똑똑한 진선미? 아님 발랑 까지고 싸가지 없는 안선미? 두 선미가 상황에 대처하는 자세만 보고도 아버지는 사건의 전말을 파악할 수 있었을 것이다. 하지만 그날 이후로 그녀는 계속되는 선미의 이런저런 요구들에 본격적으로 휘둘리게 되었다.

"나 딴 애랑 같이 있었던 거, 눈치 못 챘겠지?"

화장실에 가는 곤의 뒷모습을 눈으로 좇으며 경이 휴대폰을 꺼냈다. '딴 애'에게 문자 메시지를 보내느라 손은 손대로 바쁘고, 화장실 쪽을 힐끔거리느라 눈은 눈대로 바빠 보였다. 그녀는 탁자 아래 제 발만 내려다보았다. 휴대폰에 고정돼 있는 줄 알았던 경의 눈이 언제 그녀의 시선을 따라갔다 왔는지, 상품권 받은 걸로 얼른 구두부터 사라는 핀잔이 이어졌다. 그녀는 발에 헐거운 구두 속의 발가락을 꼼지락거렸다. 경은 기억하지 못할 것이다, 눈보라가 치던 오래전 어느 밤의 일을. 여기가 진선미 씨 집 맞습니까? 현관문 밖에서 들려오는 아버지의 목소리에 그녀는 안절부절못했다. 문을 열려고 하는 경에게 부탁했다. 나이사 갔다고 해. 경의 연기는 능청스러웠다. 어머, 전에 살던 사람인 것 같네요. 저 며칠 전에 이사 왔거든요. 방 안에 몸을 숨긴 채 그녀는 제 손톱을 물어뜯었다. 어떻게 알고 찾아왔을까. 이사 갔다고 했으니 앞으론 오지 않겠지. 그럼 다시는 못 만나는 건가. 그녀는 창밖에서 바람이 건물 벽을 할퀴어대는 소리를 들었다. 슬그머니 방문을 열었다. 너네 아빠지, 그치? 어떻게 된 거야, 너 아빠 돌아가셨다고 하지 않았어? 다그치는 경에게 손가락을 입술에 대 보인 후 그녀는 현관문의 도어 뷰를 통해 밖을 내다보았다. 복도는 어둠에 잠겨 있었다. 이윽고 문에서 눈을 뗐을 때 그녀는 보았다. 현관에 놓인 낯익은 구두 한켤레를. 그것은 아버지가 예전에 자신에게 사준 검정색 단화였다. 관찰력이 뛰어난 아버지는 열린 문틈으로 그것을 보았을 것이다. 자신이 사주었던 구두라는 것을 기억력도 뛰어난 그는 알아차렸을 것이다. 그녀는 창가로 갔다. 눈보라가 흩날려 시야를 흐렸다. 이층 창에서 내다보이는 대로변의 버스정류장은 인적도 없이 을씨년스럽기만 했다. 버스가 한 대 멈추었다. 뒷문이 열리고 승객 몇 사람과 함께 불빛이 쏟아져 내렸다. 그 불빛 속에 뒷모습을 보이며 한 남자가 서 있었다. 버스를 기다리는 것이 아닌 듯했다. 아버지는 고개를 숙인 자세로 땅만 보았다. 눈발이 더욱 거세졌다. 바람이 휘몰아치고 정류장 앞 상점에서 내다놓은 입간판이 휘청거렸다. 그래도 아버지는 그 자세 그대로 쇼윈도 안의 마네킹처럼 꼼짝도 하지 않고 서 있었다. 그는 몹시 추울 것이다. 구두도 젖었을 것이다. 발이 시릴 것이다. 그녀는 따뜻한 방 안에서 맨발로 서성였다. 그는 뭘 기다리고 있는 것일까. 현관에 놓인 내 구두를 보고, 내가 실은 여기 살고 있음을 알아차리고, 그래서 내가 자신을 쫓아 나오기를 기다리고 있는 것일까. 그녀는 단호하게 커튼을 쳐버렸다.

곤이 자리로 돌아왔다. 경이 휴대폰의 폴더를 닫았다. 하나, 둘, 셋. 그녀는 탁자 위에 늘어선 빈 맥주병들의 개수를 눈으로 셌다. 셋 다 말이 없었다. 넷, 다섯, 여섯. 그리 친하지 않은 사람들 사이에서 대화가 끊겼을 때 이어지는 어색한 침묵이 그녀는 늘 버거웠다.

"너희 맥주 더 마실래?"

그녀가 먼저 말을 꺼낼 때도 있다는 사실이 믿기지 않는지 곤이 떨떠름한 표정을 지었다.

"너는? 넌 진짜 술 담배 전혀 안 해?"

그녀는 유리컵 속의 사이다를 들이켜는 것으로 대답을 대신했다. 옳거니, 화젯거리를 찾았다는 듯 곤이 눈을 빛내며 앞으로 다가앉았다.

"혹시 커닝은 해봤어? 도둑질은 안 해봤을 테고, 그럼 무단횡단은?"

곤 옆에서 휴대폰을 만지작거리던 경이 코웃음을 쳤다.

"안 해봤을걸. 쟨 아마 거짓말도 안 해봤을 거야."

"에이, 설마. 세상에 거짓말 안 해본 사람이 어딨냐?"

거기서 끝내도 좋았을 것을 경이 물고 늘어졌다.

"왜 없어? 쟨 안 하는 게 아니라 못하는 거야."

"못한다는 게 말이 되냐? 거짓말은 안 배워도 저절로 하게 되는 건데."

그녀는 맥주병에 부착된 스티커를 손톱으로 긁어 떼어냈다. 아냐, 쟨 배워야 돼. 누구한테? 내가 아니? 지가 알아서 배워야지. 그럼 우리가 가르쳐주자. 그딴 걸 가르쳐서 뭐하게? 그녀의 손톱 사이에 스티커 조각이 끼었다. 얘깃거리가 궁할 때 사람들이 종종 쓸데없는 데 집착한다는 것은 알지만, 제가 그 대상이 될 수도 있다는 것은 몰랐다. 저에 대해 남이 이러쿵저러쿵 한다는 것이 우습고, 제가 거기 끼어든다는 것은 더 우스웠으므로, 그녀는 두 사람의 난상토론을 관망하기만 했다. 사태는 엉뚱한 방향으로 흘렀다. 거짓말하는 거 어렵지 않다고, 막상 해보면 별 거 아니라고, 곤과 경은 그녀에게 아무 거짓말이나 해보라고 청하기에 이르렀다. 그녀는 손톱에 낀 종잇조각들을 빼내는 데 열중했다. 학습 의지가 전혀 없는 학생이 괘씸했던 것일까. 우리가 시범을 보여주자. 경이 먼저 나섰다.

"나 낮에 딴 남자 만났어. 요즘 양다리 걸치고 있거든."

그녀는 손톱 밑을 파내다 말고 히뜩 곤을 쳐다보았다. 그는 아무것도 눈치 채지 못한 얼굴로 씩씩하게 배턴을 이어받았다.

"난 자꾸 선미한테 끌려. 사실은 첨부터 얘를 찍었었어."

그녀는 손동작을 멈춘 채 이번에는 경을 쳐다보았다. 경은 흥미롭다는 듯 곤을 주시하고 있었다. 곤은 선생 노릇에 심취했는지 한 번으로 족할 시범을 또 보이려 했다. 그동안 선미한테 선물도 되게 많이…… 그만해. 마침내 학습 의지 전혀 없던 학생이 입을 열었다.

"나도 할 줄 알아, 거짓말."

그녀는 안주 접시로 손을 뻗었다.

"그것도 아주 길고 자세하게, 잘할 수 있어…… 보여줘?"

눅눅하고 비린 땅콩을 천천히 씹었다. 경인지 곤인지 무어라고 대꾸를 했지만 그녀는 보려고도 들으려고도 하지 않았다.

"한때 나한테도 여동생이 있었어. 새엄마가 전 남편 딸을 데리고 들어왔었거든. 난 동생이 생겼다는 게 기뻤어. 걔랑 친해지려고 무지 노력했지. 그런데 어느 날 밤, 걔가 엄마 몰래 남자친구를 만나러 간다면서 나한테 부탁을 하는 거야. 엄마가 자정만 되면 자기 방에 들어와서 자기가 잘 자나 확인해본대. 그러니 자기 침대에 대신 누워 있어 달라는 거였지. 이불 뒤집어쓰고 있으면 모를 거라고. 어려운 부탁도 아니어서 난 시키는 대로 했어. 걔 방 침대에 이불 뒤집어쓰고 누워 있었지. 정말 자정이 좀 넘으니까 문이 열리더라. 그런데 있지, 정작 들어온 사람은 새엄마가 아니었어. 내 친아빠였지."

곤과 경은 그녀를 빤히 보기만 했다. 탁자 위에 끈적끈적한 침묵이 고였다. 두 개의 손이 조심스럽게 이불을 들추었다. 그건 딸이 잘 자고 있는지 확인하러 온 자상한 아버지의 손길이 아니었다. 그런 건 그냥 본능적으로 알 수 있는 거였다. 그녀가 침대를 박차고 일어난 게 먼저였을까, 아버지가 그 자리에서 굳어버린 게 먼저였을까. 달라진 것은 아무것도 없었다. 아무 일도 일어나지 않았다. 그러나 그녀는 문을 열어젖히면서 어렴풋이 예감했다. 이제 다시는 저 옛날로 돌아갈 수 없으리라는 것을. 문의 경첩이 날카롭게 끼이익거리는 소리를 냈다. 그것은 운명이 그녀를 비웃는 소리처럼 들렸다.

"나 먼저 일어날게. 가볼 데가 있어서."

갑작스레 자리를 뜨는 그녀를 아무도 제지하지 않았다.

예전에 그녀는 사람들이 왜 거짓말을 하는지 의아해했었다. 거짓말은 또 다른 거짓말을 낳는다. 자신도 속이고 남도 속인다. 그런 짓을 왜 하는지, 도덕 교과서의 목차처럼 정직하고 진실하게만 살아온 그녀는 이해할 수 없었다. 그러나 그때, 작은 선미가 저에게 간밤의 일을 물었을 때, 그녀는 막연히 알게 되었다. 자신과 남을 속인다 해도 그 순간에는 거짓말을 할 수밖에 없는, 그것이 또 다른 거짓말을 낳는다 해도 그 외에는 도리가 없는, 그런 순간이 있다는 것을. 엄마가 들어오셨어. 내 머리를 쓰다듬고 나가시던데. 그녀의 거짓말에 선미는 입을 샐쭉거렸다. 정말? 얼굴이 닿을 듯 가까이 붙어 서 있는 그 아이에게서 희미하게 본드 냄새가 났다. 정말이냐니, 그게 무슨 뜻이냐고, 나더러 침대에 누워 있으라고 한 저의가 대체 뭐냐고, 그녀는 끝내 물어보지 못했다.

새엄마가 고소를 하고, 사건이 커지면서 대중매체를 통해 널리 알려지고, 아버지가 쏟아지는 비난 속에서 교수직을 박탈당하고, 가정이 와해되기까지, 모든 일은 일사천리로 진행되었다. 전처럼 아버지와 단 둘이 살게 된 후에도 그녀의 번민은 날로 더해갔다. 씨 다르고 배도 다른 날라리 여동생이 순진한 새 아빠를 유혹한 것인지, 위선적이고 반인륜적인 아버지가 철없는 의붓딸을 꼬드긴 것인지, 아니면 두 사람이 서로를 정말 사랑했던 것인지, 자신은 누구를 더 미워해야 하는지, 종잡을 수가 없었다. 그래서 약속을 어겼다. 그녀는 작은 선미의 아이디와 비밀번호를 입력했다. 둘 중 하나가 죽기 전에는 절대 서로의 사생활을 엿보지 말자던 맹세는, 엿보고 싶다는 갈망에 비하면 너무도 가벼운 것이었다. 그녀는 선미가 받은 시시껄렁한 이메일이며 쪽지, 그 아이의 일기를 모조리 읽어보았다. 아무것도 밝혀낼 수 없었다. 그녀의 모든 것이 풍비박산 난 그 마당에도 선미는 변함없이 밝고 즐겁게 잘 살아가고 있다는 것만 확인할 수 있었다. 그 아이의 웃는 얼굴이 담긴 사진들을 보고 있는 동안 그녀는 누구를 더 미워해야 할지 결정 내렸다. 아이가 죽었다고 믿고 싶었다. 죽어, 죽어버려. 그녀는 선미가 가입한 모든 웹사이트에 일일이 접속했다. 탈퇴하시겠습니까? 예. 탈퇴에 동의하십니까? 예. 그것은 순식간에 이루어진 일이었다. 탈퇴 확인 버튼을 클릭하면서도 그녀는 자신이 진짜로 미워하고 있는 것이 누구인지, 사실은 저도 모르겠다고 생각했다. 분명히 알수 있는 게, 이 세상에 확신할 수 있는 게 과연 뭐가 있겠는가. 확신했던, 확신한다 착각했던 것들이 줄줄이 붕괴하는 현장을 죄 보아버린 마당에 말이다.

온라인 지역 정보 안내 사이트에서 얻은 정보는 정확했다. 신림역 밖으로 나오자 버스 정류장이 코앞에 있었다. 신림9동으로 향하는 마을버스 안에서 그녀는 봉투를 열었다. 편지지가 꼬깃꼬깃했다.

어떻게 잘 지내고 있
딸이지만 매일 마음
번 추석에 너에게 처음으
나는 혼자 살지마는 후해하는
햇는지? 얼마나 기뻣는지 모
라지 안는다. 너와 김 서방 행복
는 인제 다 사랏다. 내 나이도
럽지만 용서를 바래는 것이
막이거니 해라. 아프로 다신 편지
말로 미안하구나. 아뭏든 건강

수차례 반복해서 읽었더니 맞춤법에 어긋난 표현들도 자연스럽게 읽힐 정도가 되었다. 그녀가 상상으로 복원한 편지 속의 그는 혼자 살았다. 딸과 김 서방이 행복하기만을 바랐다. 앞으로 다시는 편지를 쓰지 않겠다고도 했다. 후회한다고, 용서를 바란다고, 미안하다고 그는 썼다. 세상의 어느 아빠가 어느 딸에게 보낸 열 줄짜리 편지를 그녀는 원래대로 접어 봉투에 넣었다. 후회, 용서, 미안. 그것은 그녀가 누군가에게 듣고 싶은 말인 것 같기도 하고 동시에 하고 싶은 말인 것 같기도 했다. 마을버스는 가파른 언덕길을 올라간 후 정차했다. 그녀는 어렵지 않게 미래빌라를 찾아낼 수 있었다. 주민의 안전을 위해 하루 속히 철거를 원합니다. 출입구에 걸린 현수막의 문구가 아니더라도 빌라 건물은 조만간 철거되리라 예상할 수 있을 만큼 낙후했다. 곳곳에 무질서하게 쌓여 있는 쓰레기봉투 더미 속에서 고양이가 울었다. 그녀는 계단 한복판에 쓰러져 있던 자전거를 세워 벽에 기대놓았다. 306호 문 앞에 이르렀다. 옷매무새를 정리하고 목청을 가다듬었다. 문이 열리면 제일 먼저 할 말을 조그만 소리로 연습해보았다.

"안녕하세요, 고객님? 우체국에서 나왔습니다."

문득 306호 주인이 우체국 직원은 추석에도 일하느냐고 의심하면 뭐라고 해명해야 할지 고민이 되었다. 아예 선수를 치는 게 나을 성싶었다. 안녕하세요? 저는 우체국에서 추석 연휴의 특별 배달 서비스를 맡은 직원입니다. 훨씬 더 그럴 듯했다.

초인종을 눌렀다. 망가졌는지 아무 소리도 나지 않았다. 문을 두드려보았다. 안에서는 아무 반응도 없었다. 집주인이 외출한 모양이었다. 그녀는 뒤로 두어 발자국 물러섰다. 복도의 창문 밖으로 보름달이 훤한 밤하늘이 올려다보였다. 우리 딸, 무슨 소원을 빌었지? 그때도 하늘이 참 맑고 달이 참 밝았다. 아빠랑 둘이 행복하게 살게 해달라고 빌었어요. 앞으로 모아 쥔 두 손 안에서 종잇조각이 바스락거렸다. 손바닥에서 옮겨간 체온 때문에 편지도, 구두 교환권도 따뜻했다. 축하드립니다. 저희 우체국에서 마련한 추석맞이 사은대잔치에 당첨되셨습니다. 행사 기간에 편지를 부치신 분들 가운데 추첨하였으며, 뽑히신 분께 십만 원 상당의 구두 교환권을…… 어딘가 엉성하게 느껴졌다. 우체국보다는 우정사업본부가 조금 더 신빙성 있게 들릴 것 같았다. 어조가 딱딱한 것도 고쳐야 했다. 축하드려요. 얼마 전에 편지를 부치셨지요? 저희 우정사업본부에서 추석을 맞아 마련한 사은대잔치에 그 편지가 뽑혔어요. 사은품으로 구두 교환권을 전해드리러 왔습니다……

306호 주인은 이 시간에 어디로 간 것일까. 그녀는 복도의 창문 밖으로 상체를 내밀고 주위를 둘러보았다. 어느 집에선가 왁자지껄한 웃음소리가 터져 나왔다. 텔레비전에서 나는 소리인지 실제로 사람들이 웃는 소리인지 알쏭달쏭했다. 한 시간이 넘도록 서 있었으나 다리가 아프지는 않았다. 그래도 쇼윈도 마네킹 노릇 며칠 해봤다고 세 시간쯤은 거뜬히 서 있을 자신이 있었다. 그녀는 자신이 지금 난생처음으로 어떤 일인가에 의욕을 보이고 있는 중인지도 모르겠다고 생각했다. 그럼 편지를 배달하는 일이 내 적성에 맞는 건가? 거짓말을 일삼는 가짜 우편집배원? 그녀가 실소하고 있을 때 계단을 올라오는 발소리가 들렸다. 중년 여자는 305호 문 앞에 서더니 가방에서 열쇠를 꺼냈다.

"저, 혹시 306호 사시는 분 어디 가셨는지 아세요?"

"안에 없어요? 이맘때면 집에 오는데. 오, 저기 버스 오네!"

그녀는 여자가 손가락으로 가리키는 쪽으로 얼굴을 돌렸다. 창밖으로 언덕 밑에서부터 마을버스가 올라오는 것이 보였다. 엇, 막차 아냐? 저거 막차래! 건물 아래쪽에서 누군가 외쳤다. 그녀는 새삼스럽게 '막차'라는 명사는 또 얼마나 막차를 기다리는 사람들의 절박하고 초조한 심리 상태와 기막히게 잘 어울리는 단어인가 하고 감탄했다. 버스의 뒷문이 열리고 불빛이 쏟아져 내렸다. 그 불빛 속에서 그녀는 빌라 입구로 들어서는 한 남자의 앞모습을 얼핏 본 것 같았다.

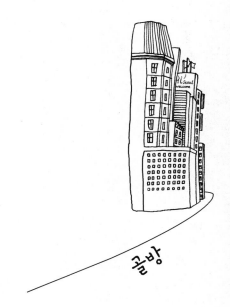

골방

잠복 이십 분째. 땀이 식으면서 체온이 급격히 내려갔다. 이가 덜덜거리며 위아래로 맞부딪쳤다. 신문의 기상 정보에 의하면 오늘 서울의 아침 기온은 최저 영하 3도, 강수 확률은 10퍼센트. 기환은 새벽 냉기에 곱은 손으로 검붉은 여드름이 가득한 얼굴을 문질렀다. 보급소 밥을 먹어온 이래 이런 일은 처음이었다. 도둑은 일주일째 같은 집의 신문만을 훔쳐가고 있었다. 그집이 아침 일찍 문을 여는 식당인 것을 감안하면 범행 시각은 필시 새벽일 터. 그깟 신문 쪼가리를, 그것도 이른 새벽에 나오면서까지 계속 훔치는 이유가 뭘까. 기환은 몸을 좌우로 틀며 스트레칭을 했다. 그러면서도 눈은 창밖으로 내려다보이는 식당에서 떼지 않았다. 가로등 불빛 아래 양복 차림의 사내가 비틀거리며 시야에 들어왔다. 양어깨가 올라간다 했더니 사내는 속 깊은 곳에서부터 끌어올린 가래를 뱉었다. 미처 귀를 틀어막지 못한 기환의 얼굴이 사내의 와이셔츠처럼 구겨졌다. 가래침을 아무 데나 뱉는 행위는 경범죄처벌법에 의거하여 십만 원 이하의 벌금이나 구류, 과료의 형을 받을 수 있다. 귓속에 남은 소리의 잔영을 지우기 위해 그는 신문의 법률 상식 코너에서 읽은 내용을 중얼거렸다. 양손을 깍지 끼고 두 팔을 앞으로 뻗었다. 성기게 얽힌 손가락 사이로 이번에는 희끄무레한 무엇인가가 포착되었다. 웬 여자가 흰색 점퍼를 입고 조깅을 하고 있었다. 기환은 창 앞으로 다가섰다. 꽤 긴 거리를 뛰어온 모양이었다. 여자는 서서히 속도를 줄이더니 가로등 밑에 멈춰 서서 가쁜 숨을 몰아쉬었다. 이십 대 중반쯤 됐을까. 여자의 입에서 피어오른 입김이 그녀가 선 자리의 바로 앞 건물 이층에 있는 그에게도 잘 보였다. 숨을 고르던 여자는 식당 앞으로 갔다. 셔터 밑에 끼워져 있던 신문을 집었다. 그녀는 주위를 살피지도 않았다. 신문을 손에 든 채 뛰어가던 방향으로 걸어갔다. 기환은 소리 없이 건물을 빠져나왔다.

오 분쯤 걸었으리라. 그가 신문을 배달하면서 지나치곤 했던 붉은색 벽돌 건물 안으로 여자가 들어갔다. 대로변 쪽으로 나 있는 반지하 창에 불이 켜졌다. 그는 계단을 내려가 불 켜진 집의 현관 앞에 섰다. 108호. 문에 귀를 댔다. 쇠문 안쪽에서 신문을 넘기는 듯한 소리가 들렸다. 콧노래 소리도 간간이 섞여 나왔다. 그가 식당 앞으로 돌아온 것은 정각 일곱 시. 조금 있으면 동이 틀 터였다. 그는 오토바이 뒷좌석의 고무줄을 풀었다. 비닐에 싸두었던 신문 한 부를 꺼내 식당의 셔터 밑에 끼웠다. 이제 분실 신고 전화가 오는 일은 없을 것이다. 서리에 젖은 좌석에 올라앉자 냉수를 한 사발 들이켰을 때처럼 한기가 저릿하게 기환의 온몸으로 퍼져 나갔다.

새벽 두 시에서 세 시 사이. 건강 특집 기사에 따르면 낮 동안 체내에 쌓인 유해산소를 제거하고 면역력을 증강시키는 물질인 멜라토닌이 왕성하게 분비되므로 반드시 수면을 취해야 하는 이 시간대에, 여섯 개 군소 신문사의 독산동 통합지국 보급소는 하루 중 가장 활기차게 깨어 있었다. 트럭이 부려놓고 간 삼천육백 부의 신문 더미 가운데 서서 기환은 간지(間紙) 작업을 했다. 운반되어 온 신문의 부수를 확인하고 지면 사이에 광고 전단을 끼워 넣은 후 구역별로 분류하는 것이 그가 오전에 할 일이었다. 물론 배달도 해야 했다. 보급소에는 늘 배달 일손이 부족했다. 배달원을 하겠다는 이가 원체 드문 데다, 오래할 수 있다며 큰소리치던 사람들도 한 달을 고비로 그만두기 일쑤였다. 보급소에서 기환의 역할은 그가 없으면 문을 닫아야 할지도 모를 만큼 막중한 것이었다. 그럼에도 소장은 어쩌다 한번 의연금이라도 기탁한 졸부마냥 생색을 냈다. 여기 떠나면 갈 데도 없잖아? 먹여주고 재워주고 월급 주고, 아 이만한 직장이 어딨어?

"으응, 다들 왔어?"

알루미늄 새시 문이 새벽 공기를 찢는 쇳소리와 함께 열렸다. 오늘은 내가 좀 늦었네. 하품을 얼마나 해댔는지 양옆으로 가느다랗게 찢어진, 소장의 두 눈에 눈물이 그렁했다. 아 씨, 어제 술이 덜 깨서 말이야. 머리가 희끗한 중년의 배달원들은 듣는 둥 마는 둥 제 몫의 신문만 챙겼다. 서른을 갓 넘긴 소장은 아무에게나 아무렇게나 반말지거리였다. 험한 데서 일할수록 아랫사람을 거칠게 다뤄야 윗사람에게 기어오르지 못한다는 게 그의 대인철학이었다. 아랫사람이라야 뜨내기 배달원들을 제외하면 성이 양이라 양 양으로 불리는 경리와 경리 업무를 제외한 모든 일을 도맡는 기환이 전부였지만 소장은 서열 따지기를 좋아했다. 물 한잔을 마셔도 저, 기환, 양 양의 차례를 밟아야 했다. 기환은 그에 불만이 없었다. 상하 관계를 따지지 않는다며 격의 없이 구는 척하면서 사실은 절대 넘어올 수 없는 선을 정해놓는 치들보다 소장처럼 대놓고 윗사람 티를 내는 쪽이 훨씬 더 편했다. 양 양은 동의하지 않았다. 내가 지 하녀가? 허구한 날 커피 타라, 담배 사와라. 어휴, 남자가 그렇게 매너가 없으니 아직 애인도 없지! 그러나 양 양은 소장 앞에서는 누가 시키기도 전에 웃는 얼굴로 양양거리며 커피를 타고 담배를 사왔다. 애인이라도 되는 양 비타민제며 원기 회복 드링크들을 챙겨주기도 했다.

보급소의 창으로 내다보이는 길 건너 고지대의 주택가. 기환이 오늘도 가야 하는 새벽 세 시의 전장(戰場)은 가로등도 하나 없이 캄캄했다. 무시무시한 괴물의 천 길 아가리 속 같은 어

둠, 그 멀리 어디선가 목젖처럼 붉은 십자가가 번쩍였다. 주차
장에 몸을 웅크리고 있던 다섯 대의 시티100 가운데서 기환은
제 오토바이를 금세 찾아냈다. 신문 더미를 뒷좌석과 앞쪽 바구
니에 나눠 실었다. 휴대폰이 주머니 속에서 요동을 쳤다.

"기환아, 지금 일하는 중이니?"

빙고! 어머니는 꼭 늦은 밤이나 새벽에 그를 찾곤 했다. 남편
이 잠든 후에만 전화하기 때문이었다. 이번엔 욕실일까. 목소리
가 울리고 있었다.

"내가 느이 아버지 볼 낯이 없어. 제발 이젠 좀 번듯한 직장
을 다니든가 대학엘 가든가 해, 응? 젊은 애가 신문팔이가 다
뭐니."

매번 똑같은 넋두리. 신문 한 부가 땅바닥으로 떨어졌다. 속
지가 너무 두꺼워서 간지 작업을 할 때마다 애로사항이 꽃피는
ㄱ일보였다. 기환은 허리를 굽혔다. 우리 사회 이대로 좋은가.
일면에 실린 집중취재란의 헤드라인이 눈에 들어왔다. 급증하
는 성 범죄의 현장. 신문 더미를 고무줄로 묶었다. 오른쪽 뺨
언저리가 가려웠다. 번듯한 직장? 누군 가기 싫어 안 가나? 대
학은 또 어떻고. 간다 해도 별수 없다. 요새 대졸 실업자들이
얼마나 많은가 말이다. 그는 휴대폰을 고쳐 쥐었다.

"신문팔이가 어때서. 직업에 귀천이 어딨어?"

옆에서 오토바이에 신문을 싣던 배달원 하나가 그를 힐끔거
렸다.

"흥, 그렇지? 너한테 세상은 정말 아름다운 곳이지?"

매번 똑같은 결말. 어머니는 일방적으로 전화를 끊었다. 기환은 오토바이에 올랐다. 장갑을 끼기 전에 손톱을 세워 뺨을 긁었다. 터진 여드름에서 나온 피고름이 손톱 사이에 끼었다. 그는 어머니의 입장을 이해하려고 애썼다. 그녀가 재가한 집에는 새아버지가 전처에게 얻은 두 아들이 있었다. 기환과 동갑인 작은아들은 학교에서 대주는 돈으로 사시를 준비하는 명문 법대생이었다. 기환보다 두 살 위인 큰아들은 최연소 입사 기록을 세운 대기업의 신입사원. 어머니가 하나밖에 없는 자식 때문에 새아버지 앞에서 기가 죽는다고 생각하면 화가 났다. 더 불쾌한 것은 죄책감까지 든다는 거였다. 내가 뭘 잘못했지? 자신이 왜 죄책감을 가져야 하는지 납득할 수 없었으므로 다시 화가 났다. 분노의 악순환이었다. 시동을 걸었다. 연식이 오래된 시티100의 엔진이 상처 입은 짐승처럼 낮게 으르렁거렸다. 사백 부의 신문과 육십 킬로그램의 몸뚱이를 실은 채 늙은 짐승은 다리를 끌며, 돌보는 이 없는 묘지 같은 새벽의 주택가를 향해 내달았다.

지하층에 배달을 할 때는 으레 계단을 내려가지 않고 층계 위에서 아래를 향해 신문을 던진다. 그러나 108호는 예외였다. 벌써 닷새 전부터였다. 기환은 발소리를 죽여 계단을 내려갔다. 현관문 바로 앞에 신문을 살짝 내려놓았다.

"왜 우리 집에 신문을 넣는 거예요?"

허리를 굽힌 자세 그대로 고개만 옆으로 꺾었다. 언제부터 거기 서 있었던 것일까. 닷새 전과 똑같은 흰 점퍼 차림의 여자가 구석에 서서 그를 굽어보고 있었다.

"비밀, 지켜줄 거죠?"

여자가 새끼손가락을 내밀었다. 그녀는 웃고 있었다. 양초처럼 가느다란 목에 얼굴이 촛농같이 창백했다. 지켜준다고 약속하세요. 여자가 조그만 입술을 움직일 때마다 달착지근한 풍선껌 냄새가 나는 것 같았다. 기환은 마른침을 삼켰다. 잠깐 들어와서 차 한잔 할래요? 그는 급기야 숨을 멈췄다. 여자의 지극히 평범하고 심지어 진부하기까지 한 초대의 말은 그에게, 나랑 복면 쓰고 같이 은행 털까요? 지금 자살하려고 하는데 좀 도와줄래요? 같은 제안들과 등가의 충격을 주는 것이었다.

여자의 원룸은 소형 장물(臟物)의 박람회장이었다. 그녀에겐 뭔가를 훔칠 수 있는 상황에서 안 훔치면, 특히 주머니에 들어가는 크기의 물건을 보고 안 훔치면 못 배기는 병이 있단다. 그런 얘기를 처음 만난 남자에게 거리낌 없이 털어놓는 여자가 편의점에서 슬쩍해왔다는 캔 콜라를 마시면서 기환은 그 병의 물증들을 구경했다. 지우개, 손톱깎이, 삼십 촉짜리 전구, 면도날, 구강청정제, 나사못, 폭죽, 막대사탕, 샤프심, 차량용 방향제…… 읽지도 않은 채 쌓아둔 신문 더미. 그 모든 것이 규격이나 용도 등의 기준에 따라 가지런하게 정렬돼 있다는 데 그는 더 놀랐다. 훔친 물건이 워낙 많아서 아직도 정리해야 할 것이 쌓여 있다는 얘기를 여자는 웃으면서 늘어놓았다. 신문의 법률 상식 코너에서 절도는 반의사불벌죄(反意思不罰罪)가 아니므로 발각되면 무조건 처벌을 받는다고 했는데. 기환은 아무 말도 하지 못했다. 꿈속에서는 본래 말이 잘 나오지 않는 법이므로. 좁다란 반지하의 원룸은 깨고 싶지 않은 꿈처럼 따스하고 포근했다. 여자가 십여 개의 립스틱들을 색깔별로 나누다 말고 그의 얼굴을 들여다보았다. 얼굴이 마치 꽃밭 같아요. 여드름투성이 기환의 얼굴이 더욱 붉어졌다. 그는 자신을 가리키는 말 중에 그렇게 예쁜 단어를 들어본 적이 한 번도 없었다. 손 안의 빈 콜라 캔을 힘껏 움켜쥐었다. 그녀는 웃으면서 덧붙였다. 어려 보인단 말 자주 듣죠? 꼭 사춘기 소년 같아. 캔이 찌그러지기 전에 기환은 아무 말이라도 해야 했다. 그는 여자에게 그녀가 모으기는 하되 읽지는 않는 신문들에 대해 이야기했다. 자신이 보기에 오늘의 운세는 ㅅ일보가 개중 상세하고 독창적이라는 것, 일면의 톱뉴스 관련 사진은 ㄱ일보가 잘 찍는다는 것, 잡다한 상식을 얻기에는 ㅂ일보의 시사 코너가 그만이며 독자 참여 마당의 상품은 ㅇ일보가 푸짐하다는 것. 여자는 진지하게 들어주었다. 그리고 말했다.

"어디 살아요? 난 그런 게 궁금한데."

그는 여자의 눈을 똑바로 쳐다보았다. 양초의 심지처럼 고요하게 타오르는 눈동자. 가래 같은 건 절대로 뱉지 않을 듯 유순해 보이는 얼굴. 캔이 찌그러졌다. 시동을 끄지 않은 오토바이를 건물 앞에 세워두었다는 것도, 아직 돌리지 못한 백 부가량의 신문들이 그 뒷좌석에 방치돼 있다는 것도 그는 개의치 않았다. 가정집은 여섯 시까지, 가게는 일곱 시까지. 배달 시간 불문율을 어기게 될지 모른다는 불안감도 기환은 철 지난 신문처럼 팽개쳐버렸다.

기상 정보에서 종합면, 사회면, 경제, 정치, 국제, 문화면 기사들을 지나 사설, 만평, 연재소설에서 인사 및 부고란, 오늘의 운세, TV 가이드까지. 풀코스를 소화하는 데 드는 시간은 신문 하나당 대략 사십 분. 우유를 배달 받아 먹는 사람보다 우유를 배달하는 이가 더 건강하다는 말이 있듯이, 신문을 배달 받아 보는 사람보다 신문을 배달하는 이가 정보에 더 밝은지도 몰랐다. 기환은 날마다 스포츠신문을 포함한 도합 네 종의 신문을 통독했다. 텔레비전도 보지 않고 인터넷도 하지 않고 이런 저런 소문을 전해줄 친구도 없는 그에게, 신문은 텔레비전이고 인터넷이며 출처를 알 수 있는 소문이자 그것을 전해주는 친구였다. 종이에는 무릇 영혼이 있어서 전파나 영상으로는 전달되지 않는 그 무엇을 독자에게 제공해준다는, '활자여 영원하라' 따위의 제목을 단 칼럼을 쓴 어느 출판평론가의 말에 그는 공감했다. 커다란 남향 창으로 종일 볕이 드는데도 희한하게 늘 춥고 을씨년스러운 보급소의 골방에서 기환은 읽고 또 읽었다.

63괴물 왜 못 잡나. 오늘 ㄱ일보는 사회면 한 귀퉁이에 만원 버스 안을 찍은 사진을 게재했다. 목격자 및 피해자 증언 잇따라. 지난주였나, 처음에 표제만 보았을 때 기환은 63빌딩에 괴물이 나타났다는 말인 줄 알았다.

"어이, 환이 안에 있냐? 담배 좀 사와라."

소장의 목소리에서 고소한 자장 냄새가 났다. 그리고 이어지는 양 양의 웃음소리. 언젠가부터 서열이 바뀌고 있었다. 소장, 양 양, 기환의 순으로. 둘은 저녁으로 시킨 자장면을 다 먹은 모양이었다. 서열이야 아무래도 상관없다고 기환은 담뱃갑이 든 비닐봉지를 걸음에 맞춰 흔들면서 생각했다.

김모(15, ㄷ여중) 양의 진술. 반항하거나 소리를 지르면 끝까지 쫓아와요. 그리고 막 욕을 해요. 정말 무서워 죽겠어요. 이모(14, ㄷ여중) 양 왈, 울면서 뒷자리로 도망가는 애한테 저주도 했어요. 넌 결혼도 못할 거다. 평생 내 손아귀에서 못 벗어날 거다. 완전 사이코예요. 날카로운 눈썰미를 가진 박모(16, ㄷ여고) 양은 범인이 깡마른 체형에 피부가 검고 눈이 약간 사팔눈으로 보인다고 했다. 후각이 예민한 최모(18, ㄷ여고) 양은 범인이 액취가 심하다는 의견을 보탰다.

기환은 신문을 접어 윗목으로 밀쳤다. 기억나지 않는 예전의 어느 날 깐 이래 한 번도 갠 적이 없는 요 위에 드러누웠다. 여학생들 사이에서 '63괴물'이라 불리는 성추행 상습범이 출몰한다는 63번은 그도 곧잘 타는 버스였다. 배달을 마친 후 밥을 먹고 나면 오전 여덟 시. 그는 별 일이 없으면 소화도 시킬 겸 밖으로 나갔다. 휘발유 냄새만 맡아도 달린다는 전설이 있을 만큼 환상의 연비를 자랑하는 시티100이 있지만 밝은 데서 타기에는 좀 창피했으므로 아침에는 버스를 타곤 했다. 보급소 앞 정류장에 가장 빈번히 오는 버스가 63번이었다. 버스는 등교하는 ㄷ여 중고생들로 항상 만원이었다. 여학생들의 재잘거림을 가만히 듣고 있노라면 기환은 저도 대화에 참여하고 있는 것 같은 착각이 들었다. 어떤 식으로든 세상과 소통하고 있다는 안도감을 안은 그를 태우고 순환 노선인 버스가 보급소 앞으로 돌아오면 취침 시간인 오전 열한 시. 끼니도 거른 채 자고 일어나면 저녁 일곱 시. 창 너머로 눈길을 돌리면 언제나 어둠이 허기처럼 몰려와 있었다. 낮밤이 바뀐 생활 주기가 몸에 해롭다는 것쯤이야 건강 관련 기사가 아니어도 익히 알고 있었지만, 아는 것과 실천하는 것은 별개의 문제였다. 게다가 생존의 법칙은 앎과 실천의 문제마저 넘어서는 영역에 있었다. 프로 '딸배'가 되려면 낮에 자고 밤에 깨어 있어야 했다. 뭐, 신문 배달을 업으로 삼겠다고? 휴대폰 스피커 밖으로 튀어나와 그의 멱살을 잡을 듯하던 어머니의 노기 띤 음성이 떠올랐다. 기환은 뺨을 긁었다. 여드름의 농포가 터지는 것이 손끝에서 느껴졌다. 환부가 쓰라리다 못해 얼굴 전체가 뜨거워질 때까지 그는 손놀림을 멈추지 않았다.

"어이, 환아, 너 약속 없냐?"

또 소장의 목소리. 기환은 골방 문을 열었다. 없는데요.

"당근 있죠, 주말 저녁인데."

그가 대답할 타이밍을 낚아챈 것은 양 양이었다.

"내 말이 맞지? 그치?"

그녀는 기환의 복부를 주먹으로 가격하는 듯한 웃음을 지었다.

시티100은 허공의 십자가와 술집 간판의 네온사인과 자동차의 헤드라이트가 뒤엉켜 번쩍이는 일요일 밤의 거리를 달렸다. 신호에 걸려 오토바이는 자주 섰으나 그가 내릴 곳은 없었다. 절반이 깨져 나가고 없는 좌측 사이드 미러에 한 청년의 얼굴이 걸려 있었다. 달 표면을 연상케 하는 울퉁불퉁한 피부, 개기름이 번질거리는 이마와 코, 뺨 전체를 뒤덮은 거뭇하고 불그름한 여드름들. 그는 콧등에 솟은 진땀을 장갑 낀 손가락으로 뭉갰다. 얼굴이 마치 꽃밭 같아요. 여자의 말은 진심이었을까. 자신의 새끼손가락을 들여다보았다. 비밀, 지켜줄 거죠? 그녀의 촛농처럼 따뜻하고 말랑말랑한 손가락이 감겨들던 순간의 촉감이 아직도 남아 있는 것 같았다.

붉은색 벽돌 건물의 입구. 기환은 심호흡을 했다. 108호의 방범 창살 틈으로 불빛이 흘러나오고 있었다. 건물 안으로 들어섰다. 조도 낮은 전구가 달린 어두운 복도에 나이가 고등학생쯤 돼 보이는 남자애 둘이 등을 돌리고 서 있었다. 그들의 다부진 상체 사이로 키가 작고 어깨가 좁은 소년이 목을 움츠리고 있는 게 보였다. 인기척을 느꼈는지 검정색 비니를 쓴 녀석이 뒤를 돌아보았다. 이어 십자가 귀걸이를 한 녀석도 기환을 일별했다.

그들은 곧 소년을 공 삼아 인간 탁구를 치기 시작했다. 한 놈이 소년을 힘껏 떠밀면 나머지 한 놈이 받아서 다시 거칠게 되미는 식이었다. 소년은 놈들의 손바닥 사이에서 이리저리 튕겨 다녔다. 108호의 문손잡이가 소년의 몸에 가려졌다 드러났다 가려지기를 반복했다.

"야, 너희들 뭐하는 거야?"

기환은 저도 모르게 소리를 쳤다. 비니가 코로 웃더니 소매를 걸었다. 살진 잉어같이 튼실한 근육질의 팔뚝에 일본어 문신이 비늘처럼 촘촘히 새겨져 있었다. 귀걸이가 점퍼 안에서 무언가를 꺼내 볼펜 돌리듯이 돌렸다. 양날 단도였다. 놈들은 기환을 향해 웃으면서 소년의 목덜미를 끌고 건물을 나가버렸다. 여자를 만나고 싶었던 기환의 욕망도 어느 틈엔가 사라져버렸다. 그는 108호의 초인종을 눈으로만 어루만지다가 돌아섰다. 보급소로 돌아오는 길에 운동기구점에 들러 6킬로그램짜리 아령을 한 쌍 샀다. 신문을 실은 트럭이 도착할 때까지 아령을 들었다. 눈을 뜬 채로 꿈을 꾸었다. 꿈속에서 그는 깡패들과 십 대 일로 싸웠다. 열 놈을 모조리 때려 눕혔다. 그리고 108호의 문을 활짝 열어젖혔다.

108호 문에는 새벽마다 늘 무엇인가가 있었다. 아직 온기가 남아 있는 캔 커피나 제과점에서 만든 즉석 쿠키가 문 앞에 놓여 있는가 하면 남성용 양말이 든 쇼핑백이 문손잡이에 걸려 있기도 했다. 평소에 불면증이 있음에도 기환은 여자의 캔 커피를 달게 마셨다. 그러면 신기하게도 잠이 쏟아졌다. 여자의 쿠키를 씹으며 신문을 구역별로 분류했다. 그러자 작업 속도가 더 빨라졌다. 운동화 속에 여자의 양말을 신고 오토바이의 페달을 밟았다. 영하의 날씨에도 발이 시리지 않았다. 기환은 바닥의 냉기가 얇은 요를 뚫고 올라오는 골방에 쪼그리고 앉아 여자의 마술 같은 선물들을 떠올리며 히죽거렸다. 신문에서 이런저런 금품을 훔친 행위로 모모 씨가 불구속 입건되었다는 기사를 발견할 때면 가슴을 쓸어내리기도 했지만 그뿐이었다. 놀러 오세요. 문에 조그만 콘돔 상자가 스카치테이프로 고정돼 있던 날, 상자위의 포스트잇에 적힌 문장의 의미를 해독하느라 기환은 낮 내내 잠을 이루지 못했다.

이튿날 저녁 그는 108호의 초인종을 눌렀다. 여자는 방바닥에 필기구들을 나열하고 있었다. 다양한 종류의 펜들이 척 봐도 백 개는 좋이 돼 보였다. 그녀는 그것들을 심이 나오는 것과 나오지 않는 것으로 구분하는 중이라며 하나씩 A4 규격의 백지에 끼적여보고 있었다. 콧노래를 부르는 여자 옆에서 기환은 주머니 속의 콘돔을 만지작거리기만 했다. 괜히 발정 난 수캐처럼 달려온 건 아닌지, 지금은 곁에 없는 어머니와 원래부터 곁에 없었던 아버지에 대한 이야기를 처음 만난 자리에서 여자에게 했을 때처럼 그는 후회했다. 하지만 어떻게. 그의 턱 근육이 불끈거렸다. 사내자식이 여자한테 콘돔을 선물 받고도 가만히 있

을 수 있단 말인가. 백지가 낙서들로 거의 메워졌을 즈음 그는
마침내 주머니에서 손을 뺐다.

"저기, 이거……"

여자가 고개를 들었다. 그녀의 눈이 기환의 손바닥 위에 놓인
콘돔에 잠시 머물렀다.

"마음에 들어요? 색깔 예쁘죠?"

기환은 얼떨결에 고개를 끄덕였다. 이런 병신 새끼. 그는 제
머리통을 짓이기고 싶었다. 콘돔은 색깔이 예쁘다고 선물하는
물건이 아니었다. 적어도 그의 판단으로는 그랬다. 그는 여자의
엉뚱한 말 속에 숨어 있을지도 모를 의도를 파악하려 했으나 쉽
지 않았다. 그가 날마다 줄기차게 읽어온 신문 어디에도 남자에
게 콘돔을 선물하는 여자가 궁극적으로 꾀하는 것이 무엇인지에
대한 기사는 실려 있지 않았으므로. 여자는 이제 수십 개의 칫
솔들을 제조사별로 나누고 있었다. 기환은 색깔이 예쁜 콘돔을
주머니에 쑤셔 넣었다. 달아오른 얼굴을 식히기 위해 욕실로 향
했다. 욕조 위 선반에 남성용 사각 팬티가 정성껏 개켜져 있었
다. 세면대 위의 면도용 크림도 새것은 아니었다. 양치 컵에 사
이좋게 꽂혀 있는 두 개의 칫솔을 외면하며, 기환은 아주 천천
히 오랫동안 얼굴을 씻었다. 욕실에서 나오자 방바닥 위에 둘로
나뉜 필기구 더미, 넷으로 나뉜 칫솔 더미가 보였다. 그의 눈이
필기구 더미 옆에 놓인 종이를 빠르게 훑었다. 하지 마. 싫어.
아빠, 사랑해. 라라라. 개새끼. 이러지 마, 아빠. 미친 새끼.

"배 안 고파요?"

여자가 식탁 앞에 서서 웃고 있었다. 그녀는 기환에게 포크를 쥐어주고는 욕실로 갔다. 식탁 위에는 온통 인스턴트식품들뿐이었다. 삼각김밥, 조각 치즈케이크, 컵라면과 삶은 죽염 달걀, 과일 푸딩. 여자는 자신에게 필요하지도 않은 물건을 닥치는 대로 훔치는 사람이다. 사각 팬티나 콘돔, 면도용 크림도 아무 뜻 없이 훔쳤을 것이다. 아무 뜻 없이 욕실에 갖다놓았을 것이다. 어울리지 않는 식품들의 조합을 바라보며 기환은 그렇게 생각했다. 그렇게 생각하기로 했다. 욕실에서 양변기 물 내려가는 소리가 들렸다. 그러나 물소리에 섞여 희미하게 들리는 또 하나의 소리는 분명히, 가래침을 뱉는 소리였다. 그는 잘못 들은 거라 여겼다. 두 번, 세 번. 세번째에서 불행히도 양변기의 레버가 헛도는 소리를 냈다. 기환은 밥 먹다가 실수로 스테인리스 젓가락을 힘껏 깨문 듯한 표정을 지었다. 등 뒤에서 누군가 이기죽거렸다. 넌 쓰레기 같은 새끼야. 하찮고 별 볼일 없는 놈이야. 기환은 사방을 둘러보았다. 아무도 없는 실내는 적요하기만 했다. 세면대의 배수구로 물 내려가는 소리가 났다. 여자가 거푸 입을 헹궜다. 그는 포크를 내려놓고 그대로 108호를 나왔다.

신문을 넣지 말라는 구독자, 넣으라는 소장, 그 사이에서 부대끼는 것만큼 배달원에게 성가신 일은 없었다. 물론 월급을 주는 사람은 소장이지 구독자가 아니라는 사실만 명심하면 해결책은 간단했다. 새벽부터 성깔 있는 구독자로부터 십 분 가까이 욕 세례를 받고 나자 피곤이 땀에 젖은 옷처럼 온몸에 들러붙었다. 휴대폰이 진동을 한 것은 그가 삼백구십번째 집에 오늘의 마지막 신문을 돌리고 오토바이의 핸들을 보급소 쪽으로 꺾었을 때였다. 어머니는 목소리조차도 사십 대라는 나이가 믿기지 않을 만큼 젊고 예뻤다. 새아버지의 생신이 다가왔단다. 찾아올 필요는 없고 선물만 보내라고 그녀는 말했다. 큰아들과 작은아들이 돈을 모아 골프클럽 풀세트를 선물할 예정이라는 정보도 흘렸다. 너도 비슷하게 흉내는 내야 하지 않겠니. 어머니는 소곤거리고 있었다. 욕실일까, 베란다일까, 아니면 새벽의 정원일까.

"엄마, 내가 무슨 돈이 있어?"

"넌 거기서 먹고 자고 다 하면서, 월급은 어디에 다 썼니?"

제법 큰소리를 내는 것을 보니 정원인 것 같았다.

"벌써 잊었어? 너 어릴 때, 옆집 아저씨가 너한테 얼마나 잘해줬니, 응?"

잊다니. 그것은 기환이 가장 빨리 잊었으나 결코 잊히지 않는 기억이었다. 얼굴 어딘가가 못 견디게 간지러웠다. 갈퀴로 낙엽 긁어내듯 뺨을 함부로 쥐어뜯고 싶은 욕망이 장갑 안에서 꿈틀거렸다. 그는 핸들을 쥔 손에 힘을 주었다.

열두 살 소년 시절의 많은 밤을 기환은 옆집에서 보냈다. 장사를 하던 어머니가 물건을 떼러 지방으로 내려갈 때마다 그를 며칠씩 맡겼던 것이다. 중풍으로 전신이 마비된 옆집 아줌마가 누운 방 뒤의 골방에서 그는 옆집 아저씨와 그 집의 두 아들과 함께 잤다. 새벽녘이면 아저씨의 길쭉하고 뜨거운 손가락들이 독거미처럼 슬금슬금 그의 바지 속으로 기어 들어왔다. 무언가 정체를 알 수 없는 야릇한 힘이 아랫도리로 순식간에 몰려들었다. 온몸의 피가 사타구니에서 용솟음치며 혈관이 터질 듯 부풀어 오르는 느낌. 아저씨가 이윽고 담배에 불을 붙일 때까지, 기환은 신음 소리를 내지 않기 위해 이를 악물었다. 한 달에 열흘 꼴로 옆집에 머무를 때마다 그는 갈수록 더 대담해지고 집요해지는 독거미의 공격을 견뎌내야 했다. 식은땀을 흘리다 눈을 뜨면 어김없이 방구석의 어둠 속에서 뱀 혓바닥 날름대듯 끔벅이는 네 개의 붉은 눈동자도 모르는 척해야 했다.

어머니가 사업을 하겠다며 장사를 접을 준비를 하던 즈음, 옆집 아줌마가 죽었다. 얼마 안 있어 어머니는 아저씨와 결혼했다. 새아버지는 기환을 볼 때마다 거미줄처럼 끈끈하게 웃었다. 두 아들은 웃지 않았다. 대신 침을 뱉었다. 그를 볼 때마다 네 개의 눈동자를 희번덕거리며 피를 토하듯 열정적으로 가래침을 내갈겼다. 그 무렵이었다. 아침에 일어나면 그의 얼굴에 하나둘씩 검붉은 여드름이 돋기 시작한 것은. 화농성 여드름은 그의 마음속에 똬리를 튼 모멸감처럼 자고 나면 더 커지고 많아졌다. 성년이 되어서도 상태는 호전되지 않았다. 그는 신문의 미용 관련 기사에서 읽은 대로 티트리 오일을 얼굴에 발라보았다. 살리실산이 함유된 화장품도 써보았다. 여드름 피부 전용 비누로 세수를 하고 모로코산(産) 천연 진흙을 물에 개어 팩도 해보았다. 소용이 없었다. 그리고 어느 순간 그는 깨달았다. 세상의 모든 사람들이 언젠가부터 자신을 향해 가래침을 뱉고 있다는 것을. 누군가 멀리서 가래를 뱉을 때마다 그는 몸서리를 쳤다. 넌 쓸모없는 놈이야. 보기만 해도 기분 나쁜 새끼야. 아, 재수 없어. 침 뱉는 소리가 기환에게는 그렇게 들렸다.

"솔직히 니가 아들 노릇한 게 뭐가 있니?"

전화를 끊어버리고 싶었다.

"그이는 너를 친자식으로 생각해. 이 집 큰애랑 작은애는……"

전화가 끊어졌다. 휴대폰의 배터리가 나가 있었다. 기환은 오토바이의 기어를 3단으로 올렸다. 뺨이 가려워서 참을 수가 없었다. 회전수를 끝까지 높이고 스로틀을 당긴 채 다시 4단으로 변속했다. 엔진이 토악질을 해댔다. 해도 뜨지 않은 새벽의 정원에서 어머니는 몹시 추울 것이다. 차체가 마구 흔들렸다. 어쩌면 맨발에 슬리퍼만 꿰고 있는지도 모른다. 기환은 가장 먼저 눈에 띈 공중전화 부스 앞에 오토바이를 세웠다. 브레이크를 급하게 잡은 탓에 몸이 앞으로 왈칵 쏠렸다. 수화기를 든 채로 얼굴을 긁었다. 어머니의 하소연은 끝이 없었다. 발이 시렸다. 여자가 선물한 양말을 신고 있는데도. 렌즈 세척액, 향초, 명함 케이스, 반짇고리. 얼마 전부터 여자는 그에게 별 소용이 없는 물건들을 선물했다. 그런 것마저 거르는 날도 있었다. 한 사내가 기환의 부스 뒤에 줄을 섰다. 기환은 눈짓으로 옆의 부스가 비어 있음을 알렸다. 사내는 반응이 없었다. 깡마른 체형에 검은 피부. 현상 수배자의 포스터에 단골로 등장할 듯한 인상을 가진 사내의 눈은 사팔눈이었다. 엊그제 신문에서는 근래 63괴물의 행방이 묘연하다고 했다. 신문지상에 여러 번 오르내릴 정도라면 문제의 성추행범은 텔레비전이나 인터넷에서도 화제가 되고 있을 것이다. 통화를 끝내고 부스를 나오자 사내가 머뭇거리며 말했다. 담배 한 대 빌릴 수 있을까요. 가까이에서 보니 사내의 눈은 사팔눈이 아니었다. 피부색도 딱히 검다고 단정하기는 어려웠다. 새벽 여섯 시에 담배 한 개비 얻으려고 공중전화 부스 앞에서 낯선 이가 통화를 끝내기를 기다리는 사람의 심정은 어떤 것일까. 사내에게 자신은 담배를 피우지 않는다고 말할 수도 있었다. 그러나 기환은 부스 뒤쪽의 편의점으로 갔다. 담배를 한 갑 사서 사내에게 건넸다.

스포츠신문을 뒤적이고 있는 동료 배달원들을 지나쳐 그는 골방으로 직행했다. 문을 닫자마자 얼굴을 할퀴다시피 긁었다. 어머니는 새아버지의 전처가 낳은 아들들에게 탐나는 혼처가 자주 들어온다고 했다. 그럴 때마다 기환의 이야기를 할 수가 없어서 답답하다고도 했다. 여물다 만 딱지들이 손끝에서 떨어져나갔다. 손가락을 코에 가져다 댔다. 땀에 전 겨드랑이에 코를 박은 듯 비릿하면서도 시큼한 냄새가 났다. 배가 고팠다. 그는 피고름이 묻은 손가락으로 전기밥솥의 오픈 버튼을 눌렀다.

108호의 문 앞이 완전히 달라졌다. 어느 날에는 낯선 남자의 스킨 냄새가 문손잡이에 걸려 있었다. 여자의 웃음소리가 문 위에 포스트잇인 양 붙어 있기도 했다. 재료를 짐작할 수 없는 요리처럼 수상한 기운이 문틈으로 새어나오는 날도 있었다. 배달을 끝내고 돌아가던 길에 붉은 벽돌 건물 앞을 지나치던 기환은 양복을 입은 남자가 건물에서 나오는 것을 목격했다. 언젠가 맡은 적이 있는 듯한 스킨 냄새. 남자의 손에는 오늘자 ㅅ일보가 들려 있었다. 기환이 쓰고 있는 헬멧의 반투명 플라스틱 보안경에 입김이 서렸다. 어디 살아요? 난 그런 게 궁금한데. 여자의 목소리가 부예졌다. 저 남자도 그녀에게 자신이 어디 사는지, 어떻게 사는지, 그런 것들을 이야기했을까. 남자가 걸어가면서 신문을 펼쳤다. 기환은 문득 요 며칠 신문을 제대로 읽지 못했다는 사실을 떠올렸다.

각 일간지에 외국 명품사가 한정 제작하는 순금 담배 케이스의 전면광고가 며칠 연속 실렸다. 기환은 매일매일 신문 사백 부를 꼬박 두 달 동안 돌려야 마련할 수 있는 금액을 일시불로 치렀다. 소장에게 다음달부터 배달 부수를 팔백 부로 늘리겠다고 했다. 조만간 어머니에게 전화가 걸려오면 그는 말할 셈이었다. 케이스 뚜껑에 5부 다이아몬드가 박혀 있다고. 금장 라이터도 내장되어 있다고. 다음달부터는 월급이 두 배로 오를 것이며 그러니 이제는 베란다나 욕실 같은 데서 전화하지 않아도 된다고.

정오 무렵 보급소의 전화벨이 울렸다. 기환은 자다 말고 이불을 몸에 만 채 마루로 기어 나왔다. 이 시간에 걸려오는 전화는 구독을 중지하겠다는 통보나 와야 할 신문이 오지 않았다는 신고, 둘 중 하나였다.

"왜 신문이 안 오는 거예요?"

빙고! 전화를 건 여자는 화부터 냈다. 닷새째라는 말에 기환은 잠이 확 깼다. 예전의 식당 도난 사건 이후 무려 닷새나 신문이 배달되지 않았다는 신고는 처음이었다.

"주소가 어떻게 되십니까?"

독산4동 5-29 주형빌라…… 구독 장부 어디에도 여자가 불러준 주소는 적혀 있지 않았다. 가만 있자, 이 주소는. 기환은 퍼뜩 고개를 들었다.

"최기환이라고, 거기 배달부 있죠? 그 사람한테 물어보면 알 거예요."

그것은 108호, 그 여자의 주소였다. 그녀는 전화를 끊을 때까지도 기환의 목소리를 알아차리지 못했다. 눈앞에 알루미늄 새시 문이 있었다. 셀로판 틴팅지가 벗겨진 유리 위의 자잘한 실금들이 비명을 지르는 것 같았다. 기환은 차가운 유리에 더운 이마를 댔다. 더 깨야 할 잠이 남아 있기라도 하다는 듯. 이마가 얼얼해졌다. 그는 창고로 갔다. 이마에 온기가 돌아올 때까지 아령을 들었다. 눈을 뜬 채로 또 꿈을 꾸었다. 여자가 훔친 물건들을 남자들에게 나눠 주고 있었다. 어머니가 한밤의 베란다에서 맨발로 떨면서 휴대폰의 숫자 버튼을 눌렀다. 새아버지의 전처의 두 아들들이 번갈아 가며 가래침을 뱉었다. 기환은 다 먹은 자장면 그릇을 싸듯이 신문지로 그 풍경들을 모조리 덮어버렸다. 그리고 창고 구석에 쌓여 있는 신문 더미를 뒤져 지난 닷새치의 ㅅ일보들을 끄집어냈다.

108호의 문에는 아무것도 없었다. 그는 다섯 부의 신문을 문 앞에 내려놓았다. 그 위에 1개월분의 구독료를 청구하는 지로용지를 올렸다. 쇠문 안쪽은 잠잠했다. 출입구로 향하는 계단을 밟으면서 그는 발소리를 죽이지 않았다.

소장이 안 그래도 찢어진 눈을 볼썽사납게 찡긋거렸다.

"요샌 왜 방에만 처박혀 있어? 좀 돌아다녀. 느긋하게, 실컷 놀다 오라구."

정류장에 가장 먼저 도착한 것은 예의 63번 버스였다. 아침에 버스를 타는 것도 꽤 오랜만이었다. 지금쯤 소장은 기환의 골방에서 출퇴근 시간이 점점 더 불규칙해져가는 양 양과 레슬링을 하고 있을 것이다. 종목은 물론 자유형. 경기가 끝나면 양 양은 메달에 상응하는 모종의 성과물을 얻어내겠지. 기환은 운전기사 뒷좌석의 손잡이를 잡고 섰다. 좌석에 앉은 사내가 신문을 읽고 있었다. 중부경찰서……15년간 자신을 상습적으로 강간해온 아버지……사체를 토막……인근 야산에 유기한 혐의……김모(27, 여) 씨를 긴급체포……김모 씨는…… 버스가

지하철역에 서자 사내를 비롯한 승객들이 대거 내렸다. 그들에게 통로를 내주면서 기환은 뒤쪽으로 자리를 옮겼다. 여자의 성이 뭐였더라. 기억이 나지 않았다. 여학생들이 쉴 새 없이 조잘대고 있었다. 몇 정거장만 더 가면 ㄷ여중고교. 얼마 전까지 세간을 떠들썩하게 했던 성추행범의 주 무대가 이 버스였다는 것을 잊은 듯 여학생들의 얼굴은 평온해 보였다. 레슬링이 끝났나. 소장의 전화번호가 그의 휴대폰 액정에서 흔들리고 있었다.

"어떻게 된 거야? 그때 그 식당 말야, 신문이 또 없어지고 있다잖아!"

폴더를 닫았다. 여자의 성은 김은 아니었던 것 같았다. 휴대폰의 액정에 뜬 날짜를 보니 오늘이 새아버지의 생일이었다. 선물이 무사히 도착했을까. 어린 기환의 바지 속을 헤집던 길쭉하고 뜨거운 손가락들이 순금 케이스 안의 담배를 집어 올리는 광경이 그려졌다. 그의 가슴속에서 찐득하고 걸쭉한 무엇인가가 울컥 덩어리져 올라왔다. 버스가 우회전을 했다. 뒤에 있던 승객들 몇이 몸의 중심을 놓치면서 그를 떼밀었다. 그의 앞에 서서 수다를 떨던 여학생 둘이 동시에 뒤를 돌아보며 미간을 찌푸렸다. 기환은 눈을 내리깔았다. 재수 똥이야. 그러게, 좆나 구려. 여학생들의 목소리가 천장에서 늘어뜨려진 손잡이처럼 그의 귓가에서 대롱거렸다. 단발머리 여학생이 그를 곁눈질하더니 옆의 친구에게 귓속말을 했다. 기환은 조용히 자리를 뜨고 싶었다. 그런데 누군가 성난 듯이 지껄였다.

"씨발년, 입 안 다물어?"

불길하리만치 낮고 음산한 목소리였다.

"널 죽을 때까지 쫓아다닐 거야."

기환은 목소리의 임자를 찾기 위해 주위를 돌아보았다. 공포
에 질린 단발머리의 눈이 한곳에 꽂혀 있었다. 목소리는 그쪽에
서 나오고 있었다. 평생 후회하게 만들어주지. 넌 이제 내 손에
서 못 벗어나. 기환은 자신의 입에서 쏟아져 나오는 말들을 멈
출 수가 없었다.

"육, 삼, 괴물이다!"

버스 안이 일시에 여학생들의 비명으로 가득 찼다. 난 아니
야. 괴물이 아니라구. 해명을 해야 했다. 당황한 기환의 오른쪽
눈과 왼쪽 눈의 시선이 심하게 엇갈리며 더욱 따로따로 놀았다.
그는 사람들을 헤치며, 버스 뒤쪽으로 달아나는 단발머리의 뒤
를 따랐다. 모세가 홍해 건너듯 만원 버스 안에 갑자기 길이 생
겼다. 저 사람이야! 잡아! 이쪽이에요! 사람들의 고함 소리. 아
냐, 난 아니라니까. 잘 아는 노래 제목이 기억날 듯 기억날 듯 기
억나지 않을 때처럼 그는 안타까운 심정이 되었다. 버스가 급정
거를 했다. 타이어가 노면에 끌리며 가래 끌어올리는 소리를 냈
다. 넌 괴물이야. 넌 버러지 같은 놈이야. 보잘것없는 새끼……
귀는 눈처럼 감을 수도 없었다. 기환은 할 수 없이 귀 대신 눈을
닫았다. 골방의 창문 너머, 괴물의 천 길 아가리 속 같은 어둠
이 익숙하게 그의 시야에 들어왔다.

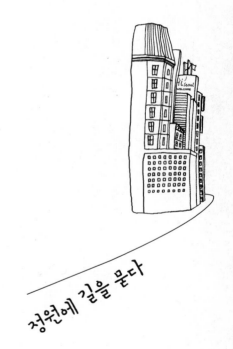

정원에 길을 묻다

스크롤바를 화면 아래로 천천히 끌어내렸다.

나는 '미스 대전'으로 불린다. 그렇다고 내가 미스코리아 선발대회 대전 지역 예선에 출전할 만큼 미인이냐, 하면 그렇지도 않다. 내가 이 당치 않은 별명을 얻게 된 것은 순전히 이름 때문이다. 내 이름은 공 사이. 042, 바로 대전의 지역 전화번호다. 이름 때문에 사람들로부터 종종 놀림을 받곤 하지만 그래도 난 내 이름에 만족한다. 엄마는 작부라는 직업상 내 아빠가 누군지 본인도 알 수 없었으므로 자신의 성인 '공'을 물려줄 수밖에 없었을 게다. 또한 일자무식이라 작명법 따윈 쥐 뿔도 몰랐으므로 내 생일인 '4월 2일'을 줄여서 그냥 '사이'라는 이름을 붙여줄 수밖에 없었을 테다. 생각해보면 내가 4월 8일에 태어나지 않은 게 그나마 얼마나 다행인지 모른다. 어쨌든 이렇게 엄마의 마음을 잘 이해해주는 나는 효녀다. 그러므로 엄마가 나의 효도를 미처 받아보기도 전에 나를 버리고 떠났다는 건 참으로 안타까운 일이다……

실소가 나왔다. 오랜만에 읽어보니 너무 낯설어서 내가 언제 이런 맹랑한 글을 썼었나, 의아한 생각마저 들었다. 그래도 그렇지 이 글의 내용이 사실이냐고 묻다니 그 방문객 참 순진하기도 하다. 세상에 어떤 사람이 진짜 자기소개를 이 따위로 하겠는가? 우리 엄만 술집 여자요, 난 아비 없는 자식이오, 하고 자랑을 하자는 것도 아니고 말이다. 게다가 '공사이'라니, 이 얼마나 우스꽝스러운 이름인가. 읽다 말고 팽개쳐둔 무협지를 다시 집어 들었다. 주인공이 막 무림의 최고수인 원수의 집 담을 넘으려던 참이었다. 책장이 덮이는 바람에 담을 넘던 자세 그대로 공중에서 위태롭게 멈춰 있을 그를 찾아 페이지를 넘겼다.

프로필에 대해 궁금해하는 방문객이 있을 줄은 몰랐다. 그게 그렇게 별스러워 보였나? 나는 그저 좀 튀어보고 싶었을 뿐이다. 이런 종류의 사이트를 찾는 이들에게는 대문의 문양이나 메뉴의 다양성, 링크의 안정성보다 운영자의 참신하고 명쾌한 프로필 몇 줄이 훨씬 더 효과적인 미끼가 된다. 나는 그냥 학력과 수상 경력, 문재(文才)에 대한 자화자찬으로 도배되다시피 한 타 사이트들의 프로필과 차별화되는, 독특하면서도 도발적인 글을 쓰려고 했던 것뿐이었다.

먹구름이 달을 가린 밤, 그는 비호와 같이 날렵한 동작으로 몸을 허공으로 솟구쳐…… 책에서 고개를 들었다. 다시 모니터로 눈을 돌렸다. 방문객은 내게 메일을 보냈다. 그는 지금 괜한 시비를 거는 게 아니다. 게시판에 글을 올리지 않고 직접 메일을 보냈다는 건 진짜로 내게 일을 맡길 용의가 있다는 얘기다. 즉, 그는 예비 고객으로서 일종의 탐색을 하고 있는 셈이다. 답장을 써야 했다. 하지만 어떻게, 뭐라고 쓰지? 무의식적으로 스크롤바를 끌어올렸다 끌어내리기를 반복했다. '공사이'라는 인물의 프로필이 위아래로 춤을 추었다. 사실이 아니라고 쓰자니 왜 프로필에 거짓 정보를 올렸냐는 비난을 받을까 두려웠다. 사실이라고 쓰자니 스스로 에미 애비도 없는 인간임을 광고한 꼴이 되는 것 같아 꺼림칙했다. 이거야말로 자가당착이군. 나는 메뉴바의 '답장'을 선뜻 클릭하지 못하고 마우스 왼쪽 버튼 위에 올려놓은 집게손가락만 까딱거린다.

나의 직업은 속칭 '해결사 사이트'를 운영하는 것이다. 좀더 쉽게 말하면 남의 글을 대신 써주는 게 나의 주 업무다. 사실 글이라고 하기엔 좀 거창한, 대학생들이 청탁하는 그저 그런 리포트들이 일거리의 대부분이다. 그래도 나는 직업 정신이 투철해서 아무리 대수롭잖은 잡문 나부랭이라도 최선을 다해 쓴다. 다행히 문장력도 괜찮은 편이고 자료 수집에도 성실하기 때문에 내 글이 고객을 실망시키는 경우는 거의 없다. 이 일을 해온 이년간, 단 한 번도 환불 요청을 받아보지 않았다는 사실이 내 주장의 정당성을 입증해준다.

욕실에서 새된 기계음이 들려왔다. 세탁 종료를 알리는 세탁기의 신호음이었다. 컴퓨터 앞에서 욕실까지의 거리는 내 보폭으로 딱 네 걸음이다. 열 번 울리도록 설정돼 있는 신호가 채 끝나기도 전에 세탁기 뚜껑을 열었다. 마구 엉켜 있는 빨래들을 한꺼번에 들어올렸다. 무언가가 세탁조 바닥으로 떨어지는 소리가 났다. 흠칫 놀라 세탁기 안을 들여다보았다. 열쇠? 허리를 구부리고 세탁조 안으로 팔을 뻗었다. 손끝에 딸려 나온 것은 오 센티미터 가량의 길이에 구릿빛을 띤, 어디서나 흔하게 볼 수 있는 열쇠였다. 그러나 내 것은 아니었다. 손바닥에 올려놓고 찬찬히 살펴보았다. 둥글게 생긴 머리 부분에 음각으로 'I-LOCK'이라는 문구가 새겨져 있을 뿐, 주인을 짐작해낼 만한 단서는 없었다.

희한한 일이네. 혼자 사용하는 세탁기에서 주인을 알 수 없는 물건이 발견된다는 것은 그리 유쾌한 일이 아니다. 나는 이 건물에 세 든 이래 다른 누군가의 빨래를 해주기는커녕, 누군가를 집에 데려온 적도 없었다. 누군가 내 호주머니에 물건을 몰래 집어넣을 가능성도 희박했다. 나는 요 근래 어떤 사람과도 만나지 않았다. 기껏해야 이 건물에 사는 다른 세입자들과 복도에서 몇 번 스친 일이 있을 뿐이다. 문득 며칠 전 복도에서 마주쳤던 앞집 남자가 떠올랐다. 그와 나는 서로 얼굴은 알지만 목례조차도 하지 않고 지내는 사이다. 남자는 열쇠공을 불러 현관문의 보조키를 새로 설치하고 있었다. 그때는 그저 열쇠를 잃어버렸나 보다, 하고 무심히 지나쳤었다. 그가 잃어버린 열쇠가 지금

내 세탁기 속에 들어와 있는 것인가. 그럴 리가. 있을 수 없는 일이다. 눈인사도 오가지 않는데 열쇠가 오고갈 틈이 어디 있겠는가. 불현듯 등골이 서늘해졌다. 한순간 등 뒤에서 살기를 느낀 무예의 고수처럼 날쌘 동작으로 뒤를 돌아보았다. 수건걸이에 걸려 있는 추레한 수건 한 장이 눈에 들어왔다.

까짓것, 아무렴 어때. 열쇠를 바지 주머니에 쑤셔 넣었다. 답이 쉽게 나오지 않는 문제로 고민하는 건 따분한 일이다. 어차피 이 세상엔 이성이나 논리로, 혹은 경험으로도 이해할 수 없는 일들이 얼마든지 많이 있지 않은가. 어쩌면 이 열쇠는 건망증세가 있는 내가 어디선가 주워 온 것일지도 모른다.

컴퓨터 스피커에서 빠르고 경쾌한 전자음 멜로디가 흘러나왔다. 새로운 메일이 도착했음을 알리는 시그널이었다. 다시 네 걸음 만에 컴퓨터 앞에 앉았다. 아이디를 보니 발신인은 내게 프로필의 진위에 대해 물었던 바로 그 사람이다. 아직 답장도 안 썼는데, 이 사람 꽤나 급했나 보다. 서둘러 메일을 열었다.

당신의 소개서가 사실이든 아니든 그건 이제 중요하지 않아요, 로 시작되는 그의 메일은 내게 글을 청탁하는 것으로 끝나고 있었다. 오호, 진짜든 가짜든 상관없으니 내게 일을 맡기겠다? 나는 별안간 손에 피 한 방울 안 묻히고 아비의 원수를 갚은 검객처럼 홀가분해졌다. 그러나 곧이어 그가 요구하는 글의 주제를 보자 할 말을 잃었다. 그가 내게 청하는 글은 다름 아닌 '자기소개서'였다. 이런저런 책이나 영화의 감상문에서부터 국악의 대중화, 남성성과 여성성, 실패한 혁명의 역사, 심지어는 물고기의 교미 방식에 이르기까지 갖은 주제의 글들을 청탁받아봤지만 이런 경우는 처음이었다. 자기소개를 자기가 안 하면 도대체 누가 한단 말인가? 생판 알지도 못하는 남의 소개를 내가 해야 한다니 어처구니가 없었다. 그렇다고 오랜만에 들어온 일감을 내칠 수도 없는 노릇이었다. 여전히 메뉴의 '답장'을 클릭하지 못하고 나는 마우스만 일없이 만지작거렸다. 이거야 원, 이제는 죽은 줄 알았던 아비의 원수가 되살아난 것 같은 기분이다.

*

오전 열 시, 식물에게 물 주는 데 최적의 시간. 상온과 비슷한 온도로 맞춰놓았던 물을 물뿌리개에 담았다. 발소리를 죽여 옥상까지 이어진 도합 다섯 층의 계단을 올랐다. 옥상으로 통하는 철문은 평소와 다름없이 굳게 닫혀 있었다. 머리는 앞을 향해 고정시킨 채 눈동자만 굴려 좌우를 살폈다. 사방이 고요했다. 주인집 한 세대밖에 없는 오층은 주인 부부가 해외에 나가 있는 터라 통째로 비어 있었다. 주머니에 손을 넣었다. 열쇠 꾸러미 쩔렁거리는 소리가 아무도 없는 층계참의 적요를 깼다. 구멍과 아귀가 꼭 맞는 열쇠가 돌아가면서 찰칵, 하고 경쾌한 소리를 내리라 기대하자 흥분으로 온몸이 떨려왔다.

놀랍게도 문은 잠겨 있지 않았다. 온몸의 신경이 일시에 곤두

섰다. 누가 이걸 열었지? 누가 안에 들어왔던 걸까? 그러나 몇 달 동안 혼자 드나들었던 이곳에 다른 누군가가 올 턱이 없었다. 어제 아침에 깜빡 잊고 잠그지 않았던 게 분명했다. 전에도 몇 번 이런 일이 있지 않았는가. 나는 곧 평정을 되찾았다. 가슴을 쓸어내리며 문을 열었다.

뒤편에 심어놓은 유카와 행운목, 파키라, 벤자민고무나무 등속의 키가 큰 관엽식물들이 먼저 눈에 띄었다. 정원을 향해 걸었다. 중키의 달리아와 백일홍, 작은 키의 베고니아와 천수국, 채송화 등 여름내 꽃을 피웠던 식물들이 꽃을 다 떨어뜨린 몸으로 햇빛 세례를 받고 있었다. 바닥에 떨어진 채 말라가는 꽃 냄새와 풀 냄새, 흙 냄새가 들큰하고 쌉쌀하게 뒤엉켜 콧속을 간지럽혔다. 몸속의 피가 뜨겁게 끓어올랐다. 정원 앞에 서는 이 순간의 희열이야말로 무협지를 읽는 순간의 기쁨에 비할 만한 유일한 것이리라고, 물뿌리개를 바투 잡으며 생각했다. 그리고 물이 잎에 닿지 않도록 주의하면서 느긋한 동작으로 정원에 물을 주기 시작했다. 아니, 시작하려고 했다. 그런데 바로 그때, 높이가 2미터에 달하는 인도고무나무의 넓적한 잎사귀 뒤에서 웬 남자가 성큼 걸어 나왔다. 나는 너무 놀란 나머지 약간의 과장을 보태, 선 채로 얼어붙고 말았다.

"아, 미안해요. 폭탄 파편을 찾는 중이었어요."

폭탄이라니, 이 사람 사이코 아냐? 놀란 와중에도 호기심이 동해 그를 똑바로 쳐다보았다. 눈에 익은 얼굴이었다. 낯선 곳에서 엄마 손을 놓친 아이처럼 어딘가 절박해 보이는 표정을 하고 서 있는 그는, 앞집 남자였다. 그가 말없이 자신의 손바닥을 펴 보여주었다. 손바닥 위에 자잘한 색종이 조각들이 올려져 있었다. 이게 뭐죠? 눈으로 그에게 물었다. 자세히 봐요. 그도 눈으로 대답했다. 색종이 조각마다 색이 입혀지지 않은 뒷면에 깨알 같은 크기로 '무영'이라는 글씨가 씌어 있었다. 그의 목소리는 표정만큼이나 처연했다.

"제 이름입니다. 이무영입니다."

이런. 그럼 나도 어쩔 수 없이 내 이름을 밝혀야 하잖아. 입 속으로 인사말을 되뇌어보았다. 제 이름은 공도영이에요. 아냐 아냐, 공혜랑이 좋겠다. 아니지, 공서희가 더 나을까? 긴장해서인지 목소리가 잠겨서 나왔다.

"전 공사이라고 해요."

빌어먹을. 아랫입술을 지그시 깨물었다. 나의 최대 약점은 결정적인 순간에 나도 모르게 솔직해진다는 거다. 다행히도 남자는 되묻지 않았다. 대신 그는 자신의 폭탄에 대한 설명을 늘어놓았다.

"진짜 폭탄은 아닙니다. 찰흙이랑 계란 껍데기랑 폭죽을 사용해서 만든 모형이죠. 조선 시대의 폭탄인 비격진천뢰를 흉내 낸 겁니다. 제 애인이 어린애들한테 공작을 가르치는 교산데, 이거 만드는 법을 알려주더라구요. 그 사람은 잊어버리고 싶은 일이 있을 때 그 내용을 색종이에 써서 폭탄 안에 넣고 터뜨린대요.

그러면 마음이 평온해진다나요."

남자는 잠깐 말을 멈추더니 헛기침을 했다. 초점을 잃은 눈동자가 불안해 보였다. 이마 위로 몇 가닥 내려와 있는 머리카락을 쓸어 넘기는 손가락이 가늘게 떨리는 것 같기도 했다.

"어디 터뜨릴 데도 없고…… 옥상이 생각나서 올라와봤죠. 웬 화단이 있길래 좀 놀랐습니다. 사이 씨가 가꾸는 건가 봐요? 파편이 화단에까지 흩어질 줄은 몰랐는데…… 다 치울게요. 미안합니다."

그럼 잊어버리고 싶은 일이라는 게 바로 당신 자신이었단 말인가요? 라고, 나는 묻지 못했다.

"화단이라뇨? 이건 정원이에요, 공중 정원."

머쓱해하는 남자를 등지고 물뿌리개를 들어올렸다. 과연 색종이 조각이며 찰흙 덩어리들이 정원 곳곳에 흩뿌려져 있었다. 내가 시계 방향으로 돌면서 정원의 식물들에게 물을 주는 동안, 남자는 반시계 방향으로 돌면서 폭탄의 파편들을 수거했다. 내 물뿌리개 안이 텅 비워졌을 무렵 그의 손바닥 위는 색색의 '무영'들로 소복해져 있었다. 그게 왠지 안쓰러워서 나는 별로 궁금하지도 않은, 이름도 제대로 알아듣지 못한 그 폭탄의 제조법에 대해 꼬치꼬치 캐물었다.

계단을 내려오면서 남자는 내가 폭탄에 관심이 많은 것 같으니 하나 만들어주겠다고 했다. 정원을 더럽힌 것에 대한 사죄의 뜻이란다. 그간 정원에 들였던 공력과 애정을 생각한다면 장난감 폭탄이 아니라 진짜 폭탄을 구해온대도 시원찮을 판국이었지만, 나는 그의 제의를 흔쾌히 받아들였다. 잊어버리고 싶은 일이 나에게라고 생기지 않겠는가. 폭탄을 터뜨린다고 정말 잊어버려지지는 않을 것이다. 그러나 그런 유치한 방식으로 잊어버리는 척해보는 것도 재미있을 것 같았다.

*

자기소개서를 청탁한 이는 여자였고 의외로 끈질긴 사람이었다. 원고료도 이미 입금한 상태였다.

저는 27세예요. 키는 160cm가 조금 넘구요, 몸무게는 50kg이 조금 안 돼요. 머리는 짧은 커트형이구요, 안경을 써요. 전 혼자 집에 있기를 좋아해요. 전 제 소개를 이렇게밖에 못해요. 독특한 자기소개서가 필요해요. 전 글재주가 없어요. 공사이님께서 써주시면 고맙겠어요.

이상이 그녀가 보내준 정보의 전부였다. 기가 찼다. 이 여자는 정말 이까짓 숫자들로 자신을 설명할 수 있다고 믿는 것일까. '답장' 버튼을 클릭했다. 다른 정보를 더 보내달라고 쓰려다가 주춤했다. 다시 생각해보니 숫자만큼 정확하게 무엇인가를 표현할 수 있는 수단도 없는 것 같았다. '비가 올 것 같다'라는 말보다 '비 올 확률이 70퍼센트다'라는 말이 사람들에게 훨씬 더 신뢰감을 주지 않는가. 얼굴이 예쁘장하다거나 성격이 소심하다거나 장래에 뭐가 되고 싶다는 따위의 얘기들이야말로 불확실

244

하고 가변적이고 애매한 것이다. 그렇다면 나를 분명하게 설명할 수 있는 것은 무엇일까. 눈에 보이는 것들일까.

거울 앞에 섰다. 160cm 남짓한 키에 50kg이 안 되어 보이는 야윈 몸, 짧은 커트 머리에 안경을 쓴 27세의 여자가 침울한 표정으로 나를 보고 있었다. 오랜만이었다. 나는 거울을 거의 보지 않는다. 의심스럽기 때문이다. 거울 속에 비친 사람이 정말 나인지 어떻게 확신할 수 있는가. 그저 유리판 뒷면에 수은을 칠하기만 하면, 그 앞에 서기만 하면 나를 볼 수 있는 것일까. 믿을 수 없다. 보라, 나는 너무나 행복한데 거울 속에 비친 여자는 조금도 행복해 보이지 않는다. 저 여자는 내가 아니다. 확신할 수 있는 것은 없다. 더 이상 필요한 정보도 없다.

알겠습니다. 한번 써보겠습니다.

답장을 전송하고 나니 한숨이 나온다. 새삼스레 직업에 회의가 생긴다. 아니다. 머리를 가로젓는다. 그래도 나는 행복하다. 원고지 1매당 평균 4,000원을 받는 이 일은 나 혼자 살아가기에는 부족하지 않은 수입원이 돼준다. 또한 남의 이름으로 글을 쓰는 일은 즐겁다. 글 속에서 나는 긴 머리 아가씨를 짝사랑하는 순정파 청년이 되었다가 수채화를 즐겨 그리는 미대생이 되기도 하고, 박애 정신을 가진 사회복지사가 되는가 하면 교수님께 졸업 학점을 구걸하는 만년 복학생이 되기도 한다. 그들의 공통점은 하나같이 '글재주가 없거나 글 쓸 시간이 없다'는 것이다. 글 밖으로 나오면 나는 그들 중 어느 누구도 아니지만 '글재주와 글 쓸 시간은 있는' 공사이가 된다. 글 밖에 있을 때보다 글 속에 있을 때 나는 더 행복하다. 그것이 문제라고 생각하지는 않는다. 어디서든 행복하기만 하면 되는 것 아니겠는가. 글 밖에서도 나는 충분히 행복하다. 잠자리와 밥과 옷이 있고, 인터넷이 연결된 컴퓨터와 무협지가 가득 꽂힌 책장이 있다. 게다가 나는 충분히 강하다. 무협지의 주인공들처럼. 어머니도 없고 아버지도 없지만 풍운에 몸을 맡기고 살아가는 사나이들처럼. 고독한 삶이지만 그게 나의 운명이다. 나는 결코 약하지 않다. 그뿐인가. 나에겐 나를 사랑해주는 사람이 있고 내가 사랑하는 사람도 있다. 그 두 사람이 한 인물이므로 인간관계 때문에 피곤할 일도 없다. 그리고 무엇보다, 내게는 나만의 정원이 있다. 행복하지 않을 이유가 없는 것이다.

독특한 자기소개서란 어떤 유형의 글을 일컫는 것일까. 공사이의 프로필을 보고 내게 글을 청탁할 생각을 했다면 그 비슷한 분위기의 글을 원하는 것일까. 글의 특성상 여러 개를 써서 고객에게 모두 보낸 후 그가 직접 선택하게 하는 것도 괜찮을 것 같았다. 먼저 바탕화면에 '자기소개' 폴더를 만들었다. 자판 위에 올려놓은 손가락들을 부지런히 놀렸다.

이 글은 정말 재미없는 자기소개서입니다. 그러나 최소한 진실하다는 미덕은 지니고 있는 글입니다. 저는 스물일곱 살입니다. 키는 160cm가 조금 넘고 몸무게는 50kg이 조금 안 되지요. 머리는 짧은 커트형이구요, 안경을 씁니다. 못 믿겠으면 우측 상단에 붙여놓은 증명사진을 보십시오.

무의식적으로 모니터 화면의 우측 상단을 보았다. 증명사진이 있을 턱이 없었다. 헛웃음을 흘리는데 돌연 창밖이 소란스러워졌다. 내다보니 웃옷을 뒷목 위로 끌어올려 머리에 뒤집어쓴 자세로 한 무리의 여학생들이 뛰어가고 있었다. 비 듣는 소리가 기분 좋게 귓속을 파고들었다. 소나기였다. 아침에 물을 적게 주길 잘했군. 빗속의 정원 풍경이 눈앞에 선연히 그려졌다.

밖에 비가 오고 있습니다. 제 소개는 잠시 밖에 나갔다 와서 마저 하겠습니다.

우산을 챙겨 들었다.

내가 이 건물의 옥상에 정원을 만들기 시작한 것은 넉 달 전, 그러니까 7월부터였다. 당시 나는 직업상의 이유로 '바빌론의 공중 정원'에 관한 자료를 모으고 있었는데, 그 고대의 불가사의에 마음을 온통 빼앗긴 상태였다. 마침 주인 부부가 장기 여행을 목적으로 해외에 나갔다는 사실을 알게 되던 날 밤, 나는 옥상에 올라갔다. 그저 그곳에 정원이 있다는 상상만이라도 해보고 싶었다. 문은 잠겨 있지 않았다. 달빛이 홀로 점령하고 있는 옥상은 지나치리만큼 호젓했다. 무서운 줄도 모르고 그곳에서 한참을 서성대며 나는 네부카드네자르 2세와 아미티스를 생각했다. 어느 순간 주위가 환해지더니 사방에서 향긋한 냄새가 풍겨 나왔다. 뒤를 돌아보았다. 시멘트 바닥에서 나무가 자라고 꽃이 피고 숲이 우거져 그 한가운데서 새들이 날아오르고 있었다. 물 흐르는 소리가 넓은 옥상을 가득 메웠다. 사막의 태양이 유프라테스 강물 위에 빛의 창날을 뻗치고 있었다.

이튿날, 다시 찾은 옥상은 대낮인데도 괴괴했다. 빗물에 젖었다 마르기를 수차례 되풀이한 듯 꼬들꼬들해 뵈는 담배꽁초 두어 개가 나뒹굴 뿐, 으레 있을 법한 빨랫줄도 하나 없었다. 인적이 끊긴 지 오래인 것 같았다. 이윽고 열쇠공이 도착했다. 옥상은 곧 나만이 출입할 수 있는 비밀 정원이 되었다.

빗줄기가 거세졌다. 우산을 곧추세웠다. 비를 맞고 있는 정원은 평소보다 더 푸르고 생기 있어 보인다. 모조리 내 손으로 했었다. 벽돌을 쌓아 정원의 경계를 만들고, 흙이 떠내려가 배수구를 막지 않도록 시멘트 바닥에 배수판을 깔고, 그 위에 다시 부직포를 깐 후 마지막으로 자갈을 깔았었다. 모래와 부엽토(腐葉土), 비토(肥土)를 섞어 이상적인 배합토를 만든 것도 나였다. 여러 종류의 식물을 키우면 서로 해를 더 보고 물을 더 품으려고 경쟁하느라 성장 속도도 빨라진다기에, 수종을 다양하게 고르는 데도 신경 썼었다. 여름 내내 양재동 꽃시장과 강남고속버스터미널 꽃 도매상가를 몇 번이나 들락날락했는지 모른다.

허공에 떠 있는, 오직 나만을 위한 공중 정원. 그 안에서 내 손으로 심은 나무들이 지금 모처럼의 단비에 몸을 씻고 있다. 옥상의 쇠 난간 위로 떨어지는 빗소리가 청량하다.

*

비격 어쩌구 하던 그 폭탄의 정확한 명칭은 '비격진천뢰(飛擊
震天雷)'였다. 천둥이나 우뢰처럼 힘차게 하늘로 날아올라 적군
에게 가 부딪치는 폭탄이라…… 근사한 이름이었다. 임진왜란
때 아군이 이 화기를 사용하여 혁혁한 전공을 세웠다는 기록 자
체도 흥미로웠지만 격목(檄木)이니 신관(信管)이니 빙철(憑鐵)
같은, 무협지의 느낌을 물씬 풍기는 어휘들이 너무나 정겹고 친
숙해서 나는 인터넷 백과사전의 설명을 꼼꼼하게 다 읽었다.

남자가 모형 비격진천뢰를 만들어 온 것은 밤늦은 시간이었
다. 그것은 계란 껍데기 위에 찰흙을 발라놓은 형태의 공작물로,
윗부분 끝에 완구용 폭죽의 심지가 비어져 나와 있었다. 손에
쥐니 묵직했다. 안에 뭐가 들었길래 이렇게 무겁죠? 아, 찰흙
때문에 무거운 겁니다. 안에는 피리탄이랑 밀가루밖에 안 들어
있어요. 그는 친절하게도 색종이를 일부러 넣지 않았다고 했다.
나더러 잊고 싶은 일이 생기면 직접 적어서 오려 넣으라는 것이
었다. 물론 그게 꼭 효과가 있는 건 아닙니다만. 남자는 자꾸만
말끝을 길게 늘였다. 저도 그랬거든요. 어영부영 흐려지는 말끝
이 떠나기 싫은 사람처럼 문고리를 잡았다. 그래도 안 잊혀지더
라구요. 말끝을 서둘러 맺는 그의 얼굴에 순간적으로 그늘이 드
리워졌다. 근데 이 폭탄 어떻게 만드는 거라고 했었죠? 못 본
척 모니터로 고개를 돌리며 물었다. 화면에는 쓰다 만 자기소개

서가 명멸하는 커서 앞에 내동댕이쳐져 있었다.

제 이름은 나중에 밝히겠습니다. 왜냐구요? 도영이라는 이름에서는 복숭앗빛 뺨이 발그레하고 수줍게 웃는 얼굴이 일품인 아리따운 처녀가 연상됩니다. 혜랑이라는 이름에서는 유복한 집에서 금 가지에 옥이파리처럼 사랑받고 자란 막내딸의 이미지가 떠오르지요. 서희라는 이름은 이지적이고 당찬 한편 겸손하고 사려 깊은 커리어우먼을 떠올리게 합니다. 이름은 이렇듯 단순한 음절들의 조합에 불과하지만 결코 단순하게 넘길 수만은 없는 위력을 발휘합니다. 억순이나 점례, 끝분이가 어떤 특정한 환경이나 외모, 성격의 소유자들을 연상시키는 것처럼 모든 이름은 그 나름의 분위기를 연출하는 힘을 가지고 있습니다. 그래서 저는 제 이름을 서두에 밝히기를 꺼리는 것입니다. 이름이 품게 하는 가짜 이미지가 제 실체에 앞서는 것을 원치 않기 때문이지요.

남자가 폭탄 제조법에 대해 설명하는 동안 나는 백스페이스 키를 눌러 글을 모조리 지워버렸다.

먼저 달걀 한쪽 끝에 구멍을 뚫어서 내용물을 빼내는 겁니다. 그러고는 햇빛에 바싹 말리세요. 한나절이면 됩니다. 다 마른 달걀 껍데기 안에 밀가루를 집어넣고, 아, 밀가루는 그냥 터질 때 재밌으라고 넣는 겁니다. 음, 밀가루를 넣고 피리탄을 넣고. 참, 피리탄은 낱개로 사려면 초등학교 앞 문방구에 가야 돼요. 그 다음에 색종이를 오려 넣습니다. 사실 색종이도 터질 때 예쁘라고 넣는 건데, 뭐 잊고 싶은 걸 적어서 넣어도 상관없겠죠. 그리고 마지막으로 찰흙을 달걀 표면에 덧바르는 겁니다. 이걸

안 하면 폭탄이 너무 가벼워서 폭탄 같지가 않아요. 터질 때도 파편이 너무 멀리 날아가서 치우기도 힘들어지구요. 어때요, 정말 쉽죠?

남자를 현관문 앞까지 배웅해준 후 나는 다시 컴퓨터 앞에 앉았다.

사람을 평가하는 데 가장 중요한 요소 중 하나가 바로 성격이지요. 그럼 먼저 제 성격부터 얘기해볼까요? 저는 글쓰기를 좋아하고 무협지 읽기와 정원 가꾸는 것을 즐깁니다. 사람들과 자주 어울리는 편은 아니지만 그래도 저는 제 성격이 원만하다고 생각하지요. 그러나 과연 다른 사람들도 이에 동의할까요? 혹시 저를 괴팍하다거나 성마른 성격의 소유자라고 여기지는 않을까요? 그런 사람도 있겠고 또 그렇지 않은 사람도 있겠지요. 그럼 저는 저의 성격을 남에게 어떻게 설명해야 할까요? 말해봤자 그건 어디까지나 저 혼자만의 생각에 불과하잖아요.

새로 쓴 글도 단번에 삭제해버렸다. 이렇게 관념적이고 사변적인 넋두리로는 아무것도 소개할 수 없다. 역시 내가 분명하게 말할 수 있는 것은 생년월일이나 신장, 체중과 같은 숫자들이나 피부색, 머리 모양 따위의 눈에 보이는 것들뿐일까.

저는…… 저는……입니다.

컴퓨터의 전원을 껐다. 자리에 누웠지만 잠이 오지 않았다. 무협지의 글자들이 문맥을 이루지 못하고 눈 속에서 한 자 한 자 따로 놀았다. 주인공이 자신의 아비를 죽인 원수와 대적하는 대목에서도 감정이 이입되지 않았다. 피와 살을 가진 사람 주인

공은 보이지 않고 흰 종이에 검게 인쇄된 주인공의 이름만 보였다. 무림을 평정한 후에 그는 행복해질까. 어머니 아버지도 모르고 자신의 출생의 배경도 모르지만 그에 아랑곳하지 않고 풍운에 몸을 맡긴 채 유유자적 살아갈 수 있는 영웅 같은 건, 무협지 속에서나 존재하는 것이다. 책을 덮었다. 교교한 달빛 아래 댓잎이 바람에 서걱이는 소리만 들려오던 대나무숲의 풍경은 사라지고 스탠드 불빛이 어둠을 밝히고 있는 방 안 풍경이 시야에 들어왔다. 침대 머리맡에 올려놓은 비격진천뢰가 눈에 띄었다. 문을 나서던 남자의 구부정한 뒷모습이 떠올랐다. 그는 무엇을 그리도 잊고 싶었던 것일까…… 잠을 청하면서 무협지 주인공들의 이름을 헤아려보는 대신 잊고 싶은 일들을 하나씩 떠올려보았다. 세상 부러울 것 없이 마냥 행복해서일까. 떠오르는 것이 없었다. 의식이 더 선명해졌다. 이번에는 반대로 간직하고 싶은 것, 기억하고 싶은 일들을 떠올려보았다. 벽시계의 초침 소리가 어슴푸레 멀어지고 있었다.

*

까무룩 잠이 들었을까. 혼미해졌던 정신이 번쩍 든 것은 무시무시한 굉음이 뒤통수를 후려쳤을 때였다. 그 소리는 머리맡의 비격진천뢰가 폭발하면서 난 것이었다. 건물이 금세라도 무너질 것처럼 거세게 뒤흔들렸다. 내 정원! 속으로 부르짖었다. 심장이 지축을 따라 요동쳤다. 신도 꿰지 못하고 허둥지둥 옥상으로 뛰어올라갔다.

정원은 이미 초토화되어 있었다. 화염에 휩싸인 초목들 사이에 누워 있는 한 여자가 보였다. 죽어 있는 나의 얼굴은 거울 속 여자와 똑같이 조금도 행복해 보이지 않았다. 사람들이 내 주위에 몰려들었다. 나를 아는 이가 한 명도 없었다. 가족도 친구도 나타나지 않았다. 시체의 신원을 밝히기 위해 그들은 내 소지품을 뒤졌다. 남의 이름으로 써진 수많은 글들이 나왔다. 아직 쓰지도 않은 자기소개서도 있었다. 그들은 내 시신 근처에 흩어져 있던 색종이 조각들도 주웠다. 뒷면에 적혀 있는 것은 아무런 단서도 되지 않는 인칭 대명사였다. 나. 나. 나. 그들은 결국 내 신원을 파악하는 데 실패했다.

등줄기가 척척했다. 누운 자세에서 팔만 머리 위로 뻗어보았다. 폭탄은 멀쩡했다. 창밖 어디선가 구급차의 사이렌 소리가 한밤의 정적을 헤집고 지나갔다. 목이 탔다. 혀끝에 닿은 입술이 까슬까슬했다. 벌써 세번째였다, 같은 꿈을 꾼 것이. 남자가 준 폭탄을 머리맡에 올려놓고 잔 이후로 사흘 연속 악몽을 꾼 것이었다. 더 이상 잠이 올 것 같지 않았다. 자리에서 일어났다. 입고 있는 옷의 주머니를 죄다 뒤져보았다. 바지 주머니에서 열쇠가 한 개 나왔다. 머리 부분에 'I-LOCK'이라고 새겨져 있는, 며칠 전에 세탁기 속에서 발견된 구릿빛 열쇠였다. 내 것이 아닌 그 열쇠를 쥐고 밖으로 나왔다.

다행히도 남자는 아직 자고 있지 않았다. 그의 제안으로 우리는 옥상으로 올라갔다. 밤안개에 흠씬 젖어 있는 정원은 이승의 것 같지 않게 신비스럽고 영묘해 보였다. 남자가 달빛을 등지고 서자 그의 그림자가 나무들의 그림자 위로 포개졌다. 남자는 경탄해 마지않는 얼굴로 구석구석을 둘러보더니 7대 불가사의 공중 정원이 그렇게 신기했느냐고 물었다.

내가 바빌론의 공중 정원에 매료되었던 건 그것이 불가사의여서가 아니다. 거기서 키웠다는 식물들이 현대의 첨단 과학 기술로도 열대에선 살릴 수 없는 것들이라지만, 그게 그렇게까지 신기하진 않았다. 내가 탄복했던 건 산악 국가 출신인 왕비 아미티스를 위해 사막 한가운데 유프라테스 강물을 끌어올려 나무를 심고 꽃을 피워 벌과 나비와 새들을 불러 모은 왕, 네부카드네자르 2세의 지극한 사랑이었다.

그러나 사실, 사랑이고 뭐고 돈과 권력이 없으면 불가능했을 일이다. 사막에 정원이라니. 나는 묵묵히 고개를 저었다.

"그럼 이 화단, 아니 정원은 왜 만든 거예요?"

나도 그런 사랑을 받아보고 싶었다. 이름도 모르는 아빠, 이름만 기억나는 엄마는 내게 그런 사랑을 주지 않았다. 어느 누구도. 나 또한 누구에게도 그런 사랑을 준 적이 없었다. 난 그 사랑을 베풀어보고 싶었고 또 받아보고 싶었다. 그래서 이 황량한 시멘트 바닥 위에 정원을 만들었다. 내가 나에게 사랑을 베풀고, 내가 나에게 사랑을 받고. 그 매개가 바로 이 정원이었다.

그러나 사실, 어쩌면 나 또한 돈과 권력을 갖고 있는 자의 흉내를 내보고 싶었던 것뿐일지도 모른다. 아니면 너무 심심해서였거나, 혹은 너무 외로워서였는지도.

"그냥, 근사하잖아요. 옥상에 정원이 있다니."

입김이 하얗게 피어올라 허공에서 흩어졌다. 남자는 허탈하다는 듯 입술을 일그러뜨리며 웃었다. 나도 따라 웃었다. 얼어 있던 안면 근육이 당겨지면서 턱의 움직임이 부자연스럽게 느껴졌다. 너무 오래되었다, 내 속의 이야기를 남에게 하지 않은 지가. 사람이 오래 다니지 않은 산길이 곧 산에 묻혀버리듯이 표현을 오래 아낀 내 진심도 가슴에 묻혀버린 모양이었다. 남자에게 물어보고 싶었다. 난 누구죠? 당신은 누구예요? 당신은 당신이 당신 자신이라는 걸 어떻게 알 수 있나요? 얇은 옷 안의 팔에 오르르 소름이 돋았다. 팔을 쓸어내리는 손이 시렸다. 양손을 오므려 입김을 불어넣었다. 열쇠를 쥐고 있던 손에서 쇠냄새가 났다.

"혹시, 얼마 전에 열쇠 잃어버리지 않았어요? 보조키를 바꾸는 것 같던데……"

"애인이랑 헤어졌는데, 그 사람이 내 집 열쇠를 갖고 있었어요. 마음 정리하려고 바꿨습니다."

옥상에서 남자와 마주쳤던 날 그의 폭탄 속에 들어 있던 색종이들이 떠올랐다. 뒷면에 그의 이름이 씌어 있던. 그는 애인을 떠나보낸 못난 자신을 잊어버리고 싶었던 것일까. 마른침을 삼켰다. 어쩐지 할 말이 몽땅 증발된 것 같았다. 그는 치아가 드러나도록 활짝 웃으며 손사래를 쳤다. 신경 쓰지 마요. 이젠 괜찮으니까. 그러나 그의 눈은 웃고 있지 않았다.

"아주 오래전에 그 사람이 내게 선물한 비격진천뢰가 있었어요. 기념으로 간직하라고 했던 건데, 헤어지고 나서 그냥 한번 터뜨려봤죠. 잊고 싶어서, 그 사람과 관계된 모든 것들을 없애버리고 싶어서 말입니다. 그런데 안의 색종이에 내 이름이 적혀 있더라구요. 그 사람, 나 때문에 힘들었나 봐요. 그렇게 오래전부터 말이에요. 그걸 알고 나니까 신기하게도 원망스러운 마음이 다 사라지더라구요."

이제는 도리어 무슨 말이든 해야 할 것 같은 상황이 되었다. 그래서 그때 남자는 그렇게 어두운 표정을 하고 있었던 걸까.

"진짜 폭탄에는 색종이가 아니라 빙철인가 뭔가 하는 쇳조각이 들어 있었다면서요?"

맙소사, 이 주책. 입을 틀어막고 싶었다. 그에게는 그 색종이 조각들이 바로 날카로운 빙철이었을 것이다. 남자는 가볍게 고개를 끄덕였다. 그랬대요. 가슴에 꽂히면 즉사하기도 했죠. 나는 정원으로 손을 뻗어 애꿎은 몬스테라 줄기만 쓰다듬었다. 그랬을 것이다. 색종이에 써진 자신의 이름이 가슴에 꽂히는 위력은 가히 대단했을 것이다. 달리아 꽃 위에 앉은 검불을 떼어내면서 남자를 곁눈으로 훔쳐보았다. 웃고 있는지 입꼬리가 부드럽게 휘어져 있었다. 그러나, 살다 보면 가끔 저절로 알게 되는 일도 있는 법이다. 콧물을 훌쩍이지도 어깨를 들썩이지도 않았지만 나는 이내, 그가 실은 울고 있다는 것을 깨달았다. 이렇게 다 큰 남자가 울 때는 어떻게 해야 하는 것일까.

"나도 그 사람을 잊으려고 노력해봤죠. 하지만…… 그 사람이 없으면 나도 없어요."

그의 등을 토닥여주려고 올렸던 손을 슬그머니 내렸다. 밤공기가 찼다. 사랑이 이 사람을 있게 했는가. 이 사람은 사랑하는 이의 존재로 인해 그 스스로도 존재할 수 있었던 것일까. 오한이 났다. 그는 조금도 추워 보이지 않았다. 같은 시간 같은 장소에서 나 혼자 추위에 떨고 있는 것 같았다. 발부리에 걸리는 잔돌을 툭 찼다. 돌멩이는 살짝 찼는데도 멀리까지 날아갔다. 그래도, 그 사람이 있으면 당신도 있었다는 얘기잖아요. 나는 아무 말도 하지 않았다. 난 늘 없는걸요. 내가 누군지, 내가 존재하는지도 모르는걸요. 싸늘해진 손을 바지 주머니에 넣었다. 열쇠가 만져졌다. 내가 지금 여기서 죽으면, 사람들은 주머니에서 나온 유일한 소지품인 이 열쇠로 내 신원을 추리할까요? 이것이 과연 '공사이'라는 한 인간의 내력을 여는 열쇠가 될 수 있을까요?

문득 그의 주머니 속에는 무엇이 들어 있을지 궁금했다.

*

호되게 앓고 난 후의 몸은 가볍고 연하고 파삭하다. 몸뚱이가 베어 먹다 만 웨하스처럼 가벼워지고 연해지고 파삭해지는 동안, 나는 한 번도 정원에 올라가지 못했다. 게시판에 올라온 광고 스팸 메일을 삭제하거나 작업에 관한 문의 메일에 답을 하지도 못했다. 일주일 동안 나는 몸과 마음이 다 공황 상태였다. 남자와 옥상에서 이야기를 나누었던 그 밤에 지독한 감기 몸살을 얻었던 것이다.

백여 통의 스팸 메일들을 지우고 나자 딱 한 통의 문의 메일이 남았다.

자기소개서는 언제까지 보내주실 수 있나요? 당장 필요한 건 아닌데 제가 성격이 좀 급해서요. 건방진 얘기지만 이번 주 내로 어떻게 안 될까요? 부탁드릴게요.

참으로 성격 느긋하고 지극히 공손한 고객이었다. 일을 의뢰한 지 열흘이나 지난 이 시점에서, 이제껏 해명의 말 한 마디 없었던 무책임한 장사치에게 이런 애원조의 글을 보내다니. 바탕화면으로 이동했다. '자기소개' 폴더에는 아무것도 저장되어 있지 않았다.

미안합니다. 도저히 쓰지 못하겠습니다. 입금하셨던 원고료는 곧 환급해드리겠습니다. 죄송합니다.

이 짧은 한 줄을 쓰기 위해 나는 몇 번이나 긴 심호흡을 해야 했다. 자리에서 일어서는데 순간적으로 현기증이 일었다. 서너 걸음 비틀거렸다. 벽 모서리를 짚고 간신히 몸의 중심을 잡으면서 고개를 들었다. 눈앞에 거울이 있었다. 거울 속의 여자는 여전히 행복해 보이지 않았다. 몰라보게 핼쑥해진 얼굴은 이전보다 한층 더 우울하고 처량해 보였다. 그러나 여러 번 대면했던 기억 때문인지 이제는 제법 친숙하게 느껴졌다. 여자의 눈에 물기가 어려 있음을 발견한 것은 파리한 안색이 안돼 보여 그녀를 향해 손을 뻗었을 때였다. 차가운 유리 표면에 손가락 끝이 닿았다. 눈앞이 점차 부옇게 흐려졌다.

　정원에는 눈에 확 뜨이는 변화는 없는 것처럼 보였다. 큰 변화가 생기기에 일주일은 너무 짧은 시간이었다. 그러나 정원에 물을 주면서 나는 차차 확인해 나갈 수 있었다. 상당수 식물들의 잎이 누렇게 변색되었고 줄기는 말라비틀어져 있었다. 바닥에는 벌레에 파 먹히거나 오그라든 채 말라 있는 낙엽들이 수북했다. 변화가 아예 없기에 일주일은 너무 긴 시간이었다. 물뿌리개를 내려놓고 점퍼 주머니에서 신문지에 싸들고 온 것을 꺼냈다. 비격진천뢰는 표면의 찰흙이 꾸덕꾸덕 마르면서 더욱 단단해져 있었다. 조금 전에 종이를 오려 넣어서인지 한결 무거워진 것 같기도 했다. 성냥갑을 열었다. 잊고 싶은 일과 결별하기 위해서라든가, 마음의 평온을 찾기 위해서라든가 하는 식의 거창한 이유는 없었다. 성냥불이 심지에 옮겨 붙자 느닷없이 명치 끝이 뜨거워졌다. 불꽃이 심지 위로 화닥닥 번졌다. 가슴속이 바짝 타들어갔다.

　이제는 악몽을 꾸지 않아도 되리라. 불꽃이 도화선 끝에 이르렀을 때 나는 오른팔을 힘차게 위로 내뻗었다. 폭탄을 하늘 높이, 있는 힘껏 던졌다. 세차게 솟구쳐 오르던 비격진천뢰가 허공에서 요란한 폭음을 내면서 터졌다. 무수한 파편들이 머리 위로 마구 쏟아졌다. 아무것도 씌어 있지 않은 흰 종이 조각들이 눈송이처럼 나풀거리며 정원으로 떨어져 내렸다.

난데없는 함박눈이 흩날리는 사막 한가운데 나의 공중 정원이 우뚝 솟아 있었다. 형형색색의 꽃들과 탐스러운 열매를 매단 나무들로 진을 친 숲은 울창하고 수려했다. 눈송이가 난분분 떨어져 내리는 강물 위에서는 오색의 꽃잎들이 맴을 돌며 떠다니고 벌과 나비들은 꽃에서 꽃으로 건너다니며 꿀의 향연을 즐기고 있었다. 그러나 그 정원 안에 있어야 할 내가 보이지 않았다. 나를 찾으러 가야 했다. 황금빛 모래에 덮여, 길 또한 보이지 않았다. 아무리 헤매도 길을 찾을 수가 없었다. 폭탄의 파편이 정통으로 꽂힌 것처럼 가슴이 꽉 막혀왔다.

퍼뜩 눈을 떴다. 여기저기 흩어진 찰흙 덩어리와 종잇조각들로 정원은 몹시 지저분해져 있었다. 빗자루와 쓰레받기를 가지러 가기 위해 나는 문 쪽으로 돌아섰다.

최소 낙원의 고독과 은폐 기억의 서사

이 광 호

1. 개인 낙원의 외톨이들

외톨이는 자기만의 낙원에서 살아간다. 타인과의 소통을 통해서는 자기 실존의 정체성과 생의 의미를 찾지 못한다. 관계 맺기의 좌절은 그를 유폐된 히키코모리가 되게 한다. 타인들의 지옥과 악몽 속에서, 그는 자신의 가상 낙원을 만들어 다른 존재로 살아가려 한다. 그 공간은 자신이 만들어낸, 자기 내부의 다른 삶의 가능성이다. 여기에는 집단적인 유토피아의 메타포로서의 낙원은 없다. 그의 낙원은 사물화된 개인 공간이다. 개인 낙원으로서의 가상공간은 가짜의 세계가 아니라, 삶의 '다른 내부'이다. 사람과 사람의 접속의 영역이 아니라, 의사소통 자체가 기호화되는 세계이다. 실제를 모방하는 자리라기보다는,

오히려 현실을 구성하고 추동하는 기호의 세계이다. 그러면, 그 공간 속에서 그는 고독하지 않았을까? 어쩌면 그 공간은, 그의 고독이 결코 해소될 수 없음을 드러내주는, 그 고독을 더욱 투명하게 만드는 공간이 아닐까?

김미월의 소설 속에 등장하는 개인들은 유폐된 존재들이다. (그들은 독신여성이거나 혹은 심각한 결손 가정에서 성장했다.) 고립된 존재들의 내면을 과밀하게 그리는 것은 이미 90년대 여성소설들에서 충분하게 보여준 세계이다. 김미월의 소설이 그 세계로의 회귀를 보여준다고 예단하는 것은 그러나, 오류이다. 김미월의 개인들은 일상적인 영역에서 내성으로 침잠하는 존재가 아니다. 그들은 90년대적 개인과는 다른 방식으로 자신의 가상 낙원을 만들어낸다. 그 공간은 현실의 알레고리가 아니며, 현실 저편의 유토피아도 아니다. 그는 타인과의 소통을 대체할 사물화된 의사소통 방식을 찾기에 몰두한다. 그래서 자기 내부의 다른 삶을 경험하고, 사물들과 이상한 방식으로 관계 맺는다. 그리하여 김미월 소설이 그려내는 것은 내면의 복원이 아니라, 출구 없는 생을 개인 낙원의 세계로 대체하여 살아가는 '새로운 개인'들이다.

엄마와의 나이 차이가 열여섯 살밖에 나지 않는 '나'는 그래서 어린 시절 엄마로부터 버려지고, 외할머니로부터 폭력을 당한다(「너클」). 이제 늙어 반신불수의 상태로 병실에 누워 있는 할머니를 간병인에게 맡겨놓고 피시방의 아르바이트 일을 하는

'나'는 '신시아'라는 롤플레잉 게임에 몰두한다. 피시방이라는 공간과 롤플레잉 게임은 '내'가 처한 실존적 상황을 함축한다. 피시방은 그런 곳이다. "이곳에 오는 사람들은 모니터 밖의 세상에는, 칸막이 너머의 인간에게는 관심을 가질 여유도 이유도 없었다. 네트워크 세상에서 그들은 저마다 왕이고 전사(戰士)며 공주이자 요정이었다. 악의 무리를 응징하고 제국을 건설하고 이웃나라 왕자들의 구혼도 받아주어야 했다. 할 일이 너무 많았으므로 남에게 신경 쓸 겨를이 없었다. 타인에 대한 무관심이 당연한 것으로 간주되는 이 피시방 특유의 생리는 나와 잘 맞았다. 게다가 신시아를 만나고 있노라면 시간도 빨리 갔다"(p.12). 그곳에서 사람들은 하나의 공간에 있지만 서로가 무관심한 타인으로 익명화되고, 자신만의 가상 공간에 몰두한다.

'내'가 가상 공간의 '신시아'의 존재에 몰입하는 것은 현실로부터 당한 폭력의 기억과 연루되어 있다. 외할머니가 '나'에게 가한 물리적인 폭력뿐만이 아니라, 엄마로부터의 버려짐과 같은 정신적 외상들이 그것이다. '신시아'는 '나'보다 예쁘고 착한, 완벽한 여성적 존재이다. "신시아는 자리보전하는 노인에게 밥을 먹여주었다. 기저귀도 갈아주었다. 청소도 하고 빨래도 했다. 양로원에서 몸이 불편한 노인을 돌보는 것은 자립심과 봉사정신 두 항목의 게이지를 동시에 획득할 수 있는 아르바이트였다. 그녀는 성실하고 꼼꼼했다. 부모의 사랑을 듬뿍 받고 자란, 살아오면서 한 번도 매를 맞아본 적 없는 소녀다운 천진함과 스스럼없음이 온몸에서 배어났다."(p.16) '신시아'는 '나'의 분신이지만, 현실 속의 '나'를 닮지 않았으며, '내'가 처한 악몽의 기억은 저편 가상의 낙원 속에서 완벽하게 존재한다.

세상의 폭력에 대한 '나'의 피해의식은 '너클'이라는 무기에 대한 집착으로 상징된다. 격투만화와 게임에 등장하는 이 무기는 "자기 몸은 스스로 지켜야 해. 세상에 믿을 건 자기 주먹 밖에 없어"라는 엄마의 훈육에 따른 것이다. 외톨이에게는 세상의 폭력으로부터 자신을 보호할 무기가 필요했다. '나'는 피시방에 드나드는 중년 남자에게 가짜 보석을 선물 받고 그것을 진짜인 줄 알고 있는 여자애에게 자신의 '너클'을 주려 한다. 그러나 여자애는 오지 않고, '나'의 '신시아'는 무도회에 참석하여 멋진 사랑을 만나는 시간을 미루면서 계속해서 잠을 자고 있다.

'너클'이 세상에 대한 '나'의 피해의식과 적의를 함축하고 있다면, '신시아'가 있는 가상 공간은 악몽의 현실을 대신할 '나'의 개인 낙원을 의미한다. 그러나 '나'는 한 번도 '너클'을 사용할 수 없다는 것을 잘 알고 있으며, 가상 공간에서의 행복의 절정은 계속해서 미루어진다. 그래서 '너클'과 '신시아'는 실현되지 않는 욕망의 매개물이다. 그 욕망이 실현되지 않고 연기되는 방식으로 어쩌면 '나'의 '꿈/악몽'은 지속된다. 악몽을 완벽한 꿈으로 대체할 수 없다면, 악몽을 팔아버릴 수 없다면, 차라리 꿈이 유예되는 시간을 견디는 방식으로 악몽과 더불어 살아가야 한다.

또 다른 외톨이 고아인 '나'는 타인의 글을 대신 써주는 일을 한다(「정원에 길을 묻다」). '해결사 사이트'를 운영하는 '나'는 그런 방식으로 타인의 삶을 대신 산다. "남의 이름으로 글을 쓰는 일은 즐겁다. 글 속에서 나는 긴 머리 아가씨를 짝사랑하는 순정파 청년이 되었다가 수채화를 즐겨 그리는 미대생이 되기도 하고, 박애 정신을 가진 사회복지사가 되는가 하면 교수님께 졸업 학점을 구걸하는 만년 복학생이 되기도 한다"(p.245). 그래서 "글 밖에 있을 때보다 글 속에 있을 때 나는 더 행복하다. 그것이 문제라고 생각하지는 않는다. 어디서든 행복하기만 하면 되는 것 아니겠는가"(p.246)라고 말하는 '나'에게 대필은 일종의 개인 낙원인 셈이다. 대필을 통해 '나'는 다른 존재의 삶을 경험한다.

그런데 은둔형 외톨이인 '나'의 일상 역시 불행한 것은 아니다. "글 밖에서도 나는 충분히 행복하다. 잠자리와 밥과 옷이 있고, 인터넷이 연결된 컴퓨터와 무협지가 가득 꽂힌 책장이 있다. 게다가 나는 충분히 강하다. 무협지의 주인공들처럼. 어머니도 없고 아버지도 없지만 풍운에 몸을 맡기고 살아가는 사나이들처럼. 고독한 삶이지만 그게 나의 운명이다. 나는 결코 약하지 않다. 그뿐인가. 나에겐 나를 사랑해주는 사람이 있고 내가 사랑하는 사람도 있다. 그 두 사람이 한 인물이므로 인간관계 때문에 피곤할 일도 없다. 그리고 무엇보다, 내게는 나만의 정원이 있다. 행복하지 않을 이유가 없는 것이다"(p.246). 현실

속의 '나'를 다른 삶으로 살게 해주는 '컴퓨터'와 '무협지'가 있고, 그곳에서 '나'는 충분히 강한 사람이다. 다른 사람과의 피곤한 관계는 필요 없고, '내'가 '나'와 관계 맺으면 된다. 그리고, 무엇보다 '나'에게는 '나만의 정원'이 있는 것이다. '나'에게 가장 소중한 행복을 주는 것은 주인집 옥상의 '공중 정원'을 비밀스럽게 가꾸는 일이다. "허공에 떠 있는 오직 나만을 위한 공중 정원"은 '나'만의 낙원인 셈이다. 그곳은 '내'가 스스로에게 베푸는 자기 사랑의 공간이다.

그런데 그 공중 정원에 다른 사람이 침입한다. 실연당한 남자가 그것을 이기기 위한 상징적인 행위로 작은 폭탄의 모형을 이 정원에 우연히 뿌리게 된 것이다. 그 남자와의 대화를 통해서 사랑을 잃은 그의 고통의 내부를 알게 되지만, 그와 진정한 소통에 이르게 되지 않는다. "난 누구죠? 당신은 누구예요? 당신은 당신이 당신 자신이라는 걸 어떻게 알 수 있나요?"라는 의문은 여전히 남는다. 더 깊은 혼돈에 빠진 '나'는 사이트를 통해 주문받은 다른 사람의 '자기소개서'를 완성하지 못하고, 그것을 포기한다. 그리고 '나'는 정원에서 '나'만의 폭탄을 터뜨린다. 이 행위는 고통스러운 것을 잊기 위한 개인적 제의이지만, 다른 '나'의 길을 찾기 위한 제의이기도 하다. 정원은 '길이 아닌 길'이지만, 그 개인 낙원 안에서만 '나'는 '나'와 사랑하고 '나'와 이별하고 '나'를 찾아갈 수 있다. 타인과의 소통이 봉쇄된 상황에서 개인은 그렇게 사물화된 낙원의 공간에서 '길'을 탐문할 수

밖에 없다. 문제적인 것은 김미월의 서사가 그 낙원의 매혹을 드러내면서, 동시에 그 낙원의 '길 아님' 혹은 '길 없음'을 드러내준다는 것. 외톨이는 '길'이 아닌 그곳에서만, 자신의 길을 '물을' 수밖에 없고, 길을 '묻을' 수밖에 없다.

2. 최소 낙원 혹은, 동굴과 골방

김미월 소설은 개인 낙원을 향한 집착을 보여주면서 그것이 현실의 탈출구가 아님을 역설적으로 드러내는 서사이다. 그런 의미에서 그 낙원의 공간들은 유토피아로서의 최대 낙원이 아니라, 개인의 사물화된 최소의 자기 영역이다. 역설적인 의미에서 나는 그것을 '최소 낙원'이라고 부르고 싶다. 최소 낙원은 타인과의 사회적 관계를 통해 집단적 유토피아를 실현할 가능성을 좌절당한 세대의 개인 낙원이다. 다시 말하면 상징적 아버지가 건설하는 유토피아적 공간이 아니라, 아버지 없는 세계에서 자기 내부에 구성하는 가상 세계이다. 김미월의 최소 낙원은 일상 속에 숨겨져 있는 가상 낙원의 공간이면서, 동시에 일상세계에 작동하는 폭력과 허위의 시스템 바깥에 있는 공간이 아니다. 그 공간은 공적인 행복의 상징도 아니며, 전면적인 디스토피아의 공간도 아니다. 그곳은 일상적 시간 속에서 개인의 기억과 몸이 서식하는 공간, 기억과 현실의 '내부 안의 외부'이다. 그것이 낙원의 의미를 포함하는 것은 개인적 욕망이 실현될 수 있는 최소한의 계기를 갖기 때문이지만, 그러나 그것은 몸과 기억이 거주하는 '지금 여기'의 바깥은 아니다.

여기 '동굴'이라는 또 다른 가상 공간이 등장한다. 또 한 명의 외톨이 여자는 서울 고시원 203호에 살고 있다(「서울 동굴 가이드」). 고시원은 "마흔 명이 넘는 사람들이 갈고리 ㄱ 자로 누워 있는" 비좁은 공간, '도떼기 시장'이며, 가끔 어두운 복도는 '미개방의 동굴'과 같다. '내'가 일하는 직장은 '인공 동굴'이다. '서울 동굴 탐험관'의 가이드인 나는 탐험복을 착용하고 조잡한 가짜 동굴 속으로 초등학생들을 안내하는 일을 한다. 고시원의 동굴과도 같은 구조와 그녀가 일하는 '서울 동굴'은 그렇게 닮아 있다.

숨이 막히고 소화가 잘 되지 않는 '나'의 증상은 두 가지 기억과 연관되어 있다. 바닷가 모래밭에서 여자 아이를 안고 죽어 있는 여자의 시체를 본 것이 하나라면, 다른 하나는 대학 시절 동굴 탐사 도중에 길을 잃어 "완벽하다고밖에 할 수 없는 어둠"의 공포를 경험한 것이 다른 하나이다. 그러나 그 기억의 밑바닥에 숨어 있는 것은 사실 다른 아이를 구하려다 죽은 엄마의 이미지이다.

자신에게 소화제를 파는 약사 보조인 옆방의 여자는 밤마다 '마요네즈가 범벅된' 신음소리를 들려주었지만, 그녀와의 짧은 접촉을 통해 그녀의 진실의 일부를 알게 된다. 타인들의 오해와는 달리 그녀가 누군가를 닮은 남자가 나오는 비디오를 밤마다 보았으며, 신음소리는 비디오에서 나오는 소리였던 것이다. 결국 그녀는 수면제를 훔쳤다는 이유로 약국에서 쫓겨나 고시원에 나타나지 않는다. 얇은 칸막이로 다닥다닥 붙어 있는 공간이지만, 고시원은 타인과의 소통이 닫힌 공간이다.

이 서울이라는 동굴에서 '나'는 어떻게 살아갈 수 있을까? 어떻게 유폐와 길 잃음의 공포로부터 벗어날 수 있을까? 가짜 동굴의 구조는 입구와 출구가 같고, 그래서 출발지와 도착지가 같다. 고시원의 출입구 역시 하나의 유리문으로 되어 있다. 그렇다면, 이런 공간에서 탈출이란 가능한 것인가? 소설의 마지막 장면에서 '나'는 "신호등의 빨간불 파란불이 모두 꺼져 있을 때는 어떻게 해야 할까?"(p.89)를 스스로에게 물어본다. 그것은 소설의 서두에서 "신호등의 적색등 녹색등이 모두 켜져 있다면 어떻게 해야 할까?"(p.65)라는 질문과 만난다. 그러나 물론 답은 "1) 그냥 건넌다. 2) 건너지 않는다" 중의 하나일 뿐이다. 어떤 상황이라도 '건너거나 건너지 않거나' 외의 선택항이 없다는 것. 그것이 서울이라는 동굴의 구조이다. 출구가 입구인 공간에서 '길'이란 의미가 없다. 결국 단 하나의 길만이 존재하기 때문이다. 그러니 이런 닫힌 공간에서의 길 찾기란 의미가 없으며, '길을 안내해주는 사람'의 역할이란 허위이다. 서울 동굴 탐험관에서의 '나'의 가이드 행위가 기만인 것처럼. 길 찾기라는 문제의식 자체의 허위를 대면하는 장면에서 소설은, 서울이라는 공간에서의 삶이 갖는 한계 상황을 담담하고 서늘한 방식으로 드러낸다. 동굴은 내포, 폐쇄, 은닉의 상징이지만, 이 소설은 그 동굴에 '가상 세계'와 '현대 서울'의 이미지를 겹쳐놓음으로써 그것을 '길' 없는 현대성의 이미지로 구성한다.

그렇다면 「골방」의 공간은 또 어떠한가? 신문 보급소에서 일하며 골방에서 살아가는 '기환'은 배달된 신문이 자꾸 없어지는 사건을 확인하기 위해 잠복하다가, 신문을 훔치는 여자를 목격한다. 그 여자의 지하 원룸에 초대된 기환은 그곳이 "소형 장물(臟物)의 박람회장"임을 알게 된다. "그녀에겐 뭔가를 훔칠 수 있는 상황에서 안 훔치면, 특히 주머니 안에 들어가는 크기의 물건을 보고 안 훔치면 못 배기는 병이 있단다"(p.213). 그런데 이 장물로 가득 찬 공간에서 그는 포근함을 느낀다. "좁다란 반지하의 원룸은 깨고 싶지 않은 꿈처럼 따스하고 포근했다." 여자는 그에게 아침마다 자신의 문 앞에 훔친 물건인 선물을 걸어둔다. "기환은 바닥의 냉기가 얇은 요를 뚫고 올라오는 골방에 쪼그리고 앉아 여자의 마술 같은 선물들을 떠올리며 히죽거렸다." 그녀의 공간은 그에게 어떤 마법적인 낙원인 셈이다. 그러나 그에게 여자와의 소통은 쉽지 않았다. 그녀가 '아빠'로부터 어떤 심각한 폭력을 당했다는 징후를 발견하지만, 그녀의 진실을 다 알 수는 없다.

기환 역시 가족으로부터 버려진 존재이다. 재혼한 어머니는 신문 배달하는 기환의 존재를 부끄럽고 못마땅해하지만, 그는 새아버지의 다른 아들들처럼 훌륭한 자식이 되지 못하는 자신에 대한 죄책감과 그로 인한 분노를 안고 있다. 사실 옆집 아저씨였던 그의 새아버지는 어린 시절 자신을 성추행한 사람이다. 그는 그 아저씨의 골방에서 치명적인 치욕을 경험한다. "중풍으로 전신이 마비된 옆집 아줌마가 누운 방 뒤의 골방에서 그는 옆집 아저씨와 그 집의 두 아들과 함께 잤다. 새벽녘이면 아저씨의 길쭉하고 뜨거운 손가락들이 독거미처럼 슬금슬금 그의 바지 속으로 기어 들어왔다"(pp.223~24).

이렇게 기억 속의 '골방'은 치명적인 치욕의 공간이다. 아저씨의 두 아들이 자신을 향해 가래침을 뱉기 시작하면서 그의 얼굴엔 검붉은 여드름이 돋기 시작한다. 그는 새아버지의 생일에 비싼 순금 담배 케이스를 보내고, 신문에 보도된 '63괴물'이라는 버스 안의 성추행범의 목소리를 내고 있는 자신을 발견한다. 그는 스스로 '괴물'이 됨으로써 사회로부터 자신을 또 한 번 격리시킨다. 장물로 가득 찬 그 여자의 원룸이 치욕적인 골방의 기억에 사로잡힌 그를 탈출시켜줄 수 있는 최소 낙원이었을까? 그러나 그 여자의 원룸 역시 그와 온전하게 소통하지 못한다. 그의 진실을 아무도 알 수 없는 것처럼, 여자의 진실을 그 역시 알 수 없다. 그 여자의 원룸은 그의 과거와 현재의 골방처럼 또 하나의 '타인의 골방'에 불과했다. 타인의 골방이 '나'의 낙원이 되려면 억압 없는 소통이 전제되어야 하겠지만, 그것은 불가능하다. 골방의 기억으로부터의 진정한 탈출이 봉쇄된 상황에서 그가 할 수 있는 일은 기꺼이 '버스'라는 다른 '움직이는 골방' 안의 괴물이 되는 일이다.

3. '업둥이-사생아' 되기의 글쓰기

김미월의 소설을 가족 로망스의 일부로 읽는 것은 어려운 일이 아니다. 그의 소설 속에는 대부분 결손 가정 출신의 주인공이 등장한다. 제도적으로 '정상적인' 부모 아래 성장한 인물이 드물다. 왜 그럴까? 이 문제를 작가의 실존적인 문제와 연관 짓는 것 대신에 (텍스트의 유일한 기원이 '작가'라고 말할 수 있을까?) 그런 주인공의 기억과 시선이 만들어내는 소설 공간의 효과에 대해 질문할 필요가 있다. 김미월의 고아들은 부모와 가족과 관련된 깊은 상실의 기억을 지문처럼 갖고 있다. 그들은 부모로부터 버림받은 존재이거나, 가족적 비극을 경험한 주인공들이다. 그들은 대부분 상실과 유폐라는 실존적 경험을 갖고 있으며, 현재 소통 장애를 앓고 있다.

마르트 로베르는 정신분석의 이론과 문학작품의 사례들을 결합하여 작가들을 '업둥이'와 '사생아'의 범주로 분류한다. 낭만주의적 작가는 오이디푸스 이전의 잃어버린 낙원으로 돌아가기를 소망하면서 부모를 모두 부정하는 '업둥이'이고, 사실주의 작가는 오이디푸스의 현실을 수락하며 아버지와 맞서 투쟁하는

'사생아'이다.[1] 김미월 소설들이 물론 '업둥이'와 '사생아'의 범주로 정확하게 분류되는 것은 아니다. 그들은 유폐된 고아이거나, 혹은 이복 형제 사이의 죄의식을 경험한다. 부모로부터 버림받은 그의 주인공들이 부모를 모두 부정한다는 측면에서 '업둥이'이기도 하고, 아버지에 대한 투쟁을 실천한다는 측면에서 '사생아'이기도 하다. 그런데 여기서 더욱 중요한 것은 주인공의 가족사적 이력이 아니라, 소설 쓰기의 차원에서의 문제이다. 김미월의 소설의 인물들 혹은 서술자들은 한편으로는 아버지의 억압과 투쟁해야 하는 현실을 수락하지만, 다른 한편으로는 개인의 최소 낙원을 건설함으로써 그로부터 내적 상황을 견디려 한다. 이런 맥락에서 김미월의 소설은 '업둥이-사생아 되기'의 글쓰기에 가깝다. '업둥이-사생아'는 가족 내적 억압의 기억을 현실로 받아들이고 그것을 재구성하는 자기 공간을 탐색한다. 이런 글쓰기는 '가족 로망스'의 연장이 아니라, 그것이 안으로부터 균열되는 서사 공간이다. 현실의 부모를 부정함으로써 상상적 아버지를 높이고 자기 정체성을 구성하는 것이 '가족 로망스'의 기본 구조라면, 김미월은 그 구조를 거꾸로 세운다. 그의 주인공들은 아버지와 가족의 참혹한 기억을 탐사함으로써 자기 실존의 균열을 현재로서 받아들인다.

이를테면 「(주)해피데이」의 주인공 종구는 어린 시절 부모가

---

1) 마르트 로베르, 『기원의 소설, 소설의 기원』, 김치수·이윤옥 옮김, 문학과지성사, 1999.

모두 사고를 당해 죽었는데, 그 이후 아버지의 또 다른 여자와 그의 이복 동생 딸이 찾아온다. 그는 아버지에 대한 혐오감 때문에, 좀 모자랐던 여동생 종희를 증오했다. 어린 시절 종희가 자기 대신 나쁜 친구들에게 남겨졌지만, 그는 그것을 외면했고 결국 동생을 영영 찾지 못한다. 동생에 대한 그의 죄의식은, 동생처럼 노란 나비 머리핀을 한 여자를 우연히 만나 그녀의 뒤를 밟고 그녀를 곤경으로부터 구해주는 사건을 만들어낸다. 지나친 결벽증을 앓고 있는 그의 '히스테리'는 이런 어린 시절의 기억과 연루된 증상일 수 있다. 하지만 끝내 그는 우연히 만난 동생일지도 모르는 여자에게 진실을 말하지 못하고, 이 이야기를 해주고 싶은 또 다른 여자와는 통화가 되지 않는다. 그는 끝내 자신의 기억과 타인 사이에서 온전하게 소통하지 못한다.

이복 동생의 이야기는 「가을 팬터마임」에도 등장한다. 사회적으로 인정받는 '온화하고 기품 있는' 아버지와 살았던 '진선미'라는 이름의 그녀는, 새엄마의 딸인 '안선미'와 이메일의 비밀번호를 서로에게 알려줄 정도로 친해진다. 어느 날 이복 동생의 부탁으로 대신 침대에 누워 있던 그녀는 아버지의 성추행을 직접 경험하게 된다. 그 일로 가정은 무너지고 아버지는 사회적으로 몰락한다. 그 이후 그녀는 여전히 쾌활하게 살아가는 이복 동생의 비밀번호를 이용하여 동생이 가입한 모든 웹사이트에서 동생을 탈퇴시킨다. 아버지를 외면하며 살아가는 그녀는, 아버지를 찾아가는 대신에 우연히 얻게 된 불에 타다 만 타인의 편지── 딸에게 용서를 구하는 어떤 아버지의 편지── 에 적혀 있는 발신자의 주소를 찾아간다. 가족의 기억으로부터 발원한 그녀의 정신적 외상은 '거짓말'의 방식으로만 자신의 나쁜 기억을 고백하게 만든다. 김미월의 소설에 나오는 이복 동생에 대한 죄의식과 복수심은 물론 가족사적 상처에서 발원하는 것이다. 이복 동생이란, 가족이면서 가족이 아닌 존재. 일부일처제의 근대적인 가족 구성의 이념 자체를 불편하게 만드는 존재이다. 그 존재에 대한 날카로운 자의식은 근대 이후의 가족의 위치와 이데올로기에 대한 균열을 대면하게 한다. 다른 맥락에서 말한다면 이복 동생은 내 기억 속에서 억압된 존재로서의 '쌍둥이' 혹은 '도플갱어'의 이미지를 포함한다. 그들은 '나'의 내부에서 스스로 봉쇄하고 있는 기억을 상징하는 존재이다. 그들은 가족 내적 관계에서의 내 삶의 상징적 정체성을 뿌리째 흔든다.

4. '은폐 기억'의 서사를 넘어서

엄마로부터 버림받았거나, 혹은 어린 나이에 엄마의 죽음을 경험한 아이의 기억 역시 김미월의 주인공들이 공유하는 실존적 요소이다. 「소풍」의 '나'는 어린 시절 전단 붙이는 일로 생계를 이어가던 엄마와 둘이 어렵게 살아갔는데, '나'의 유일한 행복은 사창가의 '예쁘고 상냥한 이모들'과 노는 것. 특히 점순이라

라는 별명을 가진 '누나'와 '어른들의 흉내 내기' 놀이를 하며 보
내던 시간이다. 엄마가 자신을 버린 뒤 누나는 엄마가 '소풍'을
갔다고 말해준다. 이제 스물세 살의 '나'는 정신 연령이 세 살에
불과한 동갑내기 '병식'을 돌봐주면서, 그와 함께 자신의 고향
춘천으로 기이한 '소풍'을 간다. 유명 가수로서 주가를 날리는
A가 '점순이' 누나일 것이라고 믿고 메일을 보내지만, 바라는
답장은 오지 않는다. 자신의 육체적 욕구를 해결하지 못해 울부
짖는 '병식'과 캄캄한 기억을 해소할 길이 없는 '나'는 어쩌면 몸
과 기억의 억압으로부터 자유로울 수 없는, 거울과 같이 마주보
는 존재일 것이다.

　「유통기한」의 '경수'는 아버지에게서 배신당한 엄마로부터 인
정받기 위해 어린 시절 놀라운 재능을 선보였지만, "엄마가 죽
어버렸으면 얼마나 편할까"라는 혼잣말이 현실화된 뒤에는 다
른 삶을 선택한다. 명문대에 입학했지만, 그곳에서 자신이 좋아
하던 여자는 자기와 어울리지 않는 사람이었다. 과거를 잊기 위
해 외국으로 떠난 여자 선배의 부탁으로 일본군 위안부 출신의
할머니들을 돌보게 된 그는, 그 할머니들이 "이 땅의 흔하디흔
한 할머니들"이라는 점을 알게 된다. 그러나 할머니들과 함께
장충단 공원에 가보았을 때, 그곳에서 그 할머니들의 기억과 고
통의 뿌리를 직면하게 된다. 한때 일하던 마트의 주인의 요구로
햄의 유통기한을 조작하는 작업을 해본 적이 있지만, "유통기한
에는 과거가 없"고, "과거는 힘이 없다. 현재가 인간이라면 과

거는 귀신이다"라고 생각했다. 하지만, 할머니들과 그의 기억에
는 유통기한이 없다. "사람이 살아가는 데에는 유통기한이 없는
것도 있는" 것이니까.

김미월의 모든 서사의 뿌리가 가족 내적인 기원에 속해 있는
것은 아니다. 이를테면 「수리수리 마하수리」의 주인공 '강' 역시
자신을 친딸처럼 아껴준 친구의 부모가 이민을 가버리고 외톨이
로 남는다. 그녀에게 가족사적 상처보다 큰 것은, 미친 남자의
칼에 찔려 죽은 친구 '란'의 기억이다. '강'은 죽은 친구를 만나
기 위해 절로 가다가 암자와 같은 작은 절에 머물게 된다. 친구
에 대한 그녀의 질투 때문에 일부러 나쁜 아이가 되어야 했던
기억과, 위험으로부터 친구를 데리고 도망가지 못한 죄의식은
그녀의 현재의 삶에도 생생하게 개입한다. 그 사찰에서 그녀가
옛날처럼 본드를 흡입하고 의식을 잃는 사건은 기억으로의 재진
입이면서, 그 기억으로부터의 미끄러짐을 동시에 의미한다. '본
드'라는 개인 낙원의 공간은 자기의 억압된 기억으로 들어가는
통로이면서, 한편으로 그 기억의 균열을 경험하는 계기이다.

김미월의 서사는 주인공이 처한 '소통 좌절'의 현재적 상황과,
자신의 어두운 기억을 재구성해 나가는 과정을 그려낸다. 마치
'남의 이야기'처럼 시작되는 그 기억의 편린들은, 결국 주인공
의 상처의 근원이었음이 구체적으로 드러나게 된다. 그런데 기
억이란 무엇인가? 김미월의 소설은 단지 억압된 기억의 근원을
찾아가는 개인의 서사로 이야기하면 그만일까? 기억의 근원을

찾아간다는 것이 그 진정한 의미에서 억압을 해소하고 '주체'를 회복함으로써 실존적 정체성을 확보하는 일일까? 물론 서사의 표면 위에서 김미월의 인물들이 처한 소통의 봉쇄는 그들의 억압된 기억과 어떤 인과적 관계를 형성한다고 볼 수 있다. 그런 의미에서 김미월의 소설은 근대 이후의 정통적인 서사양식에 가까울 수 있다. 그러나 문제적인 것은 그 기억의 실체성을 인물들의 실존적 동일성의 유일한 동기로 구축하지 않는다는 점이다.

프로이트는 심리역학적 갈등의 결과로써, 용납할 수 없는 생각이나 충동을 숨김과 동시에 표현하는 기능을 하는 신경증적(히스테리성) 증상들이 나타날 수 있다는 것을 발견한다. '은폐기억'은 중요한 것들의 회상을 억제하는 유년기의 기억 특징을 말한다. 그것은 겉보기에는 감정적인 중요성을 띠지 않지만, 실제로는 연상적인 연관에 의한 보다 깊은 갈등의 기억을 대체하는 기억이다. 어린 시절의 기억이란 결코 진짜 기억이 아닐 수도 있으며 나중에 재구성된 것일 수도 있다. 기억의 과정은 꿈과 허구의 창작 과정처럼 주관적인 활동이다. 이 흥미로운 주장들에 기대어 역설적으로 말한다면, 기억이란 개인의 정체성을 확실하게 재발견하는 매개가 아니라, 오히려 자아의 불확실성을 드러내주는 요소일 수 있다.[2]

김미월의 기억의 서사가 문제적인 것은 그것이 개인들의 현

---

2) 필 멀런, 『프로이트와 거짓기억 증후군』, 김숙진 옮김, 이제이북스, 2004; 지그문트 프로이트, 『일상생활의 정신병리학』, 이한우 옮김, 열린책들, 2003 참조.

재를 결정하는 유일한 인과적 근원으로 제기되었기 때문이 아니다. 소통의 좌절은 물론 상실과 유폐의 경험에 연루되어 있지만, '기억의 복원'이 그들의 실존적 동일성을 보장해주지 않는다. 기억의 탐구는 오히려 그들의 현재를 더욱 불확실한 실존적 상황 속으로 밀어 넣는다. 그들은 그 혼돈과 균열의 상태를 수락하면서 개인의 최소 낙원을 탐사한다. 결과적으로 억압된 기억으로부터의 어떤 화해도 불가능해진다. 기억을 복원함으로써 혹은 집단적 유토피아를 꿈꿈으로써, 해방의 가능성이 주어지지 않는다. '업둥이-사생아'로서의 그들은 가족 제도와 사회 시스템으로부터 버려진 탈영자이지만, 이 탈영자들은 아이러니하게도 '탈영'의 근원적 불가능성을 보여준다.

이제, 2000년대 후반 이후의 젊은 소설은 어떤 움직임을 보여줄 수 있을까? 김미월의 사례는 현대 소설이 어떻게 '현대적인 것들'을 매개로 '현대'를 관통해서 나아가는가를 매력적으로 드러낸다. 그는 현대 소설의 낯익은 모티프와 주제들을 담담하고 역설적인 방식으로 재구축한다. 가족과 개인의 기억에 대한 익숙한 질문법들을 무대 위에 다시 올려놓고는 짐짓 천진스러운 화법으로 그 질문들의 기반을 무너뜨린다. 그것들을 무대에서 끌어내리는 방식이 아니라 그 무대 자체의 균열을 드러내는 방식으로, 김미월은 '가족 이야기'를 허물고 아버지의 유토피아를 외로운 개인들의 최소 낙원으로 대체한다. 김미월의 개인들은 그리하여 지금 여기의 당신과 내가 '최소 낙원을 욕망하는 업둥이-사생아'라는 것을 체험하게 한다. 최소 낙원은 고독을 위무하는 곳이 아니라, 그것이 결코 해소될 수 없음으로 '살게 한다.' 고독은 태도가 아닌 생의 현실이며, 고독은 그토록 투명하다.

작가의 말

여행지에서 서울로 돌아오는 길이었다. 운전대를 잡고 있던 ㅈ이 졸리다고 했다. 운전 경험이 일천한 나와 ㅎ과 ㅇ은 그녀의 잠을 쫓아주기 위해 머리를 굴렸다. 그러다 생각해낸 것이 이른바 '만약에' 놀이였다. 자, 다들 한번 생각해봐.

"만약에 미래를 알 수 있는 상자가 눈앞에 있다면 열어볼 거니?"

"만약에 가까운 친척과 운명적인 사랑에 빠진다면 어떡할 거야?"

"현재의 기억을 모두 잊고 과거로 돌아갈 수 있다면, 갈 거니?"

"만약에 평생 한 가지 음식만 먹어야 한다면 뭘 먹을 거야?"

만약에, 만약에, 만약에…… ㅈ은 언제 졸리다 했냐는 듯 신바람이 나서 대답을 이어갔다. 나와 ㅎ과 ㅇ도 마찬가지. 고만고만한 여자 넷이 끼어 앉은 좁은 승용차 안은 상상의 이스트를 먹고 한껏 부풀어 올랐다. 창밖의 풍경이 빠르게 우리를 스쳐 지나갔다. 누군가는 지도를 다시 펼쳤고 누군가는 얼굴에 선크림을 덧발랐으며 또 누군가는 신발 끈을 조였다. 여행의 끝에 이르러 우리는 상상 속으로의 또 다른 여행을 시작하고 있었던 셈이다.

상상하는 것은 즐겁다. 쓸데없지만 필요하고, 무익하지만 유용하다. 우리를 미지의 세계로 인도하는 그 '만약에'의 대답 속에서 우리는 주인공이 되기 때문이다. 세상을 다 가지기도 하고 영원한 삶을 누리기도 하기 때문이다. 그렇게 주인공이 되고 세상을 다 가지고 영원한 삶을 누려보기 위해 나는 작가가 되고 싶었던 것일까. 그래서 늘 아무 때나 아무 데서나 상상하기를 좋아했던 것일까. 그렇다면 만약에, 내가 작가가 되지 않았다면 어떻게 되었을까.

글을 쓸 때면 괴롭다. 쓰고 싶은 글과 막상 씌어진 글 사이의 괴리가 나를 고통스럽게 한다. 하지만 그 감정이 실은 고통 빛깔 옷을 입은 행복임을 나는 안다. 글을 씀으로써 고통스럽게 행복하고, 행복하게 고통스러운 것이다, 나는. 이 진부한 역설의 뒤편 어딘가에 풋내기 '작가'로서의 내 정체성이 있는 거겠지.

첫 책이다. 부끄러운 마음이 앞선다. 그러나 이 자리에서는 부끄럽다는 말보다 고맙다는 말을 먼저 해야 할 것 같다. 책을 출간할 수 있도록 도와주신 모든 분들께, 지금 이 책을 펼쳐 읽고 있는 당신에게도 물론, 머리 숙여 고마움을 전한다.